Je t'aimerai éternellement

DU MÊME AUTEUR

Chez Flamme : (distribution Flammarion)

LE CRIME DE MATHILDE, roman
LA VOLEUSE, roman
JE T'AIMERAI ÉTERNELLEMENT, roman

Chez Flammarion :

LA BRUTE, roman
L'IMPURE, roman
L'OFFICIER SANS NOM, roman
LA DAME DU CIRQUE, roman
LE MAÎTRE D'ŒUVRE, roman
LA CATHÉDRALE DE HAINE, roman
LA CORRUPTRICE, roman
LA DEMOISELLE D'OPÉRA, roman
AMOUR DE MA VIE, roman
CETTE ÉTRANGE TENDRESSE, roman
LA TRICHEUSE, roman
LE CHÂTEAU DE LA JUIVE, roman
LES FILLES DE JOIE, roman
LE GRAND MONDE, roman
LA VIPÈRE, roman
SANG D'AFRIQUE, roman
L'AMOUR S'EN-VA-T'EN GUERRE, roman
LES SEPT FEMMES, roman
LE FAUSSAIRE, roman
LA RÉVOLTÉE, roman
DE CAPE ET DE PLUME, roman vécu
LE TRAIN DU PÈRE NOËL, conte illustré par Paul Durand
UNE CERTAINE DAME, roman
L'INSOLENCE DE SA BEAUTÉ, roman
LE DONNEUR, roman
LA VIE SECRÈTE DE DOROTHÉE GINDT, roman
L'ENVOÛTEUSE, roman

Dans la série « Le Mage » chez Flammarion :

LE MAGE ET LA BOULE DE CRISTAL, roman
LE MAGE ET LE PENDULE, roman
LE MAGE ET LES LIGNES DE LA MAIN, roman
LE MAGE ET LA BONNE AVENTURE, roman
LE MAGE ET LA GRAPHOLOGIE, roman

Au Mercure de France :

LE FAISEUR DE MORTS, roman policier

Chez Plon :

LA VENGERESSE, roman
LA FEMME SANS FRONTIÈRES, roman
LA COUPABLE, roman
LA FEMME QUI EN SAVAIT TROP, roman
LE BOULEVARD DES ILLUSIONS, roman
LA JUSTICIÈRE, roman
LE CHÂTEAU DU CLOWN, roman
LA MAUDITE, roman
L'ENTREMETTEUSE, roman
J'OSE, confidences faites à son fils Jean des Cars

A la Librairie Académique Perrin :

LES REINES DE CŒUR, récit historique

Chez Fayard

MÉMOIRES D'UN JEUNE, roman

Chez René Chaix (à Grenoble) :

TONI, illustrations de J. A. Mercier

Aux N.P.F.

MON AMI TOUCHE À TOUT (ouvrage pour enfant)

Guy des Cars

Je t'aimerai éternellement

Roman   Flamme

LES SCELLÉS

Les deux battants de la grille d'entrée venaient d'être refermés et entourés par une grosse chaîne aboutissant à un cadenas. Cela évoquait l'apposition de scellés : il ne manquait plus qu'une pancarte annonçant que l'accès des lieux était interdit par décision de justice. Les hauts murs ceinturant le parc complétaient l'impression d'isolement. En fond de décor, à travers les barreaux de la grille, on apercevait à trois cents mètres une étrange bâtisse dont le style oscillait entre un faux Renaissance construit aux alentours de 1830 et le style victorien importé d'Angleterre. L'ensemble était vaste mais d'un goût discutable et plutôt prétentieux. Les volets clos donnaient à la façade cette note de tristesse propre aux maisons abandonnées. L'un des derniers véhicules à avoir franchi tout à l'heure la grille était une voiture banalisée de police. A son rapide passage, on avait pu apercevoir à l'intérieur, se blottissant sur la banquette arrière, au côté d'un inspecteur, une silhouette de femme. Il ne restait plus, montant la garde devant l'entrée, que deux gendarmes et, les observant à courte distance, trois personnes : un prêtre âgé, un homme entre deux âges plutôt replet et moi... Ah! j'oublie : il y avait aussi, stationnées un peu plus loin, le long du chemin bordé de peupliers qui conduisait à la grille, deux voitures : la 2 CV cabossée du vieux prêtre et ma Peugeot, moins délabrée.

— C'est ainsi, dit le gros homme, que le combat finit faute de combattants. Maintenant l'enquête du juge d'instruction va commencer. Et tout se terminera peut-être par un étrange procès au cours duquel vous verrez, mon bon curé, que vous et moi serons appelés à témoigner... Vous aussi sans doute, cher monsieur?

— C'est probable, docteur.

— C'est même certain. N'avez-vous pas été l'un des plus grands amis du propriétaire de cette demeure?

— Pas le plus grand mais l'un des plus anciens.

— Et n'est-ce pas votre venue ici qui a déclenché le mécanisme d'alarme?

— Bien malgré moi, croyez-le! J'aurais tellement préféré qu'il en fût autrement... Voulez-vous que je vous ramène chez vous, docteur?

— Mon vieil ami le curé va s'en charger.

— Avant que nous nous quittions, dis-je, je tiens à vous remercier, docteur, et vous aussi, monsieur le curé, pour la compréhension dont vous avez fait preuve à l'égard de mon ami Fabrice pendant tout le temps qu'a duré cette pénible histoire... Peut-être nous reverrons-nous en effet s'il y a procès. Mais je ne le pense pas.

— Mieux vaudrait qu'il n'y en ait jamais, déclara le médecin, et que l'affaire soit plus ou moins classée pour ramener la sérénité dans la région. Car ce qui se passait chez votre ami était un véritable défi au bon sens public. N'est-ce pas votre avis, curé?

— En mon âme et conscience, je crois qu'il serait préférable de laisser les disparus continuer à s'aimer en paix pour l'éternité.

Sur ce, nous nous serrâmes la main et je rejoignis ma voiture tandis que les deux autres prenaient place dans la 2 CV. L'ecclésiastique, un Breton, se nommait l'abbé Kermeur. Le médecin était le docteur Quentin. Et moi... Peu importe mon nom! La seule chose digne d'intérêt est que je venais d'être, pendant quelques jours, le témoin de l'une des aventures les plus hallucinantes de mon existence. Et pourtant j'en ai vécu pas mal !

Au cours des cent trente kilomètres du retour vers la capitale, je ne cessai de penser à cette histoire. Une question, entre autres, me tracassait : à qui irait la propriété ? En effet, à la première visite que je lui avais rendue dans cette demeure maudite, Fabrice m'avait demandé — pour le cas où il disparaîtrait avant moi — d'être son exécuteur testamentaire. Je m'étais montré d'abord réticent, et puis j'avais fini par accepter : je sentais mon ami tellement seul, tellement désemparé, tellement vulnérable aussi. Donc j'avais dit « oui » et cela allait me causer maintenant une foule de tracas. Normalement, cette propriété aurait dû être prise en charge par la femme partie sous nos yeux dans la voiture de police. Or, désormais, ce n'était plus possible...

Le fil de mes pensées me ramena trois mois en arrière : à cette soirée de novembre où je dînais en solitaire chez Lipp. Absorbé, tout en mangeant, dans la construction d'un futur roman, je n'avais prêté attention à personne autour de moi, et Dieu sait pourtant qu'il y a toujours, dans cette célèbre brasserie, une foule d'amis, de relations et de gens plus ou moins connus. Non, ce soir-là, je me trouvais très confortable dans mon isolement. Cela dura jusqu'au moment où l'un des garçons — vous savez bien : ces étonnants serveurs de chez Lipp, vêtus de larges tabliers, qui déambulent entre les tables en soutenant d'une main des plateaux surchargés de choucroutes garnies et de demis mousseux sans rien renverser, comme s'ils exécutaient des figures de ballet — me remit une feuille de papier. Voici ce qui s'y trouvait griffonné : *Je t'ai aperçu plusieurs fois ici, mais de loin, et jamais je n'ai osé t'aborder parce que tu étais trop bien accompagné... Pour une fois que je te vois seul, j'en profite ! Que tu ne m'aies pas reconnu, c'est normal puisque quarante-quatre années se sont écoulées pendant lesquelles nous avons vieilli et bigrement changé tous les deux... Ta chance à toi, c'est d'être plus connu que moi ! Même pas mal déplumée, on voit périodiquement ta tête sur des jaquettes de bouquins ou à la télé. Ainsi puis-je te repérer tout en restant dans mon obscurité... Souviens-toi : nous avons été internes ensemble dans une boîte de jésuites au Mans. Tu étais en philo et moi en math élém. Comme nous avons exactement le même âge et que nous sommes nés dans la même décade du même mois, donc sous le même signe, nous n'avons pas le droit de nous ignorer plus longtemps quand il nous arrive de nous rencontrer ! D'autant que l'avenir commence à nous être mesuré ! Alors, ce soir, profitons de l'aubaine... Dès que tu auras terminé ton repas, rejoins-moi à ma table pour venir prendre le pot de la vieille amitié. Je suis au fond de la salle, presque face à toi. A tout à l'heure, sans faute ! Je t'attends.* C'était signé : *Fabrice Dernot.*

Je regardai dans la direction indiquée et je vis un couple : l'homme me faisait des signes en riant, le visage de la femme demeurait de glace. Elle avait des cheveux grisonnants ramenés sur le haut du crâne en un chignon serré qui était un défi à l'esthétique : un vrai chignon de gouvernante d'une époque révolue. Elle n'était pas belle mais plantureuse et probablement très grande : assise, son buste dépassait sensiblement celui de l'homme installé à sa gauche. Lui aussi grisonnait. Pourtant, au contraire de moi — ne doit-on pas reconnaître ses propres lacunes ? —, sa

chevelure demeurait abondante : presque une chevelure de romantique... Ses yeux noirs et lumineux
semblaient empreints d'une sorte de nostalgie : même
quand ils vous regardaient, on pouvait se demander
s'ils vous voyaient réellement ou s'ils ne restaient pas
perdus dans quelque rêve. Je répondis par un sourire
et fis comprendre d'un geste de la main que, selon le
souhait exprimé dans le billet, j'irais les rejoindre tout
à l'heure.

En achevant mon dîner, je cherchai à me remémo-
rer ce Fabrice Dernot, dont le visage ne me disait plus
grand-chose aujourd'hui, tel qu'il était à l'époque de
nos seize ans... C'est vrai que j'avais terminé mes
études secondaires dans ce collège du Mans dont je
n'avais pas conservé un tellement bon souvenir, à
l'exception des leçons d'escrime, que j'adorais, et des
lectures clandestines que je faisais pendant les classes
d'histoire naturelle qui m'ennuyaient prodigieusement et tout spécialement la fastidieuse énumération
des phénomènes chimiques de la digestion ! Dévorer
en cachette Dumas, Balzac et Zola me paraissait
infiniment plus appétissant que les effets de la ptya-
line ou de l'amylase.

Peu à peu, cependant, la physionomie et la silhouette du collégien dont j'avais été le camarade près
d'un demi-siècle plus tôt commencèrent à émerger de
la brume de mes souvenirs, à prendre des contours et
finalement à se préciser. Je revis un garçon à la même
chevelure fournie, aux grands yeux rêveurs, à l'apparence un peu chétive, intelligent et plutôt timide,
perpétuellement replié sur lui-même et désireux, semblait-il, de conserver pour lui seul tout ce qu'il
apprenait avec une réelle facilité. Je me souvins qu'il
était prodigieusement doué en maths et moi pas du
tout. Il se passionnait aussi pour la botanique... C'était
un camarade très gentil que sa petite taille n'empê-

13

chait nullement d'avoir un cœur « gros comme ça » et qui, malgré sa réserve instinctive, ne demandait qu'à rendre service quand on avait recours à lui ; le modèle même de celui qu'on appelle le « chic type ».

Finalement il avait bien fait de m'envoyer ce billet : je ne savais pas exactement pourquoi mais j'étais heureux et curieux de le retrouver. Qu'était-il devenu ? La dame austère qui se tenait à sa droite était-elle sa femme ? Sans doute. Et ce devait être la compagne qu'il lui fallait : la maîtresse femme le dominant physiquement d'une demi-tête, mais aussi l'épaulant moralement. Car j'avais également souvenance qu'à seize ans il donnait l'impression de devoir être un faible dans la vie. M'étais-je trompé ? Dans quelques instants, à sa table, je verrais si ce pronostic était fondé.

— Je ne te présente pas à Athénaïs puisqu'elle t'a lu, commença-t-il, pas plus que je ne te demande ce que tu deviens : tout le monde sait que tu écris.

— Et toi, que fais-tu ?

— J'ai deux occupations : une officielle qui me permet de gagner pas mal d'argent et une plus secrète qui me passionne.

— La première ?

— J'ai une usine à Levallois qui fabrique des cosmétiques et des crèmes de beauté. Les produits *Klytot*, tu connais ?

— Si je connais ! Qui pourrait ignorer le slogan : *Avec Klytot la beauté vient bientôt ?*... Donc *Klytot*, c'est toi ? Si je m'étais douté, quand nous étions chez les bons pères, que tu deviendrais un jour le grand dispensateur de produits qui embellissent !

— Et moi que tu serais romancier ! Nous sommes

14

quittes : chacun de nous, à sa manière, essaie de rendre l'existence un peu plus attrayante pour ses congénères.

— Et l'occupation qui te passionne ?

— J'ai fait de la chimie et pas mal de biologie, ce qui m'a amené à me pencher sur le problème de la survie.

— Comment ça ?

— Oui, grâce à certaines expériences, j'ai acquis la certitude que l'on peut non seulement prolonger considérablement l'existence humaine mais même supprimer la mort qui est le sinistre anéantissement de tout.

— Que me racontes-tu là ?

— La stricte vérité. Je t'expliquerai ça un jour si tu viens me rendre visite à l'*Abbaye*.

— L'*Abbaye* ?

— C'est le nom d'une propriété que j'ai achetée il y a trois ans dans l'Aisne et où j'ai réussi à mettre en pratique mes théories sur la prolongation indéfinie de notre vie.

— Mais c'est prodigieux, mon vieux Fabrice ! Déjà, à seize ans, tu promettais d'être un crack, mais de là au génie... Pourquoi diable n'a-t-on pas encore parlé de tes travaux dans les journaux ?

— Je n'ai pas voulu les livrer aux sceptiques. Je préfère les garder pour moi.

— Egoïste, toi ? Ça m'étonnerait... Pendant que je te regardais tout à l'heure après avoir reçu ton message, je me suis très bien souvenu que tu étais un camarade au grand cœur... Aussi ne penses-tu pas que ta découverte pourrait rendre service à toute l'humanité, et à moi, ton vieil ami de jeunesse, en tout premier ? Car j'avoue que l'idée de disparaître ne me sourit pas du tout !

— Peut-être pourrais-je t'aider mais je te le répète :

pour cela il faudrait que tu viennes à l'*Abbaye*...
D'ailleurs, Gersande t'y attend.

— Gersande ?

— Mon épouse.

Au moment où il prononçait ces mots, je remarquai
une légère contraction sur le visage jusque-là impassible de celle qu'il m'avait présentée seulement par son
prénom, Athénaïs. Bizarre, cette Athénaïs : son regard
ne se posait jamais sur moi, comme si je n'existais pas,
et je n'avais pas encore entendu le son de sa voix.

— C'est que Gersande, reprit Fabrice, a lu tous tes
romans et elle t'adore sans te connaître. Dès que tu
publies un nouveau livre, je le lui apporte. Il est vrai
aussi que je lui ai si souvent parlé de toi ! Combien de
fois ne lui ai-je pas raconté cette soirée théâtrale
montée dans la salle des fêtes du collège et où le père
Arlant... Tu te souviens de lui ? On l'avait surnommé
Patte-à-ressort parce qu'il boitait.

— Et comment ! Un brave type, ce *Patte-à-ressort* !

— Il nous avait fait jouer un sombre drame patrio-
tique d'Henri Lavedan. Ça s'intitulait *Servir*. Tu y
incarnais — à seize ans ! — un vieux colonel à la
retraite dont j'étais l'ordonnance !

— C'est vrai ! Nous devions être grotesques.

— Moi, je te trouvais très bien en colonel. Tu
fumais sur scène pour donner plus de consistance à
ton personnage et nous t'enviions tous parce que
c'était formellement interdit à l'intérieur de la boîte !

— Je ne fume plus du tout.

— Moi non plus depuis mon mariage ; la fumée a
toujours incommodé ma femme... Tu lui ferais une
telle joie en allant la voir à l'*Abbaye* ! Elle ne se plaît
que là-bas, en pleine forêt de Villers-Cotterêts, et elle
n'en sort plus. Elle a horreur de la ville.

Tandis qu'il parlait, le regard de sa voisine, qui me
méprisait manifestement, restait rivé sur ses lèvres

16

comme si elle épiait avec une certaine inquiétude chaque mot qu'il allait dire.

— Tu me promets d'y venir passer un week-end ?

— J'irai.

Un mois plus tard, alors que j'entrais à nouveau chez Lipp, je l'aperçus assis à la même table.

— Encore seul ? remarqua-t-il.

— Toi aussi.

— Ce soir, oui. On dîne ensemble ?

— Volontiers.

Une fois installés, je demandai prudemment :

— Pas d'Athénaïs ?

— Non. Elle est un peu souffrante. Rien de grave : un gros mal de tête.

— Figure-toi que l'autre jour, quand nous nous sommes retrouvés, et en vous observant de loin, j'ai cru qu'elle était ton épouse.

— Tu es fou ! As-tu bien regardé Athénaïs ?

— Le fait est... Je t'avoue que ça m'ennuyait un peu de penser qu'elle pouvait être ta femme, ou même ta maîtresse.

— Elle ne le sera jamais ! Et pourtant c'est son rêve... Si elle avait pu se faire épouser par moi ! Seulement pas question ! Quand tu verras Gersande, tu comprendras mieux : c'est une splendeur ! Et je suis modeste ! Elle est même l'une des plus belles femmes du monde ; cela aussi bien sur le plan physique que moral. Elle a tout pour elle ! C'est simple : je ne sais pas ce que je serais devenu si je ne l'avais pas rencontrée.

— Vous êtes mariés depuis longtemps ?

— Trois ans.

— En somme, vous êtes presque des jeunes mariés.

— C'est vrai.

— Pas étonnant que tu sois aussi amoureux !

— Si je suis amoureux ! Et elle donc ! Nous ne pouvons plus nous passer l'un de l'autre : nous nous aimerons éternellement !

— Un admirable programme...

— Qui a le mérite d'être vrai.

— J'en suis heureux pour toi. C'est si rare de rencontrer, après tant d'années de séparation, un ami de jeunesse qui vous confie qu'il a trouvé le bonheur conjugal ! Mais cette Athénaïs, qui est-ce ?

— Ma meilleure collaboratrice. Une femme irremplaçable dans mes affaires. Une sorte de sainte aussi qui m'est dévouée à un point que tu ne peux imaginer ! La seule chose qui m'a toujours gêné, c'est qu'elle est amoureuse de moi.

— Depuis longtemps ?

— Depuis toujours... Enfin, depuis qu'elle et moi nous nous connaissons, c'est-à-dire quarante-deux ans.

— Pas possible ?

— Nous nous sommes connus à l'Ecole de chimie... Elle a le même âge que toi et moi.

— Je me disais aussi... Mais je reconnais qu'elle ne fait pas son âge.

— Nous non plus.

— Crois-tu ? Si elle n'avait pas ce chignon démodé, si elle se maquillait et si elle ne s'attifait pas, comme je l'ai vue l'autre jour, avec un vieux pull, une jupe sans forme, de gros bas et des souliers à talons plats...

— Elle est assez grande comme ça ! dit Fabrice en riant. Un mètre quatre-vingt-cinq sans talons !

— Et si elle n'avait pas également le dos un peu voûté...

— C'est normal. Quand une femme est trop grande, elle baisse la tête, ne serait-ce que pour se mettre à la

18

portée des autres... Chez elle, c'est devenu un véritable complexe.

— Et ce regard sans expression ! On ne sait pas si elle vous voit ou si elle ignore que vous êtes devant elle. Ce n'est même pas un regard fixe : il est totalement absent ! Quand on se trouve en face d'elle comme je l'étais l'autre soir, j'avoue que c'est plutôt désagréable !

— Depuis le temps qu'elle travaille auprès de moi, j'ai fini par ne plus remarquer ces détails. Et, contrairement à ce que tu pourrais croire, c'est une femme qui pense tout le temps...

— A quoi ?

— A essayer de me rendre heureux.

Il y eut un silence. Fabrice me regardait avec des yeux débordant de tant de franchise et de gentillesse que je ne pus m'empêcher de demander :

— Elle t'aime à ce point ?

— Oui.

— Et ta femme admet ça ?

— Pourquoi voudrais-tu que Gersande remarque ces petites contingences puisqu'elle m'aime comme elle n'aimera jamais personne et qu'elle sait que rien au monde ne pourra plus troubler notre harmonie ?... Le jour où tu verras le regard de Gersande, tu comprendras : il est plus limpide qu'une eau de source.

— Je te crois. Et quel est le nom de famille de cette Athénaïs ?

— Merle... Athénaïs Merle.

— Pardonne-moi ma remarque, mais, malgré cette sainteté qui selon toi l'habite, elle me fait l'effet d'être un drôle d'oiseau ! Presque un oiseau de malheur... Debout, emmitouflée dans la cape qu'elle a endossée l'autre soir en sortant d'ici et penchée vers les piètres proies que nous sommes, elle avait quelque chose du vautour... Je ne sais pas pourquoi, mais cette femme me fait un peu peur. Elle est inquiétante. Il lui arrive de parler ?

— Tout le temps quand elle se trouve seule avec moi. Mais la présence d'une personne étrangère la fait s'enfermer dans un mutisme absolu. Ce qui est regrettable car elle est intelligente.

— En somme, de même que tu es certain de l'amour de ta femme, tu es assuré du dévouement d'Athénaïs ?

— Même si j'avais les pires ennuis financiers, elle ne me lâcherait jamais.

— Mariée ?

— Demoiselle... Aussi bien à l'usine qu'à l'*Abbaye* on ne la connaît que sous le nom de « Mademoiselle Athénaïs » et les gens prononcent ce nom avec autant de respect que de crainte. C'est parfait pour renforcer son autorité puisqu'elle me remplace quand je ne suis pas là.

— En somme, une super-secrétaire ?

— Mieux que ça : une super-intendante.

Machinalement je répétai :

— Mademoiselle Athénaïs... Il est vrai que je ne la vois pas du tout mariée !

Pendant la suite du repas, Fabrice m'expliqua en quoi consistaient la fabrication et le conditionnement des produits *Klytot*.

— C'est surtout ce dernier point qui compte, précisa-t-il. Le succès de la vente d'un produit de beauté tient beaucoup à l'emballage et à la présentation... Cela t'amuserait-il de visiter l'usine de Levallois ?

— Pourquoi pas ? On s'instruit à tout âge et j'avoue être totalement incompétent dans ce domaine... bien que je trouve infiniment agréable de regarder une femme qui se maquille avec tact parce qu'elle se connaît bien et qu'elle sait utiliser des produits qui lui conviennent.

— Les produits *Klytot*...

— Comment pourrait-il en exister d'autrés maintenant que je sais que c'est toi qui les fabriques ?

— Voici l'adresse de ma firme et le numéro de téléphone. Appelle-moi quand tu voudras mais de préférence le matin et jamais du vendredi midi au lundi dix heures. Je passe tous mes week-ends à l'*Abbaye* auprès de Gersande. Les autres jours, je ne quitte pratiquement pas l'usine. Si, par hasard, je m'en étais absenté, tu demanderas à parler à Mlle Athénaïs.

— Es-tu sûr qu'elle me répondra ?

— Je la préviendrai demain et elle sera plus bavarde maintenant qu'elle te connaît.

— Crois bien que je serai enchanté d'entendre enfin le son de sa voix, ne serait-ce qu'au téléphone !

— Elle a la voix grave... Une très belle voix : tu seras surpris ! Les interlocuteurs qui ne la connaissent pas l'appellent souvent « Monsieur » à l'appareil, ce qui ne semble pas tellement la contrarier.

— Ça ne m'étonne pas.

— Je pense que cette visite de l'usine t'intéressera mais sans plus ; on peut en voir des dizaines du même genre dans le monde. *Klytot* n'est pas la seule fabrique de produits de beauté ! En revanche, je suis sûr que tu seras enthousiasmé par les résultats que j'ai réussi à obtenir à l'*Abbaye*.

— Là-bas aussi tu as un laboratoire ?

— Evidemment ! Comment crois-tu que l'on peut créer la survie ? Seulement tout le monde ne pénètre pas dans cet autre labo ! C'est un privilège que je réserve à quelques savants, à certains confrères en biologie et à un vieil ami dans ton genre. Tu verras, c'est un vrai sanctuaire ! Ça pourra peut-être même te donner des idées pour l'élaboration d'un nouveau bouquin.

— Et, à l'*Abbaye*, qui a la haute main sur le sanctuaire, à part toi ?

— J'ai un assistant en permanence là-bas. Il a la charge de surveiller les appareils et de s'assurer qu'ils fonctionnent continuellement.

— Les appareils ?

— Oui : c'est avec l'aide de ce collaborateur que j'ai pu les inventer, les fabriquer et les mettre au point... Un garçon remarquable et très dévoué, d'excellente souche en plus. C'est un baron authentique qui a la modestie de ne pas porter son titre.

— Comment s'appelle-t-il ?

— Le baron Arnold de Gravouillis.

— Drôle de nom ! Tu ne trouves pas que ça fait un peu opérette ?

— C'est pourtant le sien.

— Qui d'autre travaille avec toi à l'*Abbaye* ?

— J'ai deux serviteurs qui n'en sortent que rarement, eux aussi : ils assurent le service de la maison. Lui fait fonction de maître d'hôtel-valet de chambre et elle de cuisinière-femme de chambre.

— Un couple ?

— Non : le frère et la sœur. Ils sont jumeaux et très beaux.

— Jeunes ?

— Oui.

— Et tu parviens à les garder dans ton ermitage ?

— Mon *Abbaye* n'a rien d'un ermitage puisque plusieurs personnes, à commencer par ma femme, y résident. Quant aux jumeaux, s'ils restent à mon service, c'est parce qu'ils n'ont aucune envie de franchir les murs du parc. Là ils se sentent bien protégés ; ils ne sont pas français et viennent de l'autre côté du rideau de fer.

— Je comprends mieux. Russes sans doute ?

— Hongrois de Budapest.

— Sans doute avaient-ils là-bas une autre profession que celle qu'ils exercent chez toi ?

— Et comment ! Ils travaillaient dans un cirque.

— Quoi ?

— Mais oui, un très grand numéro : des contorsionnistes... Ils ont d'ailleurs conservé leur nom : Ladislas et Vania Halphy.

— L'inventaire de tes collaborateurs demeurant là-bas est terminé ?

— Pas tout à fait. Il s'y trouve encore une personne : Sarah... C'est une voyante, tout ce qu'il y a de plus lucide, et dont ni Gersande ni moi ne pouvons plus nous passer. Elle nous a prédit jusqu'ici ce qui nous arriverait et nous espérons bien qu'elle continuera... Le monde actuel est tellement instable et perturbé que l'on ne peut plus vivre sans quelqu'un qui vous évite un tas d'erreurs grâce à ses conseils éclairés. Tu crois au pouvoir des voyantes ?

— Pas trop.

— Tu as tort !

— Mon vieux Fabrice, je ne voudrais pas te quitter ce soir sans te dire que je n'ai qu'un regret : c'est de ne pas t'avoir revu plus tôt ! C'est vrai : tu es un personnage hors du commun à notre époque avec tes produits de beauté miraculeux, tes recherches sur la survie, ton *Abbaye*, Mlle Athénaïs, ton baron au nom bizarre, tes jumeaux acrobates, ta voyante...

— Et ma femme ?

— Gersande ? Comment pourrais-je l'oublier après ce que tu m'as dit d'elle ! J'ai même hâte de faire sa connaissance.

— Téléphone-moi à Levallois mardi matin : je te fixerai un rendez-vous pour que tu viennes visiter l'usine et là nous prendrons date pour un week-end à l'*Abbaye*. N'oublie pas ta promesse ! Comme je vais là-bas après-demain vendredi, je ne manquerai pas d'annoncer à Gersande ta prochaine visite. Elle va être folle de joie !

Je le reconnais : je n'étais jamais entré dans une usine de produits de beauté... La seule différence appréciable avec une autre usine vient de ce que le personnel y est presque exclusivement féminin et que ces femmes, vêtues de blouses blanches impeccables et les cheveux dissimulés sous des turbans blancs, donnent l'impression d'être très soignées. Assises côte à côte devant de longues tables surchargées de crèmes multicolores contenues dans des récipients en simili-porcelaine blanche qu'elles manipulent avec une extrême dextérité, elles paraissent tellement absorbées par leurs savants mélanges qu'elles ne prêtent aucune attention aux visiteurs. Et l'on respire sous la grande verrière du plafond une agréable odeur de propreté.

— Ça t'intéresse ? demanda Fabrice.

— Ça me fascine. Je trouve toutes tes ouvrières très jolies sous ces coiffures et ces blouses blanches. Ça fait clinique de toute première classe... Ces jeunes femmes sont sûrement des fées qui ne peuvent que manipuler la beauté !

— A travers la vitre du fond, tu aperçois quand même quelques hommes, en blanc eux aussi.

— Avec ces calottes blanches sur la tête, ils ressemblent à des chirurgiens enfermés dans un bloc opératoire !

— C'est là, en effet, que s'élaborent les transformations biochimiques et les sécrétions que j'ai inventées. Et les produits miraculeux ainsi obtenus, qui se vendent très bien et très cher parce que les femmes lésinent rarement quand il s'agit d'accroître leur

24

charme, m'ont permis d'acquérir et maintenant d'entretenir cette *Abbaye* où je poursuis tous les week-ends des travaux plus délicats et surtout beaucoup plus utiles pour l'avenir de l'humanité! Seulement ce genre d'expériences est très onéreux! Disons qu'ici nous assurons la recette et que là-bas c'est le gouffre financier... Dis-moi : as-tu dans ton existence une femme à qui tu aimerais offrir un échantillonnage — nous avons de très jolis coffrets — de tout ce qui sort actuellement de cette usine?

— Pas pour le moment.

— Misogyne malgré toutes les héroïnes que tu as décrites?

— J'en serais incapable... Où habites-tu à Paris?

— Ici. Enfin j'ai un pied-à-terre juste au-dessus de mon bureau : c'est plus pratique.

Quand nous fûmes dans ce bureau, je remarquai une porte de communication entrouverte sur une autre pièce.

— Ton secrétariat sans doute?

— Pas du tout! C'est le bureau d'Athénaïs qui est strictement identique au mien. Cette porte reste toujours entrouverte, même si nous recevons des visiteurs. N'ayant rien à nous cacher, elle et moi, il n'y a aucun secret entre nous. Elle est justement là : viens lui dire un petit bonjour, ça lui fera plaisir.

Je n'en étais pas tellement persuadé mais je le suivis quand même.

— J'ai pour vous une visite sympathique, annonça Fabrice en pénétrant dans le sanctuaire de sa collaboratrice.

Elle était là, trônant derrière sa table, toujours immense et muette, me regardant avec méfiance.

— Bonjour, mademoiselle Athénaïs... Je suis enchanté de vous revoir. J'espère que vous êtes tout à fait rétablie?

— Tout à fait, monsieur. Merci.

Elle avait enfin parlé ! Ces quelques mots avaient été dits par une voix sans chaleur et en effet très grave. Profitant d'aussi bonnes dispositions, j'enchaînai :

— C'est donc ici que vous opérez ?

— Que j'opère ? répéta la voix de plus en plus caverneuse.

— Enfin, je veux dire : que vous travaillez à côté de Fabrice ?

— J'essaie de l'aider du mieux que je le peux, monsieur.

— Je sais déjà que vous êtes pour lui la plus précieuse des collaboratrices et je vous en félicite... Ce doit être passionnant pour une femme de pouvoir régner ainsi sur une grande entreprise ?

— Oh ! régner... C'est M. Dernot le grand maître. Je l'assiste surtout sur le plan de l'organisation.

— Et qui dit organisation, continua Fabrice, laisse supposer qu'il peut s'y glisser parfois un peu de routine... Aussi essayons-nous, Athénaïs et moi, d'égayer un peu tout cela par nos week-ends à l'*Abbaye*.

— Parce que les week-ends là-bas sont gais ?

— Gersande s'y trouve et, quand on est près d'elle, comment être triste ?

— Alors vous aussi, mademoiselle, vous profitez de ces week-ends ?

— Evidemment ! répondit Fabrice à sa place. Athénaïs m'est aussi indispensable là-bas qu'ici. Sans sa présence pratiquement permanente à mes côtés je me sentirais perdu.

— Elle est ton alter ego ?

— Bonne définition. A tout à l'heure, Athénaïs.

— Mademoiselle...

— Monsieur...

Nous nous retrouvâmes, Fabrice et moi, dans le

26

bureau jumeau. La porte de communication étant bien sûr demeurée entrouverte, je demandai à voix basse :

— Où habite-t-elle ?

— Je lui ai fait aménager un petit appartement ici, placé juste au-dessus du mien. Pour elle aussi c'est plus pratique.

— Mon vieux Fabrice, il va falloir que je me sauve... Tu n'as pas idée comme je suis content de cette visite et surtout d'avoir découvert la première tranche de ton activité.

— Quand viens-tu à l'*Abbaye* pour connaître la seconde ? Mais là, il faudra que tu restes un week-end.

—. Peut-être pas complet, mais je te promets d'y passer au moins une nuit, celle du samedi au dimanche.

— Veux-tu samedi prochain ?

— Je ne peux rien prévoir encore mais, comme j'ai maintenant ton adresse et ton numéro de téléphone à Levallois, je te préviendrai deux ou trois jours avant. Je me sauve et encore bravo pour les produits *Klytot* ! Sans oublier, bien sûr, les mérites de ta principale collaboratrice... A bientôt.

Trois semaines passèrent sans que je lui téléphone comme nous en étions convenus. Au fond, je n'avais pas très envie d'appeler. Certaines choses me gênaient dans l'invitation de Fabrice. Lesquelles exactement ? Sur le moment j'aurais été incapable de le dire mais aujourd'hui j'ai souvenance qu'une toute première interrogation m'occupa la pensée : pourquoi avait-il baptisé cette propriété l'*Abbaye* ? Celle-ci s'appelait-elle ainsi avant qu'il en fît l'acquisition ? Etait-elle autrefois une véritable abbaye ? Une autre préoccupation surgit presque simultanément : je craignais de ne pas être aussi enthousiasmé que mon ami devait le souhaiter par ses mystérieuses expériences de prolongation de la vie ! Il n'était pas le premier à se lancer dans ce genre d'entreprise qui s'était toujours soldée par un échec... Et si ce n'était qu'une supercherie ? Cela me paraissait quand même assez improbable. Mon ami de jeunesse ne pouvait qu'avoir un cerveau bien équilibré, sinon il ne serait pas devenu ce chimiste doublé d'un biologiste qui était parvenu à imposer à des centaines de milliers d'acheteurs tous ces produits fabriqués dans son usine ! Ce qui me laissait quelque peu perplexe était cette dualité créatrice en lui. Bien sûr, il m'avait fait comprendre que la vente des produits de beauté lui rapportait l'argent nécessaire pour pouvoir prolonger la vie. Seulement, une explication aussi simpliste ne me satisfaisait qu'à moitié. Une troisième question enfin me tracassait : je songeais à cette épouse adorée dont il m'avait parlé avec une telle passion, à celle qui incarnait, disait-il, la perfection absolue, morale et physique. Quand je me trouverais en présence de cette créature de rêve, moi aussi, selon lui, je serais conquis... Et si j'étais déçu ? Si cette Gersande au prénom enchanteur n'était la femme idéale que dans l'esprit de Fabrice ? Non seulement j'en aurais de la peine pour mon ami mais je me sentirais dans une situation assez délicate entre l'épouse faussement envoûtante et Athénaïs, la brillante collaboratrice que, personnellement, je trouvais de plus en plus antipathique ! Car elle serait là, elle aussi, à l'*Abbaye*, pendant ce week-end où je viendrais, puisque, pratiquement, que ce soit à Levallois ou dans la forêt de Villers-Cotterêts, elle ne quittait jamais son patron !

Lors de notre deuxième rencontre chez Lipp, Fabrice avait affirmé qu'Athénaïs ne deviendrait

28

jamais sa femme ni sa maîtresse. Pourtant, n'était-ce pas en maîtresse absolue que cette femme se conduisait ? Maîtresse de l'homme dont elle épiait les moindres paroles dans une brasserie et dont elle surveillait l'activité à travers une porte perpétuellement ouverte entre deux bureaux... Une femme inquiétante aussi parce qu'elle savait garder le silence. Il y avait de quoi hésiter à entreprendre le déplacement dans l'Aisne quand on avait la certitude d'y retrouver pareille créature.

Une quinzaine de jours plus tard, alors que je pénétrais une fois de plus chez Lipp en compagnie d'un confrère journaliste, je les revis dès l'entrée, assis côte à côte à la même table, comme si celle-ci leur était toujours réservée. En passant devant eux, je leur adressai un sourire d'amitié et j'eus la surprise de constater que la demoiselle faisait un léger effort pour y répondre ! Athénaïs s'amadouait-elle ? Lui, en revanche, imita de la main droite le geste de quelqu'un qui donne une claque amicale pour punir son copain de ne pas avoir tenu sa promesse. Sachant que je ne trouverais aucune excuse à mon silence prolongé, j'entraînai le journaliste dans un coin de la deuxième salle où Fabrice et sa compagne ne pourraient plus me voir. Quand nous ressortîmes une heure plus tard de l'établissement, ils étaient partis mais, entre-temps, pendant le repas, mon camarade m'avait demandé :

— Qui sont ces gens-là ?

— Un ancien camarade de collège et sa collaboratrice.

— Drôle de couple !

— Tu trouves ?

— Qu'est-ce qu'il fabrique dans la vie, ton copain ?

— Des produits de beauté.

— Ça alors..., sa pépée ne doit pas souvent les utiliser !

Une autre semaine s'écoula. Puis, le mardi suivant, je reçus un appel téléphonique de Fabrice :

— Vas-tu te décider, oui ou non, à venir à l'*Abbaye* ? Pourquoi pas samedi prochain ? Tu pourrais arriver dans l'après-midi et repartir le dimanche soir puisque tu m'as dit que cela t'arrangeait mieux... Actuellement je suis très ennuyé vis-à-vis de Gersande à qui j'annonce depuis des semaines ta visite imminente ! J'ai l'air d'un imbécile et elle va finir par se demander si je ne lui ai pas menti en lui disant que j'ai été ton camarade de collège, toi son auteur préféré ! Je lui ai même apporté, vendredi dernier, ton nouveau bouquin en lui jurant que tu viendrais le dédicacer ici.

C'est bien connu : quand un auteur est pris par son point faible — la dédicace au fidèle lecteur —, il lui est difficile de résister... Et puis, tôt ou tard, inéluctablement, il faudrait bien que je cède à l'invitation, sinon Fabrice ne me laisserait jamais tranquille et je ne pourrais plus retourner dans la brasserie que j'aimais tant par crainte de le rencontrer ! Nous finirions brouillés à mort après nous être retrouvés au bout de tant d'années ! Stupide ! Je répondis :

— Je viens samedi prochain mais, comme j'ignore en quel point de l'Aisne se trouve ton *Abbaye*, envoie-moi un itinéraire précis.

— Je te le fais porter par coursier d'ici à une heure. N'arrive pas trop tard : le parcours est au maximum de cent trente kilomètres.

Quatre jours après, ayant traversé une partie de l'admirable forêt de Villers-Cotterêts par un splendide après-midi d'hiver, je me retrouvai, alors que le jour commençait à décliner, face à cette grille d'entrée que je verrais, trois semaines plus tard, cadenassée et gardée par des gendarmes. Ce samedi-là, il n'y avait pas de maréchaussée mais un grand garçon blond qui, obéissant certainement aux instructions de mon hôte, se précipita pour ouvrir les battants qu'il referma aussi vite derrière ma voiture. J'avançai lentement dans l'allée qui faisait le tour d'une pelouse gelée pour m'arrêter devant l'entrée de la grande demeure qui ressemblait à tout sauf à une abbaye. Ce qui me fit supposer que l'ami Fabrice ne manquait pas d'une certaine imagination... Il se tenait d'ailleurs là, souriant, sur le pas de la porte. Ses paroles de bienvenue furent quand même prononcées avec un ton de reproche :

— Après toutes tes hésitations, je commençais à me demander si tu allais vraiment venir !

Et au garçon blond — qui avait dû courir derrière la voiture pour être déjà à côté de nous — il ordonna :

— Ladislas, occupez-vous de la valise de Monsieur et portez-la dans la chambre qui lui est réservée. Ensuite vous mettrez sa voiture au garage.

Puis, se retournant vers moi :

— Evidemment c'est l'hiver, mais il fait quand même très beau. J'aime ce soleil d'hiver... Et toi ?

— J'aime le soleil à toutes les saisons. Je déteste le froid et je hais la pluie.

— Le soleil d'hiver a quelque chose de plus que celui de printemps, d'été ou d'automne parce qu'il nous apporte réconfort et chaleur à l'époque où nous en avons le plus besoin ! Malgré la tristesse environnante, il nous rappelle que, contrairement à ce que pensent beaucoup de gens, la vie ne disparaît jamais complètement... Viens : cette fois, nous allons prendre le pot de l'amitié non pas chez Lipp mais chez nous. Si je dis « chez nous », c'est parce que je souhaite de tout mon cœur qu'à l'avenir tu te sentes ici chez toi chaque fois que tu y reviendras.

Au moment où nous pénétrâmes dans le vestibule d'entrée qui était immense, mal éclairé et à vrai dire plutôt sinistre, j'aperçus, traversant silencieusement le vaste hall et disparaissant aussi vite qu'elle était apparue, une silhouette familière : celle de la « collaboratrice »... Peut-être Athénaïs voulait-elle me prouver, par cette rapide apparition, qu'elle était bien là, de même que dans le bureau voisin de l'usine, pour surveiller tout ce qui se passait. Ce n'était pas Gersande, la maîtresse de maison, qui m'accueillait, mais elle, telle une doublure maléfique. Aussitôt je me sentis empoigné par une envie irraisonnée de m'enfuir, mais je compris qu'il était trop tard et que je n'avais pas le droit de faire une telle blessure à une aussi vieille amitié. Fabrice en aurait été bouleversé et son épouse ne me l'eût certainement pas pardonné. Et pourtant ! C'est sans doute ce que j'aurais dû faire pour éviter que ce « mécanisme d'alarme » évoqué plus tard par le docteur Quentin ne se déclenchât par le seul fait de ma venue ! Peut-être l'étrange existence des habitants de l'*Abbaye* se serait-elle poursuivie sans que l'on soit amené à clore pour longtemps ses volets ? Maintenant je m'en veux...

L'ABBAYE

Fabrice m'entraîna dans un fumoir-bibliothèque dont les proportions et le confort étaient agréables. Après avoir servi deux whiskies, il dit.en levant son verre :

— A toi et surtout à Gersande qui est folle de joie à l'idée de te connaître enfin ! Je vais la faire prévenir.

Dès qu'il eut sonné, une grande créature blonde entra et s'arrêta, attendant les ordres.

— Vania, allez dire à Madame que notre ami vient d'arriver.

Après une seconde d'hésitation, la jeune femme s'approcha du maître de maison pour lui chuchoter à l'oreille quelques mots que je n'entendis pas.

— C'est vrai, s'exclama Fabrice, je n'y pensais plus ! Ça ne fait rien, nous la verrons un peu plus tard.

Mais son visage marquait une certaine contrariété. Quand la jeune femme fut sortie, je ne pus m'empêcher de demander, tant son allure et sa joliesse m'avaient séduit :

— Qui est-ce ?

— Vania, la jumelle de Ladislas qui t'a ouvert le portail tout à l'heure. Ne m'en veux pas si j'ai omis de te la présenter mais, comme tous les gens qui vivent à l'*Abbaye*, elle s'est tellement intégrée au décor que je finis par ne même plus la remarquer... Il n'y a qu'une personne qui compte vraiment ici pour moi : ma femme... Et c'est justement à cause d'elle que je suis un peu ennuyé : j'aurais aimé qu'elle vienne t'accueillir avec moi, mais Vania m'a fait remarquer que c'était l'heure de sa sieste. Elle se repose beaucoup depuis un an.

— Elle n'est pas souffrante, au moins ?

— Nullement, mais elle a un grand besoin de dormir. Ça lui convient d'ailleurs très bien, le sommeil... Tu pourras te rendre compte par toi-même comme elle est belle lorsqu'elle dort !

Un peu interloqué, je me demandai s'il était dans les intentions de Fabrice de m'emmener contempler son épouse dans son lit. Mais il ne me laissa pas le temps d'exprimer ma pensée.

— D'ailleurs, ajouta-t-il, n'est-elle pas déjà un peu ici dans cette bibliothèque ? Retourne-toi...

Elle était là en effet : idéale, éthérée, mystérieuse, sur l'un des plus beaux portraits en pied que j'aie jamais vus ! Je me sentais presque un criminel de n'avoir pas remarqué une œuvre d'une telle qualité en entrant dans la pièce... Les cheveux noirs encadrant la blancheur laiteuse d'un visage d'albâtre et retombant sur des épaules dénudées, une longue robe blanche largement échancrée dont le drapé descendait jusqu'à des pieds nus adorablement menus, des bras, des attaches et des mains d'une rare finesse, un corps merveilleusement proportionné, tout cela — dominé par un regard dont la douceur donnait l'impression que les prunelles sombres étaient faites de velours — nimbait la femme peinte d'une prodigieuse irréalité.

— Admirable ! m'écriai-je. De qui est ce portrait ?

— De moi.

— De toi ? Mais tu as donc tous les talents ?

— Je pense avoir puisé dans mon amour la force et la patience nécessaires pour parvenir à peindre Gersande comme elle le mérite.

— J'en suis persuadé, sinon tu ne serais pas par-

36

venu à une telle réussite ! Je comprends mieux, maintenant que je la vois enfin, que tu puisses être aussi amoureux. Et encore ne suis-je en ce moment qu'en présence d'un portrait ! Qu'en sera-t-il quand je me trouverai devant l'original ! Il y a longtemps que tu as fait ce chef-d'œuvre ?

— Un an environ.

— Serait-ce indiscret de te demander quel est l'âge de Gersande ?

— Vingt-huit ans. Le plus bel âge de la femme : celui où elle connaît le commencement de l'épanouissement.

— Son portrait me fait penser à une jeune patricienne de l'Antiquité romaine.

— C'en est une... Mais peut-être aimerais-tu t'installer dans ta chambre ?

Il sonna à nouveau. Cette fois, ce fut Athénaïs qui parut. Pour toute réponse, elle eut une vague inclinaison de tête sans le moindre sourire quand je lui dis :

— Je suis enchanté de vous revoir.

— Athénaïs, coupa Fabrice, soyez aimable de conduire mon ami dans la chambre que nous lui avons choisie.

Puis, s'adressant à moi :

— Dès que tu seras prêt, tu n'auras qu'à revenir ici. Je t'y attendrai. Nous pourrons bavarder avant le dîner. A tout à l'heure.

Celle dont je ne savais plus trop si elle était une précieuse collaboratrice ou une simple gouvernante, ou même, quoi qu'affirmât Fabrice, la plus surprenante des maîtresses, me précéda dans un escalier en spirale aux larges marches en pierre. Il aboutissait au premier étage sur un long couloir aussi sombre que le vestibule du rez-de-chaussée. Tout d'ailleurs, eût-on dit, avait été intentionnellement assombri dans l'immense demeure. De chaque côté du couloir, se trouvaient un nombre impressionnant de portes en bois verni, toutes identiques. Le décor rappelait un peu un couloir d'hôtel ou, plus exactement, à cause de sa sévérité, celui d'un couvent.

Quand le cerbère — appellation convenant tout à fait à cette Athénaïs qui n'avait pas encore prononcé un mot — ouvrit l'une des portes en disant de sa voix grave : « Voici votre chambre », j'eus l'impression, après avoir jeté un regard vers l'intérieur de la pièce assez exiguë, d'entrer en cellule... Cette impression monacale ne fit que s'accentuer lorsque, la porte refermée, je me retrouvai seul sous un plafond voûté. Sur les murs blancs passés à la chaux il n'y avait pas le moindre tableau ni la plus petite touche de couleur. Le mobilier se réduisait à un lit, une étagère, une table et une chaise peints en noir, le tout entre le genre « rustique » et le style « meubles de prison un peu évoluée ». La fenêtre étroite donnait sur le parc, déjà plongé dans la nuit. La seule lumière provenait d'une lampe à abat-jour noir posée sur la table. C'était d'un lugubre ! L'unique note de vie, prouvant qu'un être humain allait quand même dormir là, venait de ma valise déposée par le jumeau blond au pied du lit. Ah ! j'oubliais... Il y avait aussi une armoire, dans laquelle je rangeai mes quelques affaires, ainsi qu'un lavabo installé à gauche de la fenêtre, surmonté d'une glace et n'ayant qu'un robinet d'eau froide. Pas d'eau chaude, pas de salle de bains..., c'était pour le moins étonnant dans une demeure où ce n'était pas la place qui manquait ! Il est vrai que les cloîtrés ou les prisonniers ont rarement une salle de bains à leur disposition. Dans quelle catégorie devais-je me classer ?... Je n'eus plus qu'une idée : quitter cette chambre inhospitalière pour descendre au plus vite rejoindre mon ami dans la bibliothèque.

Fabrice semblait n'avoir pas bougé de place durant mon absence. Il se tenait toujours en contemplation devant le portrait et j'eus quelque hésitation à troubler son mutisme.

— Je vois que tu admires ton œuvre, dis-je enfin. Tu as raison...

— Ce n'est pas mon travail qui m'émeut mais Gersande : on croirait qu'elle va parler...

S'arrachant à sa vision, il me demanda sur un tout autre ton :

— Ta chambre te convient-elle ?

— Elle est parfaite.

— Tu es indulgent. Je sais que le confort y est des plus approximatifs, mais toutes les chambres de l'*Abbaye* sont pratiquement semblables. L'important est qu'elles soient bien chauffées : ce qui est le cas. Et puis personne ne vient ici pour rechercher le luxe mais plutôt pour méditer sur la vanité des plaisirs terrestres et surtout pour communier avec Gersande qui est l'incarnation de la perfection humaine.

— Elle se repose toujours ?

— Oui. Nous ne la verrons qu'après le dîner... Viens : en attendant qu'il soit servi, je vais te faire visiter le rez-de-chaussée.

Il m'entraîna dans une pièce voisine de la bibliothèque. C'était un charmant boudoir dont les dimensions tranchaient avec l'immensité du vestibule. Les murs étaient tapissés de cretonne imprimée, encadrée par des boiseries légères. Un mobilier Louis XVI complétait l'impression d'élégance intime. Tout y était douillet et imprégné de la présence de celle qui devait

39

régner en dame souveraine sur l'étrange demeure. Un parfum tenace et assez lourd flottait dans la pièce.

— Tu aimes cette odeur ? demanda Fabrice. C'est celle dont Gersande ne peut se passer : elle ne se sent à l'aise que si elle peut la respirer... C'est pourquoi ce boudoir lui est réservé et pourquoi j'aime aussi à y répandre ce parfum.

Il avait saisi un vaporisateur posé sur le dessus de la cheminée. Tout en dirigeant le jet bienfaisant dans toutes les directions, il murmura : « C'est pour toi, mon amour... Pour toi seule qui sais que ton époux ne cesse pas une seconde de penser à te faire plaisir... »

Médusé et un peu ému, je le regardais faire : jamais encore je n'avais rencontré un homme faisant preuve d'une telle délicatesse de sentiments. Quand il estima que la dose répandue était suffisante, il se retourna vers moi puis me désigna un canevas de tapisserie inachevé posé sur un guéridon, lui-même placé à côté d'un fauteuil.

— Vois : c'est l'ouvrage qu'elle a commencé. Il y a d'ailleurs un certain temps qu'elle n'y a pas touché... C'est que, comme tous les vrais artistes, elle ne travaille que lorsqu'elle se sent inspirée ! Elle a le génie de la tapisserie et ses doigts sont d'une habileté prodigieuse pour n'importe quel travail manuel. D'authentiques doigts de fée... Pour broder, elle s'installe toujours dans ce fauteuil : c'est son siège préféré et personne d'autre qu'elle n'a le droit de s'y asseoir quand elle n'est pas là. Regarde cette petite bibliothèque : c'est exclusivement la sienne. Personne non plus ne peut y prendre un livre. Elle y conserve ses auteurs préférés dont tu fais partie. Tu peux constater que s'y trouvent tous tes bouquins, y compris le dernier sur lequel il faudra bien que tu apposes la dédicace promise ! Quand Gersande te lit, elle me raconte au fur et à mesure tes histoires. Il est vrai que je n'ai jamais le temps d'ouvrir un livre.

— Ça ne m'étonne pas ! Je me souviens que déjà, au collège, tu n'étais pas friand de lecture.

— C'est vrai... Regarde aussi cette photographie posée sur la commode : elle a été prise, voilà un peu plus de trois ans, le jour de notre mariage.

— Gersande y est bien la plus idéale des mariées !

— Le blanc lui va : c'est pourquoi je lui ai demandé de remettre cette robe le jour où j'ai fait son portrait.

— Ah ! C'est la robe nuptiale ?

— Oui. Et moi, comment me trouves-tu sur la photo ?

— Tu donnes l'impression d'être follement heureux.

— Je le suis toujours resté depuis... Ces trois années se sont écoulées avec la rapidité d'un rêve... Suis-moi maintenant dans la salle de conférences.

Nous nous retrouvâmes dans une pièce aussi monumentale et aussi lugubre que le vestibule. A croire que toute la gaieté de l'*Abbaye* s'était réfugiée dans le boudoir de la femme en blanc. Les murs nus, dont la sévérité rappelait celle de ma chambre-cellule, étaient badigeonnés d'une peinture marron foncé. Le mobilier se réduisait à trois rangées de chaises alignées les unes derrière les autres face à une estrade occupant le fond de l'amphithéâtre et sur laquelle était placée une table. Un buste de femme en pierre dominait la salle. Il était posé sur un socle accroché à mi-hauteur du mur du fond, tels ces bustes de Marianne qui encombrent toutes les salles de mariage des mairies françaises. Seulement, au lieu du bonnet phrygien, la tête était recouverte d'un voile retombant de chaque côté du visage et cachant partiellement les cheveux.

— Que penses-tu de ce buste ? demanda aussitôt Fabrice.

— C'est également elle ?

— Qui d'autre voudrais-tu que ce soit ? Gersande n'est-elle pas partout chez elle dans notre *Abbaye ?* Et n'est-il pas normal qu'elle se trouve là pour présider, ne serait-ce qu'en effigie, nos conférences d'étude sur le grand problème de survie qui nous préoccupe tous ?

— Qui assiste à ces conférences ?

— Surtout mes principaux collaborateurs dont tu feras la connaissance tout à l'heure au cours du dîner... Parfois aussi — mais c'est moins fréquent — certains confrères, biologistes comme moi, qui se passionnent pour le même problème ou quelques amis tels que toi dont la présence discrète mais affectueuse m'est d'un grand réconfort. Voilà pourquoi je t'en ai un peu voulu de ne pas t'être décidé plus tôt à venir nous rendre visite ici, à ma femme et à moi... Mais, puisque tu es enfin là, tout est oublié ! Nul ne me semble mieux indiqué qu'un ancien camarade de collège pour devenir mon confident. Quand tu reparti-ras demain soir, puisque tu m'as dit ne pas pouvoir rester plus longtemps pour cette première visite, tu seras déjà un initié.

— Un initié ?

— Mais oui ! Et peut-être, comme cela s'est passé pour tous les habitants de l'*Abbaye*, n'auras-tu plus envie de repartir ? On ne sait jamais... Gersande exerce un tel pouvoir d'attraction sur ceux qui l'ap-prochent.

— Qui parle sur l'estrade ?

— Le plus souvent moi. J'expose mes vues et le résultat de mes recherches. Mes auditeurs prennent des notes, exactement comme dans un cours de faculté.

— Ont-ils le droit de te poser des questions ?

— Toutes celles qu'ils veulent. Ils ne sont pas là

pour préparer un examen mais pour collaborer à une œuvre d'intérêt universel.

— Et moi qui ne suis pas un de tes disciples mais seulement un condisciple de collège, puis-je te poser tout de suite, ici même, dans cet amphi d'un genre assez spécial, une question ?... Une seule ?

— Parle.

— Quel est le thème général de tes conférences ?

— La vie et la mort.

— Tout simplement ? Vaste programme ! Fabrice, tu es un homme inouï ! Il faudra que tu m'expliques ça.

— J'y compte bien ! C'est même pour cette raison, principalement, que j'ai tant insisté pour que tu viennes.

— Une autre question qui n'a rien à voir avec tes découvertes : tout à l'heure, quand je suis ressorti de ma chambre pour venir te rejoindre dans la bibliothèque, j'ai compté dans le couloir du premier étage douze portes... Ce sont sans doute celles d'autres chambres semblables à la mienne ?

— Exactement les mêmes. N'oublie pas que tu es dans une abbaye.

— Ces chambres sont habitées ?

— Actuellement, quelques-unes seulement : celles occupées par ma fidèle équipe, mais un jour viendra — le jour J, celui que je prépare dans le plus grand secret et qui marquera le triomphe de ma technique — où il n'y en aura plus une de libre. Les savants, les médecins, les chercheurs de la terre entière se battront pour avoir l'honneur d'y être logés. On s'écrasera à l'*Abbaye* ! Et on ne saura plus où mettre les journalistes toujours à l'affût de nouvelles à sensation ! C'est pourquoi j'ai pris la décision d'attendre le plus longtemps possible avant de livrer mon fabuleux secret aux foules, le plus souvent aussi ignorantes que médisantes... J'ai peur de la foule. Et toi ?

— Mon Dieu...

— Oui, tu ne sais pas... Eh bien, méfie-toi des masses : elles refusent de nous comprendre et nous traitent d'illuminés dès que nous sommes parvenus, au prix de réflexions surhumaines, à entrevoir le chemin de la vraie lumière ! Je crois qu'il est temps maintenant d'aller dîner : mon équipe doit nous attendre dans la bibliothèque où je vais avoir la joie de te la présenter au complet. Tu pourras constater par toi-même qu'elle est véritablement exceptionnelle.

Elle l'était en effet, exceptionnelle, la fine équipe...

Les présentations, suivies de poignées de main plus ou moins vigoureuses ou plus ou moins molles selon le cas, furent faites par Fabrice sur un ton de réelle fierté : « Mon vieux romancier d'ami, semblait-il vouloir dire, même si tu as déjà écrit ou imaginé pas mal de héros ou d'héroïnes étranges dans tes romans, je suis convaincu que tu n'as encore jamais découvert une pareille brochette ! » Il les nomma en déclinant leurs activités respectives :

— Commençons par les benjamins : Ladislas et Vania Halphy, le frère et la sœur. Ici, nous les appelons familièrement « les jumeaux » parce qu'ils le sont réellement, qu'ils se ressemblent et qu'on ne pourrait pas les imaginer l'un sans l'autre !

Le garçon et la fille, âgés de vingt-cinq ans tout au plus, se ressemblaient en effet d'une façon stupéfiante : tous deux magnifiques avec leur blondeur, leurs yeux bleus et leur stature athlétique. Dommage qu'ils fussent frère et sœur ! Ils auraient fait un

44

admirable couple... Mais, pour cela, peut-être étaient-ils quand même trop identiques l'un à l'autre ? Pourtant, en les regardant, je ne pouvais m'empêcher de penser à des amants assez ambigus et un peu troubles dont les deux visages affichaient le même sourire merveilleusement juvénile.

Fabrice continua :

— Ladislas s'occupe de tout à l'*Abbaye* : il est le gardien, le jardinier, l'électricien, le majordome s'il le faut... Bref, l'homme à tout faire indispensable dans une aussi vaste demeure. Quant à Vania, c'est la perle des lieux : celle qui passe alertement et sans perdre sa belle humeur de la cuisine à l'aspirateur, de la lingerie aux plus humbles travaux domestiques. Ils ont tous les deux beaucoup de mérite, ayant sacrifié leur vocation d'artistes pour s'adonner à des tâches infiniment moins glorieuses.

Fabrice me présenta ensuite un personnage maigre, anguleux, ni jeune ni vieux, aux yeux très noirs enfoncés dans leurs orbites, habillé d'un veston trop long et de pantalons trop courts, peu soigné de sa personne et plutôt méprisant, semblait-il, à l'égard des autres habitants de l'*Abbaye*.

— Le baron Arnold de Gravouillis, dit-il. Il est mon assistant dans mes délicates recherches et, sans l'aide précieuse de ses connaissances techniques, jamais nous n'aurions pu atteindre les sommets où nous nous trouvons maintenant.

Le sourire que le baron m'adressa révéla une denture clairsemée et jaunâtre. Cela tenait plutôt de la grimace et avait quelque chose d'assez effrayant.

La quatrième personne était une femme d'environ trente-cinq ans dont le type méditerranéen assez prononcé ne manquait pas d'un certain charme. Les yeux étaient particulièrement brillants. Elle était curieusement vêtue : foulard de soie rouge autour de la tête, anneaux d'or aux oreilles, multitude de bracelets autour des poignets, lourdes bagues à chaque doigt et robe aux couleurs vives rappelant celle d'une Gitane.

— Sarah, dit simplement Fabrice. Son prénom lui suffit puisqu'elle sait merveilleusement le porter. Elle aussi nous est très utile, à Gersande et à moi : Sarah prédit l'avenir comme personne au monde ! Je reconnais que, grâce à son don extraordinaire, j'ai pu éviter beaucoup de bévues. La science, c'est bien, mais sans l'aide de la voyance elle se révèle parfois aveugle.

Une Gitane, cette Sarah ? Pas sûr... Plutôt une belle Juive.

— Enfin, continua mon ami, je n'ai pas à te présenter Athénaïs qui est, si j'ose dire, fondamentale aussi bien ici qu'à Levallois.

— Je sais. N'est-elle pas pour toi ton chef de cabinet ?

L'appellation eut le don d'arracher un vague sourire à la géante.

— Il ne nous reste qu'à passer à table, dit le maître de maison.

La salle à manger communiquait avec la bibliothèque par une porte à double battant placée face à celle du boudoir de Gersande. Elle était également de dimensions impressionnantes, avec des murs recouverts d'un cuir de Cordoue qui ne créait pas tellement la joie de vivre. L'unique note de gaieté provenait du lustre en vieux bois doré surmontant la table et qui, dans son genre, était presque une réussite. Etrange, la place de chaque convive autour de l'immense table rectangulaire ! Fabrice présidait d'un côté. Il avait, face à lui, une chaise inoccupée devant un couvert

46

cependant dressé comme ceux des autres convives. Je compris que c'était celui de la maîtresse de maison que nous ne verrions qu'après le repas selon ce que m'avait laissé entendre mon ami. Celui-ci me fit prendre place à la droite de l'absente — la place d'honneur —, tandis que le baron s'installait à sa gauche. Athénaïs se tenait à droite de mon ami et la voyante Sarah à sa gauche. Les jumeaux occupaient chacun un bout de la longue table rectangulaire, silencieux mais toujours beaux et souriants. Ils étaient si loin de nous qu'on aurait dit deux grands enfants mis en pénitence.

Tous les mets étaient posés sur la table transformée en buffet bien garni.

— A l'*Abbaye*, m'expliqua Fabrice, nous avons pris depuis longtemps une excellente habitude : chacun se sert lui-même et prend ce qu'il veut. Ça simplifie le service et crée l'intimité. Cela dit, c'est Vania qui a préparé toutes ces merveilles culinaires et son frère qui s'est occupé du couvert. Ils ont du goût, l'un et l'autre. Il ne me reste plus qu'à vous souhaiter bon appétit à tous !

Le repas débuta dans le silence et il fallut attendre quelques minutes avant que Fabrice ne le rompît.

— Je serais heureux, me dit-il, que tu fasses honneur à la cuisine de Vania. On mange très bien en Hongrie, son pays. N'est-ce pas, Vania ?

La jeune femme rougit.

— Nous utilisons peut-être un peu trop le paprika, répondit-elle dans un français imprégné de roulements slaves. Beaucoup de gens n'aiment pas ça.

— Moi, j'aime !

Ce fut à peu près tout comme conversation. Contrairement à ce qu'avait dit Fabrice sur la nécessité de l'intimité à table, il n'y en avait aucune. Une vague de tristesse s'était, semblait-il, répandue dans la pièce et planait sur chaque convive. Très vite j'en compris la raison : c'était cette place vide à ma gauche qui créait une gêne insupportable. Tout le monde cependant, sauf moi, paraissait avoir faim, ce qui constituait déjà une note d'optimisme. Peut-être « l'équipe » avait-elle fini par s'habituer aux absences de Gersande ? Mais, personnellement, le manque total de chaleur humaine m'oppressait : je ne pouvais rien avaler.

— Tu ne manges pas ? remarqua Fabrice.

— Très peu le soir. Souvent, il m'arrive de ne pas dîner.

— Pourtant, chez Lipp ?...

— C'est autre chose : ce n'est pas un endroit où l'on va tellement pour manger mais plutôt pour observer le flot ininterrompu de clients pittoresques qui passe devant chaque table.

— Et ici ? Tu ne les trouves pas pittoresques, les convives ?

— Le fait est...

Je préférai changer de sujet de conversation :

— Tu m'as déjà fait visiter pas mal de pièces de ton rez-de-chaussée mais pas encore ce laboratoire dont tu m'as tant parlé à Paris.

— Tu le verras en son temps. Il est installé au sous-sol ; c'est le domaine réservé de ce cher baron qui y accomplit des prodiges... Peut-être te le laissera-t-il visiter si tu te montres très gentil avec lui ?

— Mais votre ami, s'empressa de dire le baron avec une voix mielleuse, me paraît être un homme des plus aimables.

Le silence s'installa de nouveau jusqu'à la fin du repas. Celui-ci terminé, mon hôte se leva.

— Allons prendre le café à la bibliothèque, dit-il.

En y pénétrant, je remarquai dans un très haut vase de cristal, posé lui-même sur un guéridon, une merveilleuse gerbe de lis blancs. Alors que je la contemplais, Fabrice s'approcha de moi et me dit à mi-voix comme s'il s'agissait d'une confidence exceptionnelle :

— Ce sont les seules fleurs qu'aime Gersande... Il y a quelque chose de très important aussi que j'ai omis de te faire entendre : sa voix...

Il prit un magnétophone posé sur l'un des rayons de la bibliothèque.

— Tu vas entendre, ajouta-t-il, une conversation enregistrée récemment entre elle et moi.

Tout le monde, la tasse de café à la main, se figea dans l'attente du message. Fabrice mit l'appareil en marche. Ce fut sa voix que j'entendis en premier :

— *Comment te sens-tu aujourd'hui, mon amour ?*

— *Très bien parce que tu es près de moi*, répondit une voix qui donnait l'impression d'avoir été enregistrée dans un autre monde.

— *As-tu envie de quelque chose ou de quelqu'un ?*

— *Je veux continuer à me reposer et je n'ai besoin que de toi.*

— *Tu m'aimes ?*

— *Je t'aimerai éternellement.*

C'était terminé. Un court silence tomba, puis Fabrice dit à ses collaborateurs :

— Maintenant, mes amis, il faut vous reposer. Vous l'avez bien mérité. Je reste seul avec mon vieux camarade que je vais conduire chez mon épouse qui l'attend. Le moment est venu. Bonsoir à tous.

Ils se retirèrent sans prononcer un mot, se contentant de faire, les uns après les autres, une inclinaison de tête en signe de bonsoir. Fabrice et moi nous retrouvâmes seuls.

— Viens, dit-il.

Je le suivis dans le vestibule jusqu'au niveau de l'escalier en spirale.

— Cette fois, reprit-il, nous ne le montons pas, nous le descendons.

Cette descente me parut interminable. Nous arrivâmes enfin dans une longue cave voûtée éclairée par des torches en fer forgé fixées de chaque côté de la galerie dans des anneaux scellés aux murs et dont les flammes aveuglantes répandaient un éclairage fantasmagorique.

— Ces torches ne s'éteignent jamais, m'expliqua mon guide. Gersande a la passion des flammes !

— Ce doit être un gros entretien que de les alimenter ainsi sans interruption ?

— C'est Ladislas qui surveille ce feu continu mais cela représente moins de travail que tu ne le penses : ça fonctionne au gaz selon le même procédé que la flamme qui brûle jour et nuit sous l'Arc de Triomphe devant la tombe du Soldat inconnu. Pourquoi Gersande n'aurait-elle pas droit, elle aussi, au culte du souvenir ?

— N'exagérons rien ! J'admets la légitime passion que tu voues à ton épouse, et je crois volontiers à sa perfection féminine. Mais enfin Gersande est encore vivante et n'est nullement une inconnue pour tous ceux qui l'entourent ici et qui la voient quotidiennement !

— Ne crois pas cela ! Gersande ne reçoit que ceux qu'elle veut bien voir, surtout maintenant qu'elle a trouvé cette paix dont elle avait tant besoin ! Quand je te raconterai ce qu'a été son existence avant le hasard inespéré qui a présidé à notre rencontre, tu comprendras mieux.

Nous étions arrivés au fond de la galerie devant une grille sévère rappelant celles qui se trouvent dans les prisons. Fabrice sortit de sa poche une clef assez volumineuse qu'il introduisit dans la serrure.

— Maintenant, me confia-t-il à mi-voix, nous pénétrons dans ses appartements privés...

— C'est donc dans ce sous-sol qu'elle habite et pas à l'étage des chambres ?

— Oui, depuis un an.

— Toi aussi, je suppose ?

— Non, je dors encore là-haut dans une chambre proche de la tienne. Mais un jour viendra où je m'installerai définitivement ici, auprès d'elle. Des amants comme nous ne se doivent-ils pas de dormir côte à côte ? Seulement, j'ai compris qu'actuellement Gersande préférait encore reposer seule pour pouvoir mieux récupérer toutes ses forces. Ce qui ne nous empêche pas de nous retrouver chaque jour. Je descends lui dire bonjour le matin, dès mon réveil, et je ne me couche jamais le soir sans être venu lui souhaiter une bonne nuit. La régularité de ces visites nous permet de reprendre à chaque fois la conversation amoureuse dont ni elle ni moi ne pouvons nous passer... Je viens la voir dès que je sens — c'est là un instinct très secret que seuls peuvent percevoir les vrais amants — qu'elle a besoin de moi.

— Tout cela me semble parfait quand tu te trouves à l'*Abbaye* pendant les fins de semaine, mais que se passe-t-il lorsque tu es retenu à Levallois par la direction de ton usine ?

— Je téléphone à Sarah pour lui demander des nouvelles de ma femme. Comme elle ne quitte jamais cette demeure, c'est elle qui lui tient compagnie en mon absence.

— Tu pourrais quand même parler directement avec ta femme par téléphone plutôt que d'utiliser les services d'une intermédiaire !

— Gersande a toujours eu horreur du téléphone et a refusé qu'on place un appareil dans sa chambre.

Il referma à clef la grille derrière nous avant de reprendre :

— Maintenant, toi et moi allons être enfin seuls avec Gersande sans cette meute humaine qui m'entoure perpétuellement et qui, malgré son dévouement, constitue à la fin une présence un peu lassante. Nous sommes dans le vestibule attenant à sa chambre.

Il se mit à parler à voix très basse :

— Fais comme moi... Gersande ne peut pas supporter le bruit et, si par hasard elle dormait encore, ce serait un crime de la réveiller ! Voici la porte de sa chambre.

C'était une porte étroite et noire dont le haut se découpait en ogive dans la voûte de la cave et qui ressemblait plus à un portillon donnant sur une chapelle latérale — où seraient exposées les tombes de gisants sculptés dans la pierre — qu'à l'entrée de la chambre à coucher d'une jeune femme ! Sur la porte on lisait, gravée en lettres d'or, cette inscription : Ici RÉSIDE L'AMOUR ÉTERNEL.

Fabrice tourna lentement le loquet et poussa doucement la porte. A peine fut-elle entrebâillée qu'une bouffée d'air froid me glaça. Et je la vis.

Elle était là, immobile, les yeux grands ouverts, vêtue de la robe blanche que j'avais vue sur le portrait, les pieds nus, les mains jointes sur sa poitrine dans un geste de prière, allongée dans une cuve aux parois de verre et le corps baignant dans un liquide gélatineux qui n'avait rien de la rigidité d'un bloc de glace. De la voûte tombaient d'étranges rayons colorés dont la puissance lumineuse transperçait la couche fluide pour caresser la femme. C'était un éclairage si étincelant qu'il créait l'illusion que Gersande était phosphorescente.

Le support de la cuve ressemblait aux pieds d'un lit en fer forgé. Sa longueur correspondait à celle du corps étendu mais sa largeur semblait conçue pour accueillir à la gauche de la gisante un autre corps. Quand j'avais pensé, en franchissant la porte étroite, à l'entrée d'une crypte abritant un tombeau, je n'étais pas tellement dans l'erreur.

Pendant les premières secondes, mon regard, fasciné, ne quitta pas la femme dont la beauté diaphane apparaissait encore plus irréelle à travers la couche liquide qui l'enveloppait d'un étrange linceul. Elle était bien là sous ses formes parfaites mais inaccessibles, tels ces joyaux rares que l'on ne peut admirer que derrière une vitrine qui interdit de les palper, rendant vain tout désir. M'arrachant avec peine à cette vision proche de l'apparition, je tournai la tête pour observer Fabrice : il s'était agenouillé sur un prie-Dieu placé au pied du lit singulier et, les mains jointes dans le même geste qu'elle, il contemplait sa compagne en marmonnant des mots qui ne pouvaient être qu'une supplique d'amour. Son visage transfiguré indiquait qu'il n'était plus là auprès de moi, dans cette crypte, mais tout entier avec celle qui semblait attendre, sereine, qu'il vînt la rejoindre sur le lit de leurs amours éternelles... Je compris alors pourquoi le support de la cuve était plus large : un jour viendrait sûrement où la couche mystérieuse s'agrandirait pour accueillir le corps de l'époux.

Fabrice, soudain, rompit le silence angoissant et c'est comme dans un rêve que je l'entendis murmurer, alors qu'il demeurait agenouillé devant son amour :

— N'est-ce pas qu'elle est belle ?

— L'une des plus belles femmes que j'aie jamais vues...

— Ce n'est qu'auprès d'elle, dans cette contemplation, que je retrouve la sérénité dont j'ai tant besoin ! Et ne va pas t'imaginer, même si elle ne t'a jamais rencontré dans la réalité, qu'elle ne te connaît pas ! Elle m'a souvent dit avant de se trouver ici, parlant de tes romans : « Il y a en moi un peu de ses héroïnes : je suis impure, je suis tricheuse, je suis maudite... »

— Tu avais raison de prétendre qu'ici, à l'*Abbaye*, tu réalisais des miracles. Mais es-tu bien certain qu'elle restera toujours aussi belle ?

— Pourquoi changerait-elle puisque notre amour l'a rendue éternelle ?

— Tu m'as dit qu'elle était là depuis un an déjà ? Jamais je n'aurais cru qu'une créature humaine pût conserver une telle beauté dans la mort !

— Qu'est-ce que tu racontes ? Gersande n'est pas morte ! En ce moment elle dort tout simplement.

— Avec les yeux grands ouverts ?

— Je l'ai voulu et elle m'a obéi en prenant l'habitude de se reposer ainsi. C'eût été dommage de cacher un regard aussi pur sous de tristes paupières closes.

Il quitta son prie-Dieu.

— Nous allons faire le tour de son lit pour que tu puisses mieux la contempler.

La promenade insensée autour de l'hallucinante litière commença. Il avançait à petits pas, me tirant par la main comme on le fait pour guider un aveugle.

— Je t'avais promis de te faire découvrir la beauté du monde, dit-il. Tu vois que j'ai tenu parole.

Oui, je ressemblais à l'aveugle que l'on essaie d'arracher à la tristesse de sa nuit et je me sentis imprégné de cette exaltation qui habitait mon guide.

— Fais comme moi, reprit-il. Après t'être rassasié d'elle, dis-lui quelque chose...

— Moi ?

— Tu ne peux pas rester silencieux devant elle. Elle

54

espérait ta visite depuis si longtemps ! Elle ne te le pardonnerait pas, ni à moi surtout qui lui ai tellement vanté tes mérites... Parle-lui, je t'en prie !

Un curieux phénomène se produisit : je m'entendis parler comme si ce n'était pas moi qui contrôlais mes paroles. Sans doute m'étaient-elles dictées par une force supérieure venue de ces lieux inconnus des mortels où l'on n'emploie que le langage d'amour puisque, dit-on, Dieu est amour.

« Moi aussi, comme Fabrice, je suis ébloui, Gersande... On ne peut pas ne pas vous adorer... Vous m'êtes bénéfique parce que vous m'inondez de cette paix intérieure dont parlait votre époux. »

— C'est très bien, dit Fabrice. Elle est heureuse : tu as vu ce sourire qui a effleuré son visage pendant que tu lui avouais, toi aussi, ton amour ?... Mais ne la fatiguons pas ! Laissons-la dormir... Demain, si tu le souhaites, je te ramènerai auprès d'elle pour que tu puisses t'imbiber un peu plus encore de sa lumière... De toute façon, je viendrai la saluer dès l'aube, à mon réveil, pour faire avec elle notre prière matinale. Maintenant, c'est le moment de la prière du soir.

Il s'était agenouillé. Sa voix prit alors une telle résonance sous la voûte qu'on eût dit que deux voix prononçaient simultanément les mêmes paroles, celle, grave, de Fabrice et l'autre, légère, de Gersande : « Nous savons que cette nuit, comme toutes les nuits, nous ne trouverons pas le vrai repos si nous ne pensons pas l'un à l'autre puisque nous n'existons que l'un par l'autre et que rien au monde ne pourra plus jamais nous séparer. Cela pour l'éternité. »

La prière du soir était finie. Il se releva et m'entraîna vers la petite porte qu'il referma derrière nous avec la même douceur qu'il avait eue pour l'ouvrir. Ce fut pareil pour la grille dont la clef tourna sans grincement dans la serrure, et nous nous retrouvâmes dans la galerie aux torches que nous longeâmes en sens inverse jusqu'au pied de l'escalier. Celui-ci gravi, nous étions à nouveau dans le vestibule, toujours aussi lugubre. Une haute silhouette se dressa devant nous dans la pénombre : celle d'Athénaïs.

— Quelle impression vous a faite Madame ? me demanda-t-elle avec détachement, comme si la question était des plus banales.

Stupéfait, je balbutiai :

— Mais... prodigieuse !

Toujours avec le même calme, Athénaïs ajouta :

— C'est exactement l'effet qu'elle produit sur tous ceux qui ont l'honneur de lui être présentés pour la première fois... Maintenant je crois que votre ami a besoin de repos : ces visites à Madame l'épuisent... Vous aussi, d'ailleurs, devez être fatigué après la route que vous avez faite pour venir nous rejoindre.

— Oh ! vous savez, la route n'a pas été bien terrible...

Je m'arrêtai, n'osant ajouter : « C'est ce qui s'est passé depuis mon arrivée ici qui m'a éreinté moralement ! »

Et comme Fabrice demeurait muet, le regard absent, toujours perdu dans la contemplation de l'amour infini qu'il venait de quitter, Athénaïs reprit :

— Je vais vous accompagner chacun jusqu'à votre chambre.

Nous la suivîmes dans l'escalier, puis dans le couloir, tels deux automates. Athénaïs ouvrit la porte de l'une des cellules : Fabrice pénétra dans la pièce sans se retourner et sans nous adresser le moindre bonsoir. Athénaïs referma la porte derrière lui, puis reprit sa marche pesante vers le bout du couloir où se trouvait ma propre chambre.

— Il ne faut pas lui en vouloir de ce qu'il ne vous ait pas souhaité une bonne nuit, me confia-t-elle. Chaque fois qu'il revient le soir de chez sa femme, il en est ainsi : il reste perdu dans une sorte d'extase qui pourrait faire croire qu'il est somnambule. Il ne voit alors plus personne : c'est comme si nous n'existions pas !

— Et à l'aube, puisqu'il m'a expliqué que dès le réveil il allait faire sa prière matinale auprès de son épouse, que se passe-t-il ? C'est vous qui revenez le chercher ou il descend seul à la crypte ?

— Il y va seul.

— Et, lorsqu'il remonte, il est en transe comme ce soir ?

— Pas du tout. Il semble, au contraire, que cette entrevue matinale avec son épouse constitue pour lui une sorte de stimulant qui lui donne des forces accrues pour entreprendre de nouvelles recherches.

— Quelles recherches ?

— Toujours les mêmes : sur la prolongation possible de l'existence humaine à laquelle il a toujours cru.

— Et vous ?

— Oh ! moi...

— Recherches qui se font sans doute dans le laboratoire dont il m'a parlé et où règne celui que vous appelez « le baron » ?

— Comme la crypte, ce laboratoire se trouve au sous-sol mais du côté opposé : on y accède aussi par la galerie aux torches... Fabrice vous le fera sûrement visiter demain.

Nous étions devant la porte de ma chambre.

— Mais surtout que tout cela ne vous empêche pas de dormir ! dit-elle sur un ton où perçait un mélange de mépris et d'ironie.

Débarrassé d'elle, je m'assis sur le lit après avoir pris soin de verrouiller la porte. Je ne me sentais pas tellement à l'aise ni rassuré... J'essayai, non sans mal — tant j'étais encore traumatisé par ce que je venais de voir et d'entendre —, de mettre un semblant d'ordre dans mes pensées. Et, très vite, j'en vins à la conclusion que mon ancien camarade de collège était authentiquement fou : une de ces formes de folie douce dont seul a à souffrir celui qui en est atteint. Pour qu'il en fût arrivé là, Fabrice avait dû connaître, au temps où Gersande était réellement vivante et non pas emprisonnée sous une couche de gélatine, une existence éperdument passionnée avec cette femme dont la beauté semblait, en effet, devoir demeurer impérissable. Je réalisai également que si, depuis nos retrouvailles, il n'avait pas cessé de me vanter les qualités de sa compagne, il ne m'avait rien révélé de leur passé commun. C'est sans doute dans ce passé que se trouvait la source de sa folie.

Et les autres qui l'entouraient, ces personnages aussi hétéroclites que douteux qui, eux, ne souffraient pas comme lui ? Ces jumeaux hongrois, ce baron, cette pythonisse et cette stupéfiante Athénaïs qui, tous, avaient l'air de s'accommoder parfaitement des divagations du malheureux et de la présence, dans la crypte du sous-sol, de cette épouse congelée ? Ça sentait l'exploitation d'une folie qu'il fallait faire durer le plus longtemps possible pour qu'elle devînt de plus en plus rentable. C'était encore heureux pour tout le monde que les produits de beauté *Klytot* se vendent bien, puisqu'ils alimentaient la caisse ! Une dernière pensée m'effleura l'esprit avant que je ne sombre dans le sommeil : et si cet entourage de Fabrice — ceux qu'il appelait ses « dévoués collaborateurs » — n'était qu'un ramassis de monstres ?

LES MONSTRES

A mon réveil, la longue nuit d'hiver enveloppait encore tout : l'*Abbaye,* son parc, la forêt. Ces quelques heures de repos m'avaient cependant permis de retrouver des idées plus claires. L'une, entre autres, s'imposait : il n'était pas possible de laisser se prolonger une situation aussi insensée ! Mon devoir de vieil ami de Fabrice me mettait dans l'obligation d'essayer de l'arracher, si c'était encore possible, à sa démence et de le ramener progressivement à une plus juste compréhension des choses. Cela malgré cet amour pour Gersande, que je sentais enraciné au plus profond de lui-même, et contre le travail maléfique de son entourage. N'était-ce pas celui-ci qui, en le maintenant dans l'illusion de la survie de son épouse, l'empêchait de recouvrer la vraie notion de vie et de mort ?

Mais comment m'y prendre ? C'était délicat : les adversaires étaient retors et il fallait éviter à tout prix de rompre l'amitié retrouvée après tant d'années de séparation. Elle comptait beaucoup pour Fabrice et maintenant pour moi. Et peut-être le destin avait-il voulu, en nous faisant nous revoir par le plus grand des hasards, que je sois la bouée de sauvetage lancée à mon vieux camarade près de sombrer définitivement dans le souvenir trop fou de son amour ?

Aussitôt habillé, incapable de supporter l'exiguïté de la chambre et peu désireux d'arpenter l'immensité lugubre du reste de la demeure, je me réfugiai dans la bibliothèque : elle m'avait paru la pièce la plus accueillante, à l'exception cependant du boudoir réservé à la maîtresse de maison. Mais, maintenant que j'avais fait connaissance avec cette dernière, je n'avais plus très envie de contempler son travail de tapisserie inachevé ni de prendre place dans son fauteuil ! Au moins, dans la bibliothèque, je retrouverais l'étonnant portrait, somme toute plus vivant que la réalité glacée de la crypte. Mais quelle ne fut pas ma surprise de découvrir, assis dans l'un des fauteuils de cette bibliothèque et lisant un bréviaire, un personnage que je n'avais pas vu la veille et dont l'apparence était infiniment plus réconfortante que celle de tous les soi-disant « dévoués » collaborateurs de mon ami.

C'était un prêtre d'un certain âge, au visage poupin et couperosé. Chose rare à notre époque, il portait la soutane. Ayant relevé la tête à mon entrée, il eut un sourire que je n'avais pas encore rencontré depuis mon arrivée à l'*Abbaye* : un bon sourire fait d'intelligence et d'indulgence. Fermant son bréviaire, qu'il devait connaître par cœur après de longues années de sacerdoce, il me dit d'emblée :

— Je suis enchanté de faire votre connaissance. Notre ami commun, le propriétaire de cette demeure, m'a plusieurs fois parlé de vous et m'avait même annoncé votre prochaine venue. Je me présente : je suis l'abbé Kermeur, curé en titre de la commune de Mernie sur laquelle se trouve cette propriété. La raréfaction des vocations religieuses me condamne à desservir deux autres paroisses voisines et j'ai accepté par surcroît et avec plaisir — parce que j'ai la plus grande estime pour votre ami Fabrice — de jouer le rôle tout à fait officieux de chapelain de cette *Abbaye* qui, entre nous soit dit, n'a d'abbaye que le nom !

— Mais vous n'habitez pas ici ?

— Dieu m'en garde ! Je m'y perdrais et il s'y passe des choses qui ne me conviennent qu'à moitié... Je réside dans mon vieux presbytère de Mernie qui me suffit amplement.

— Dans ce cas, comment se fait-il, monsieur le curé, que vous vous trouviez là à une pareille heure ?

— Ne vous a-t-on pas appris dans votre jeunesse, vous qui avez été élevé dans la même institution chrétienne que Fabrice — il me raconte tout ! —, qu'en principe les serviteurs de Dieu sont faits pour chanter matines ? Et qui dit matines dit matinal... Tous les dimanches, car nous sommes dimanche, je viens ici de très bonne heure pour dire ma première messe de la journée. Je prends ensuite, en compagnie de votre ami de collège, un substantiel petit déjeuner qui me réconforte avant d'entreprendre dans ma vieille 2 CV la tournée de mes trois paroisses. Quatre offices dans la même matinée, ça me mène jusqu'à treize heures ! Après quoi je rentre à mon presbytère faire une sieste que j'estime tout à fait méritée... Vous ne le pensez pas ?

— Mais... Il y a donc une chapelle dans cette fausse abbaye ?

— Fabrice a fait aménager dans une pièce qui se trouve de l'autre côté de la salle à manger un petit oratoire doté d'un autel et de quelques prie-Dieu. Sanctuaire modeste que j'ai consacré à sa demande et où je peux célébrer le saint sacrifice chaque semaine. Car votre ami est très pieux... L'êtes-vous au moins autant que lui, vous qui êtes également un élève des bons pères ?

— C'est-à-dire...

— Disons que vous avez négligé quelque peu la pratique... Mais enfin le bon Dieu est miséricordieux et saura vous pardonner vos fautes si vous avez conservé en lui une foi aussi inébranlable que celle de votre ami.

— Justement, la foi... Pensez-vous, monsieur le curé, qu'elle puisse s'accommoder de la présence dans une demeure privée et non pas dans un cimetière ou dans une crypte d'église d'une défunte congelée ?

— Et pourquoi pas ? C'est une sépulture comme une autre et aucune loi, aussi bien divine qu'humaine, n'interdit à quelqu'un de conserver ses morts chez lui s'il observe les règles de salubrité exigées par l'hygiène publique.

— Pourtant, n'est-il pas écrit dans les textes sacrés : « Souviens-toi que tu es poussière et que tu retourneras en poussière » ?

— Et alors ? Si Fabrice préfère que son épouse reste de glace ? Cette seconde solution lui permet de continuer à la contempler telle qu'il l'a connue, et pour elle, croyez-moi, ça ne change pas grand-chose ! Que l'on soit en poussière ou en eau congelée, on est quand même retourné à une forme de néant ! Heureusement que l'âme ne peut être ni réduite en cendres ni entourée d'un liquide réfrigérant. Et, finalement, elle seule est importante, n'est-ce pas ?

— Je suis de votre avis. Seulement Fabrice a la conviction que sa femme n'est pas morte, donc que son âme est toujours là.

— Je ne sais que trop bien, hélas, ce que pense ce cher Fabrice ! Depuis trois années que je le connais — exactement depuis le jour où il a acheté et commencé à faire restaurer cette demeure peu de temps après son mariage —, j'ai eu toutes les possibilités de découvrir son âme, qui est très belle et surtout très pure... C'est presque l'âme d'un enfant qui aurait été transfigurée et vivifiée par un amour comme il en existe bien peu ! J'ai assisté au déclin de Gersande qui a été emportée il y a un peu plus d'un an après une agonie de quelques

64

mois. Ce fut épouvantable ! C'est pendant ces mois de désespoir que l'esprit de votre ami — qui ne pouvait se résoudre à voir disparaître sa compagne adorée — s'est laissé envahir peu à peu par l'idée folle qui l'a conduit à faire réaliser cette congélation.

— Mais personne ne lui a donc dit que c'était une totale utopie ? Qu'à la seconde où son épouse aurait rendu le dernier souffle ce serait bien fini et que rien ne pourrait ni la ranimer ni surtout la conserver vivante ?

— Nous avons été deux à le lui répéter sans cesse : le médecin de Mernie, le docteur Quentin, qui est un excellent généraliste doublé d'un homme de grand bon sens, et moi-même... Fabrice n'a rien voulu entendre. Et puis les autres étaient là, autour de lui, ces valets qui le flattent en lui laissant croire qu'il est le plus grand génie de tous les temps et qui ont surtout su exploiter d'une façon machiavélique son amour illimité pour sa compagne. Le docteur et moi avions beau dire ou faire, tous nous contrecarraient en lui mettant en tête que le savoir de Quentin ne dépassait pas les limites de celui d'un petit médecin de campagne et que j'étais juste bon à bénir des mariages ou à multiplier les absolutions !

— A propos d'absolution, Gersande l'a-t-elle reçue avant de mourir ?

— Evidemment ! C'est moi qui la lui ai donnée malgré les protestations de la gouvernante.

— Athénaïs ?

— Oui... Ah ! celle-là, mon bon monsieur ! Elle hurlait avec la voyante que je ne devais pas donner les derniers sacrements à Mme Dernot. Ça allait, paraît-il, lui porter malheur et la faire mourir, elle qui était en excellente santé et qui ne demandait qu'à continuer à vivre éternellement auprès de son époux ! Or, moi, je savais bien par le docteur que la malheureuse était perdue... Cela se passait en fin d'après-midi. Quand je suis revenu le lendemain matin vers huit heures, la chère jeune femme n'était plus dans sa chambre.

— Où était cette chambre ?

— Au premier étage, à côté de celle de son époux et communiquant avec elle.

— Et où l'avait-on transportée ?

— Dans la cave où elle se trouve toujours... J'en ignorais même l'existence et tout avait été préparé en secret depuis des semaines par la monstrueuse équipe... Quand je suis entré, accompagné de Mlle Athénaïs, dans la chambre du premier, où le lit était vide, j'ai demandé avec tristesse : « C'est fini ? » « Rien n'est jamais fini, monsieur le curé, m'a répondu la gouvernante. Mme Dernot a simplement changé de chambre : celle où elle réside maintenant est beaucoup plus spacieuse. Elle y est à l'aise et surtout à l'abri des visites importunes... Si vous voulez bien m'accompagner, je vais vous conduire auprès d'elle et de Monsieur qui ne l'a pas quittée de la nuit. » C'est ainsi que je me suis retrouvé devant le spectacle que vous avez dû voir hier soir... Fabrice était là, agenouillé sur le prie-Dieu, perdu dans la contemplation de la vision démentielle.

— C'est affolant ! Et cette supercherie dure déjà depuis une année ?

— A mon avis, au point où en sont les choses, elle risque de se prolonger tant que votre ami vivra... Après, je ne sais pas trop ce qui se passera ! J'ai cru comprendre, par une vague confidence de la terrible Athénaïs, que votre ami aurait exigé dans son testament d'être congelé comme son épouse et d'être placé à côté d'elle dans la crypte... Vous imaginez le tableau ?

— Encore faudrait-il que les héritiers, s'il y en a, ou en tout cas les bénéficiaires du testament, soient d'accord pour respecter une clause pareille! Qui sont ces bénéficiaires?

— Je l'ignore mais, de toute façon, ne vous faites pas trop d'illusions! Si votre ami laisse une grosse fortune — on dit qu'il serait très riche — et que l'obligation d'exécuter cette dernière volonté pour le moins saugrenue régisse les autres clauses testamentaires, il se trouvera toujours quelqu'un pour agir selon les désirs du défunt... L'appât d'un bel héritage est un puissant moteur! Il y a donc toutes les chances pour que, pendant les premiers temps au moins après le décès de votre ami, la crypte serve de sépulture à deux corps congelés! Ensuite, les années passant, les choses changeront peut-être. Les frais de congélation — car il y a, vous vous en doutez, une véritable chambre des machines, surnommée le « laboratoire », où l'on fabrique le froid nécessaire — seront stoppés et votre pauvre ami ainsi que son épouse se liquéfieront. La beauté de sa femme disparaîtra à jamais! *Sic transit...*

— Vous avez visité ce « laboratoire »?

— Pas vous? Ça viendra, rassurez-vous! Votre ami m'y a entraîné le jour même où l'on m'a fait découvrir la crypte... Et si vous saviez comme il était fier de me montrer ces machines dont il prétend être l'inventeur — ce qui me surprendrait étant donné que ce système de réfrigération existe déjà depuis longtemps! — et qu'il a appelées devant moi les « machines à prolonger la vie ».

— Il est complètement fou!

— Sur ce point précis, c'est certain. En revanche, pour tout le reste, il est parfaitement normal. Par exemple, son usine de Levallois, qui lui permet d'entretenir sa folie et toute l'équipe résidant ici, est très bien dirigée... C'est même assez étrange : sa démence est uniquement axée sur le souvenir de son épouse

67

qu'il s'obstine à croire toujours vivante grâce aux fameuses machines ! Disons que c'est une folie d'amour qui le rend pitoyable.

— Et, depuis que vous venez ici chaque dimanche, vous n'êtes pas parvenu à le raisonner ?

— Rien à faire ! Le docteur Quentin et moi-même avons compris que, si nous insistions sur ce point, nous perdrions pour toujours aussi bien son estime que sa confiance. Et cela, il ne le faut à aucun prix ! Notre devoir est de continuer à le voir régulièrement pour tenter de contrebalancer par notre double présence, hélas épisodique, l'influence désastreuse de son entourage. Car celui-ci est fermement décidé à favoriser et même à entretenir son délire afin d'en vivre le plus longtemps possible... Si vous saviez le gaspillage qu'il y a dans cette *Abbaye*, vous seriez effondré ! Aucun de ces acolytes n'est réellement utile ici.

— Pas même Athénaïs ?

— C'est la pire et la plus dangereuse parce qu'elle est intelligente... C'est elle qui mène ce que nous pourrions appeler cette « danse de mort ».

— Et le baron ?

— Simplement un bon mécanicien qui n'a rien d'un chimiste ni d'un biologiste ! Il est aussi l'homme de paille d'Athénaïs. Elle le commande au doigt et à l'œil. Sa principale occupation ici consiste à surveiller la bonne marche des machines à fabriquer le froid.

— Et ces fameuses recherches pour obtenir la prolongation de l'existence humaine ?

— Elles se réduisent au fonctionnement des machines ! C'est pire que tout et nous sommes impuissants devant un pareil naufrage mental. Car aucune loi n'existe, je vous le répète, qui interdise de congeler un défunt ! Il aurait tout aussi bien pu la faire momifier... Les Egyptiens n'ont pas conservé ce monopole ni leurs secrets : il y a une foule de gens que l'on momifie aujourd'hui. C'est également autorisé.

— Pourtant vous ne pensez pas que le docteur Quentin... ?

— Qu'aurait-il pu faire de plus ? Dès qu'il a constaté le décès de Mme Dernot, il n'a pas pu ne pas délivrer le certificat exigé par la loi. Il l'a remis à votre ami, mais celui-ci était dans un tel état de prostration qu'Athénaïs s'en est emparée en disant : « Je vais m'occuper de toutes ces pénibles formalités ! » Et elle a porté immédiatement le certificat à la mairie de Mernie où le décès légal a été dûment enregistré. Donc, pour la loi et pour la société, Mme Dernot est bien morte depuis un an, mais pas pour son époux. Athénaïs et sa clique ont réussi à lui faire croire que sa femme était simplement plongée dans une sorte de sommeil léthargique et bienfaisant d'où elle émergera un jour ! N'oubliez pas que, pendant sa lente agonie, ces misérables ont eu tout le temps d'habituer votre ami à l'idée que la beauté de Gersande était trop exceptionnelle pour disparaître et qu'un amour aussi fort que le leur était capable de prolonger indéfiniment la vie de leur couple ! Ne dit-on pas qu'un grand amour est éternel ? C'est cela l'idée force qui a été ancrée dans le cerveau de M. Dernot. Il ne voulait pas, ne pouvait pas, n'admettait surtout pas de rester seul sans sa compagne ! Alors il s'est raccroché désespérément à cette pensée... N'était-ce pas, pour son esprit déjà sérieusement ébranlé, préférable à l'atroce perspective de la solitude ? Dès qu'ils ont compris que cette idée de survie progressait dans son cerveau au fur et à mesure que, le mal empirant, il voyait son amour lui échapper, ils lui ont fait comprendre que son génie créateur était le seul capable d'inventer une machine salvatrice. Des plans copiés sur ceux de machines déjà existantes ont été rapidement établis par le « baron », qui est un mécanicien assez habile. Cela en laissant croire, bien sûr, à votre ami que c'était *lui seul* l'ingénieur... Ainsi l'usine à froid est née. Ainsi a été construite ce qu'ils appellent la « galerie aux torches » avec son adduction de gaz pour le fonctionnement des flambeaux. A une extrémité, on a installé le « laboratoire », tandis qu'à l'autre on préparait la crypte ainsi que l'armature d'acier et de verre devant servir de récipient au produit très spécial qui tiendrait lieu à la fois de matelas et de cercueil pour le corps de Gersande le jour où il serait transporté là... J'avoue ne pas être très féru de technique : le docteur vous expliquera tout ça mieux que moi si vous le rencontrez. Toujours est-il — qu'on le veuille ou non — que la vision de la morte allongée produit un réel effet de stupeur la première fois que l'on est mis en sa présence... Maintenant, nous ferions mieux de changer de sujet de conversation : notre ami ne va pas tarder à venir pour assister à la messe.

— Mais, puisqu'il est fermement convaincu que Gersande est toujours en vie, ce ne peut pas être une messe pour une défunte que vous célébrez ?

— Pour lui, c'est une messe pour une vivante ! Et, mon Dieu, est-il tellement dans l'erreur puisque l'âme de sa femme est immortelle comme toutes les âmes ?

— Vous parle-t-il de Gersande ?

— Chaque fois que je le vois.

— Que lui répondez-vous ?

— J'ai renoncé à le raisonner : il semble tellement heureux quand on lui demande des nouvelles de son épouse ! Après tout, pourquoi ne lui enverrait-elle pas quelques petits messages secrets de l'autre monde ? Vous savez : c'est très beau un amour qui dure au-delà de la tombe...

Fabrice, qui venait d'entrer, ne sembla pas du tout

surpris de nous trouver, l'abbé Kermeur et moi, en conversation.

— Vous avez fait connaissance ? J'en suis ravi... Pardonnez-moi, monsieur le curé, de vous avoir fait attendre, mais j'étais auprès de Gersande.

— Comment va-t-elle ce matin ? demanda le prêtre avec la plus grande sérénité.

— Bien. Nous venons de nous quitter. J'espère que vous ne lui en voudrez pas si elle n'assiste pas à l'office, mais elle est un peu lasse... Ce qui ne nous a quand même pas empêchés de faire en commun notre prière matinale.

— La prière, c'est l'essentiel. Maintenant, peut-être pourrions-nous nous rendre à l'oratoire ?

— Mon ami et moi, nous vous suivons, monsieur le curé. Voilà si longtemps que nous n'avons assisté ensemble à une messe ! C'est bien simple : depuis le collège, au bon temps des jésuites...

J'avais cru que nous serions seuls. Mais brusquement, alors que l'officiant se préparait à lire l'Evangile du jour, je perçus, sans qu'il m'ait été nécessaire de me retourner, une présence derrière nous : celle d'Athénaïs. Décidément elle était partout, celle-là ! Et les autres ? Pourquoi n'assistaient-ils pas à la messe ? Peut-être parce qu'ils ne croyaient ni à Dieu ni à diable ? Je n'eus l'explication qu'un peu plus tard. Mais, auparavant, nous nous retrouvâmes, le curé, Fabrice et moi, à la salle à manger pour ce petit déjeuner réconfortant dont m'avait parlé le brave ecclésiastique.

— Selon une vieille tradition, m'expliqua mon hôte, c'est toujours Athénaïs qui nous prépare, le dimanche, à M. l'abbé Kermeur et à moi, ce premier repas de la journée.

— Je dois reconnaître, dit le curé, qu'elle le fait avec beaucoup de soin : ses œufs au jambon constituent mon meilleur repas de la semaine !

L'intéressée n'était pas là pour entendre le compliment : elle devait se cacher pudiquement quelque part, estimant peut-être que la servante du Seigneur n'est pas digne de s'asseoir à la même table que le représentant de Dieu ! Mais une si grande modestie m'étonnait chez elle, alors qu'elle prenait de plus en plus, à mes yeux, l'allure d'une surveillante générale...

— Si vous saviez, monsieur le curé, dit Fabrice vers la fin du repas, comme je suis heureux d'avoir auprès de moi pour la journée un camarade de jeunesse ! C'est fou ce que l'on a de choses à se dire quand on ne s'est pas vus pendant presque toute une vie !

— C'est pourquoi je vais vous laisser, dit le prêtre. D'ailleurs, l'exercice de mon ministère m'attend.

— Nous allons vous raccompagner jusqu'à votre voiture, reprit Fabrice.

— Mais non ! Restez donc ensemble.

Profitant de ce que mon ami s'était rendu dans le vestibule pour chercher le manteau du prêtre, celui-ci me confia rapidement à voix basse :

— Je vous en supplie : profitez de cette occasion unique pour venir à notre aide, au docteur et à moi... Peut-être vous écoutera-t-il ? Si vous avez quelque chose à me faire savoir, n'hésitez pas, quand vous repartirez d'ici, à passer me voir à mon presbytère de Mernie : il se trouve à côté de l'église. Je suis persuadé qu'à trois nous serions plus forts face à la meute !

Puis, comme Fabrice revenait, il changea de ton à mon égard :

— Je suis enchanté, cher monsieur, d'avoir fait votre connaissance. Savez-vous ce qui me ferait plai-

72

sir ? Que vous me rapportiez l'un de vos romans quand vous reviendrez. Ainsi je pourrai mieux vous connaître... Car vous reviendrez, n'est-ce pas ?

— Bien sûr qu'il reviendra ! affirma Fabrice. Comme vous, monsieur le curé, il ne pourra plus se passer de notre *Abbaye* ni de la présence de l'inestimable trésor qui y habite.

— « Notre » Gersande ! soupira le curé en me regardant. Je sais qu'elle a déjà opéré un grand miracle, mon bon Fabrice : c'est de vous rendre éternellement heureux... Seulement, il faudra quand même attendre un peu avant de la canoniser !

— Oh ! Je sais bien que ça ne se fait pas du vivant des gens, dit Fabrice avec un réel ton de regret. Enfin ! ce sera pour plus tard quand nous ne serons plus de ce monde, elle et moi... Heureusement, ça n'est pas pour demain !

Nous nous retrouvâmes, mon ami et moi, en tête à tête dans la bibliothèque.

— Qu'est-ce que tu aimerais faire ce matin ? demanda-t-il. Maintenant que le jour s'est levé, que dirais-tu d'une promenade dans le parc ?

— Oh ! tu sais : les parcs et moi... Je suis un citadin forcené.

— Et si je te faisais visiter mon laboratoire ? Nous pourrions profiter de ce que le baron ne s'y trouve pas aujourd'hui pour explorer en cachette son domaine... Car il n'aime pas du tout ça ! Il est très jaloux de ses prérogatives.

— C'est sûrement passionnant, mais ce qui me plairait le plus serait de bavarder tranquillement ici avec toi... Tu viens de me dire que le baron n'était pas là ? Où se cache-t-il donc ?

— Il ne se cache pas. Peut-être se trouve-t-il même encore dans sa chambre. A moins qu'il ne se promène dans le parc. Il adore la nature ! De toute façon, comme les autres habitants de l'*Abbaye,* il fait ce qu'il veut aujourd'hui. J'ai institué pour règle absolue que, le dimanche étant férié — ne doit-on pas respecter la loi du repos dominical ? —, je ne voulais voir personne rôder autour de moi durant cette journée.

— Pourtant Athénaïs était bien là ce matin à la messe ?

— Elle, c'est un peu différent... Je ne suis pas sûr, d'ailleurs, qu'elle y assiste par conviction religieuse ! J'aurais plutôt tendance à croire qu'elle y va pour me faire plaisir et pour que je ne m'y trouve pas seul avec le curé. Ce qui serait le cas tous les dimanches si elle ne venait pas se placer chaque fois derrière moi ! Aujourd'hui, c'est autre chose : tu étais là, toi mon ami... Et puis elle prépare les repas de la journée : le petit déjeuner pour l'abbé Kermeur et moi, le déjeuner et le dîner pour moi.

— A ces deux autres repas elle te tient quand même compagnie ?

— Elle le voulait mais je lui ai fait comprendre que je n'y tenais pas trop : je préfère manger seul... Oh ! c'est très frugal : tout est placé sur la table de la salle à manger pour la journée. Tu verras toi-même puisque tu seras avec moi tout à l'heure. La seule différence vient de ce que c'est Athénaïs et non Vania qui prépare les repas.

— Et où est-elle, cette jolie fille ?

— Où bon lui semble, elle aussi, mais sûrement avec son frère : ils se quittent rarement... Pour eux c'est également dimanche : le jour du Seigneur où le patron, qui est moi, ne veut voir personne d'autre que son épouse à qui il va rendre visite plus souvent. Ne faut-il pas que je fasse une solide provision d'amour

74

pour supporter notre séparation pendant la semaine qui me retient à mon usine ?

— Sarah aussi a congé ?

— Je te l'ai dit : tout le monde !

— Alors pas de prédictions ni de voyance le dimanche ?

— C'est bien connu : il ne se passe pas grand-chose d'intéressant le dimanche pour les voyantes ! Au fond, s'il ne me permettait pas de bénéficier de la présence bienfaisante de Gersande, c'est un jour que je déteste !

— Moi aussi... Puisque nous avons le temps, j'aimerais que tu répondes à une question qui m'intrigue depuis le dîner d'hier soir. Comment et pourquoi as-tu recruté comme collaborateurs des personnages aussi disparates que tes jumeaux hongrois, ton baron, ta pythonisse et même Athénaïs ? Car, bien que tu me l'aies fait connaître avant les autres, tu ne m'as pas encore expliqué pour quelle raison tu l'avais prise pour adjointe. Pour être tout à fait franc, j'avoue que tes choix me surprennent... Estimes-tu sincèrement que ces gens-là sont appropriés à ce que tu attends d'eux dans ton *Abbaye* ?

— Je ne pouvais pas trouver mieux parce que tous, sans exception, n'ont connu que des malheurs avant que je leur offre une situation. Et, comme je ne peux pas supporter les malheurs des autres, je me suis efforcé d'y remédier selon mes possibilités. J'ai toujours pensé que, du jour où les gens cessent d'être malheureux grâce à votre intervention, ils vous en savent gré. Et cette reconnaissance se traduit souvent par un surcroît d'activité dans les nouvelles fonctions qu'on leur attribue. Tout le monde y gagne : eux et moi... Mais, de toute façon, j'estime n'avoir fait que mon devoir en les aidant.

— Je reconnais là ton bon cœur... Donc tous malheureux à ce point ?

— Tu n'as pas idée ! Prenons, par exemple, le cas de Ladislas et de Vania Halphy, les jumeaux... Je crois t'avoir raconté qu'ils étaient acrobates de cirque mais j'ai peut-être omis de te préciser qu'avant de gagner assez mal leur vie dans cette profession ils appartenaient à l'une des plus grandes familles de Hongrie. Le nom de Halphy est très connu à Budapest. Malheureusement pour eux, tu sais aussi bien que moi ce qu'il est advenu de ces nobles familles avec le changement de régime politique du pays ! Ayant perdu leurs parents, les deux enfants se sont retrouvés très jeunes dans une situation épouvantable et, comme ils étaient incontestablement doués l'un et l'autre pour la gymnastique, ils ont eu l'idée de monter un numéro de contorsionnistes : extraordinaire numéro d'ailleurs où la beauté de ce garçon et de cette fille devait faire merveille dans les poses plastiques les plus compliquées ! Je n'ai pas eu le plaisir de les applaudir sur une piste ou sur une scène mais, quelques jours après les avoir engagés, ils m'ont donné, pour me remercier, un aperçu de leurs talents acrobatiques ici même, dans cette bibliothèque ! C'était stupéfiant : ces deux corps entremêlés où l'on ne savait plus très bien à qui appartenaient les bras, les jambes — et même les têtes puisqu'ils se ressemblent d'une façon inouïe ! — créaient une impression troublante. Par moments même, c'en devenait presque gênant... C'est en assistant à cette exhibition que j'ai compris que ces jumeaux s'aimaient non pas seulement comme frère et sœur mais en véritables amants.

— Qu'est-ce que tu me racontes ?

— La vérité. Oui, ils s'aiment... Et leur passion réciproque me paraît devoir être inextinguible ! Ce qui m'a amené à penser que, s'ils ont franchi le rideau de fer, ce n'est pas exclusivement pour des raisons d'ordre politique mais parce que de l'autre côté de ce rideau, dans les pays de l'Est, on ne badine pas avec ce genre de liaison. Aussi ont-ils cherché un endroit tranquille et secret où ils pourraient abriter leurs amours et vivre leur curieuse existence comme ils le souhaitent, sans être critiqués par qui que ce soit ! Ce havre, ils ont fini par le dénicher ici. Derrière les murs de l'*Abbaye* et la haute clôture du parc, ils ont enfin trouvé la paix. Ils y font ce qu'ils veulent. Ça ne me dérange pas, à condition qu'ils assurent correctement leur travail. Sur ce point, ce sont des perfections et je n'ai pas eu, depuis plus de deux ans qu'ils sont à mon service, le moindre reproche à leur adresser. Enfin ils sont très beaux ! Avoir des serviteurs physiquement disgraciés crée une sorte de handicap que ne parvient jamais à compenser la meilleure des bonnes volontés.

... Sais-tu comment je les ai recrutés ? Grâce à une petite annonce lue dans un journal, ainsi libellée : *Couple bien sous tous rapports, 25 ans l'un et l'autre, cherche place sérieuse et stable pour tous travaux domestiques dans maison bourgeoise, de préférence à la campagne.* Je n'en croyais pas mes yeux ! A notre époque, un couple jeune ne recherchant pas la ville, c'était le miracle ! Je les ai convoqués. Ils m'ont plu. Et peu après, je te l'ai dit, j'ai compris que ce magnifique garçon et cette fille splendide qui se ressemblaient tellement ne constituaient pas exactement ce que l'on appelle un « couple » normal : c'était plutôt un couple bizarre. Pourquoi pas ?... Depuis qu'ils sont ici, il leur arrive d'avoir des querelles d'amoureux. Lui aime les garçons et elle raffole des filles mais, dans leur subconscient, ils s'adorent l'un l'autre. Cela peut paraître assez amoral mais peut-on lutter contre la nature qui vous a faits jumeaux ? J'ai assisté un jour à une bagarre entre eux : une véritable scène de jalousie. Tout ça parce que l'un de mes amis, en visite comme toi, semblait vouloir jeter son dévolu sur Vania. Epique ! On aurait dit qu'ils faisaient leur numéro ! J'ai dû faire appel à Athénaïs pour les séparer.

— La forte femme...

— Heureusement qu'ici, à l'*Abbaye*, dont ils ne sortent que très rarement pour aller se promener à Mernie ou dans la campagne environnante, il n'y a personne qui soit susceptible d'exciter leurs instincts respectifs : on imagine mal une idylle entre Ladislas et le baron ou, inversement, entre une Vania et une Sarah qui n'aime qu'elle-même.

— Que fais-tu d'Athénaïs ?

— Je t'ai déjà expliqué à Paris qu'elle n'aimait que moi ! Alors, de ce côté, je suis, si j'ose dire, à peu près tranquille.

— Tu ne crois pas que tes jumeaux regrettent parfois de ne plus être applaudis dans un cirque ?

— S'ils voulaient retrouver leur profession, je leur rendrais immédiatement la liberté. Nul n'est enchaîné ici : on ne vient et on ne reste à l'*Abbaye* que parce que l'on s'y sent heureux... Ne l'es-tu pas en ce moment ?

— Avec toi certainement !

— Ça, c'est gentil. Maintenant que te voilà fixé sur la façon dont j'ai résolu le problème du personnel domestique, qui est l'un des casse-tête des propriétés à la campagne, peut-être pourrions-nous parler d'autre chose ?

— Une toute dernière question au sujet de ces surprenants serviteurs : que pense d'eux ton épouse ?

— Gersande ? Elle n'est pas du tout femme d'inté-rieur. Les problèmes d'ordre domestique ne l'ont jamais intéressée... Elle vit au-dessus de ces contin-gences. Certaines anomalies de la vie quotidienne l'intéressent si peu qu'elle ne sait même pas, par exemple, que le frère et la sœur sont amants ! Si elle l'apprenait, d'ailleurs, ça lui déplairait fort. En effet, des événements de sa propre existence, que je te raconterai peut-être, l'ont amenée à avoir des idées très arrêtées sur le comportement que l'on se doit d'avoir dans une famille.

— Et eux, Vania et Ladislas, sont-ils aussi dévoués à ta femme qu'à toi ?

— Evidemment puisqu'ils sont heureux de vivre avec nous ! Mais ils n'ont que de très lointains rapports avec Gersande. Je crois même qu'ils ne sont jamais entrés dans ses nouveaux appartements depuis qu'elle réside au sous-sol.

— Alors, qui s'occupe plus spécialement de son service ?

— Sarah.

— La voyante ?

— Oui. C'est l'une des raisons qui me rendent sa présence indispensable.

— Tu m'expliqueras ça plus tard. Si nous parlions maintenant du baron ?

— Lui aussi, commença Fabrice, je l'ai accueilli ici pour qu'il oublie son malheur.

— De quel ordre, son malheur ?

— La mort de sa femme.

Une telle réponse, venant de celui dont l'épouse reposait dans une crypte, me laissa sans voix. Mais Fabrice ne parut même pas remarquer mon embarras.

— Je sais, reprit-il, que ce nom, baron Arnold de Gravouillis, t'a fait presque sourire la première fois où je l'ai prononcé devant toi, chez Lipp. Il est pourtant tout ce qu'il y a de plus authentique : c'est celui d'une très vieille famille de la Creuse dont Arnold est le dernier représentant. Son histoire est simple et navrante... Arnold s'était marié avec une jeune fille d'aussi bonne famille que la sienne. Ils n'avaient pas d'enfants et vivotaient dans une gentilhommière située dans la région de Guéret. C'était la seule fortune que possédât le baron et, pour subsister, il réparait les camionnettes ou les tracteurs des paysans des environs. Il faut reconnaître qu'il est très adroit de ses mains : il aurait pu appartenir à cette cohorte de petits inventeurs qui, chaque année, présentent leurs trouvailles au concours Lépine. Malheureusement, ce sont les moyens financiers qui lui ont manqué. Sa femme, Roseline, qu'il adorait, contribuait à l'entretien du domaine en donnant à domicile des leçons d'anglais et d'espagnol à des adolescents de la région. Les choses auraient pu continuer ainsi vaille que vaille si, un soir, alors qu'il revenait d'une ferme voisine où il avait réparé une voiture, Arnold n'avait trouvé son épouse pendue dans la cave de leur gentilhommière. Elle n'en pouvait sans doute plus de l'existence médiocre qu'elle était contrainte de mener dans cette demeure délabrée en compagnie d'un époux qui l'aimait, certes, mais qui n'était peut-être pas aussi brillant qu'elle l'eût souhaité... Désespéré, Arnold prit rapidement une décision : sans plus attendre, il rejoindrait sa compagne dans la mort. Il emporta le cadavre dans sa voiture après avoir griffonné un billet que l'on trouva glissé sous l'essuie-glace. J'en connais le texte par cœur puisque je l'ai récupéré après mon intervention dans ce drame. *J'ai aimé ma femme par-dessus tout,* disait ce billet, *mais je n'ai pas pu l'empêcher de mettre fin à ses jours. Un grand amour ne peut finir que dans une rivière... Adieu.* La voiture, vide d'occupants, fut retrouvée sur une rive de la Creuse, à une vingtaine de kilomètres de Guéret. Alertée par un pêcheur, la gendarmerie entreprit rapidement des recherches et repéra les deux corps flottant à quelques mètres l'un de l'autre. La chance voulut qu'Arnold respirât encore faiblement. On put le ranimer et le sauver malgré sa volonté d'en finir.

... C'est également en parcourant le journal que je lus ce qui, pour beaucoup de gens, n'était qu'un fait divers assez quelconque. Pas pour moi. Car j'établis tout de suite une relation entre cet amour désespéré et le mien qui risquait sous peu de le devenir : ma Gersande venait d'être atteinte par un mal que les médecins disaient incurable et qui, si je ne prenais pas des mesures énergiques, pourrait l'emporter. Ça, je ne le voulais pas ! Je garderais ma femme vivante auprès de moi... Depuis longtemps, bien avant mon mariage, je pensais à une machine qui permettrait de prolonger l'existence humaine indéfiniment si l'on savait utiliser à bon escient la réfrigération. Ne s'en sert-on pas depuis des années pour conserver les produits alimentaires et certaines cellules vitales pour les études biologiques en laboratoire ? Le froid n'est-il pas le plus grand auxiliaire de la conservation des espèces ? Cette machine, je devais la faire fabriquer d'urgence : il fallait qu'elle soit parfaitement au point le jour où j'estimerais le moment venu d'agir pour arracher Gersande à la mort. Car le cheminement du mal qui la rongeait s'était accéléré dans des proportions inquiétantes. Tu as pu te rendre compte par toi-même, hier soir, à quel point j'ai réussi.

Prenant mon silence pour un acquiescement, il continua :

— Après avoir lu le récit de ce qui s'était passé dans la Creuse, je me rendis, sans perdre une seconde, à Guéret. Je parvins à me faire admettre dans la chambre d'hôpital où Arnold de Gravouillis avait été installé. Je me trouvai au chevet d'un homme encore faible mais cependant compréhensif. Il voulut bien m'écouter.

« Si je compatis à votre geste désespéré, lui dis-je à

peu près, c'est que je risque de me trouver bientôt moi-même dans une situation semblable à la vôtre, à moins que vous ne me veniez en aide. J'ai besoin de votre collaboration... » Après lui avoir expliqué dans quel état de santé se trouvait ma pauvre Gersande ainsi que mon projet longuement mûri de machine à prolonger la vie qui, seule, pourrait sauver la réalité de mon amour, j'ajoutai : « J'ai appris par la lecture du journal que vous aviez des dons de mécanicien. Pourquoi ne m'aideriez-vous pas à construire l'appareil en suivant les plans que j'ai établis ? Sans doute y aura-t-il certaines modifications à apporter, mais nous parviendrons bien à les trouver ensemble. Quand tout sera en état de fonctionnement, et quand viendra le jour où nous devrons aider ma femme à triompher dans sa lutte contre l'anéantissement, vous resterez auprès de moi et surtout auprès d'elle pour surveiller la marche de la machine. Car celle-ci ne devra jamais s'arrêter, sinon ce serait la fin de tout ! Je crois même qu'il nous faudrait construire un deuxième appareil, réplique exacte du premier. Nous installerions l'ensemble dans un local situé à proximité de la pièce où résidera Gersande. Ainsi nous pourrions mettre immédiatement en marche cette seconde machine en cas de défaillance de la première. Ce serait là faire preuve d'une prudence élémentaire. Qu'en pensez-vous ?

« — C'est une sage précaution.

« — Cette simple réponse semble indiquer, au moment où vous-même sortez de la nuit qui paralyse toute initiative, que mon projet vous intéresse. Ne serait-ce pas là, pour vous, le moyen de prendre, d'une manière indirecte, en sauvant une autre femme, une revanche éclatante sur l'injuste destin qui vous a arraché la vôtre ? Naturellement, vous n'aurez plus à subir aucun de ces soucis d'ordre matériel que vous n'avez, hélas, que trop connus dans votre gentilhommière et qui ont sans doute contribué à pousser celle que vous adoriez et que vous aimez toujours à prendre la décision fatale. Vous serez largement appointé avec le titre d'ingénieur mécanicien, bien logé, bien nourri et bien servi dans la propriété que j'ai spécialement acquise pour que mon épouse puisse trouver le repos dont elle a de plus en plus besoin. Voici mes nom, adresse et numéro de téléphone à Levallois où je possède une importante affaire de cosmétiques et produits de beauté. N'hésitez pas à m'appeler dès que vous vous sentirez complètement rétabli : j'enverrai une voiture vous chercher. Elle vous amènera directement à l'*Abbaye :* c'est le nom de la résidence de Gersande. Si vous m'appelez, cela signifiera que vous êtes d'accord avec moi. Maintenant je vous laisse car je ne veux pas vous fatiguer davantage. Réfléchissez et à bientôt peut-être ? »

— Un mois plus tard, poursuivit Fabrice, le baron Arnold de Gravouillis arrivait ici : il y est toujours et n'a plus la moindre envie de nous quitter, Gersande et moi ! Dernièrement, il m'a même dit ces mots qui m'ont ému : « Je ne pourrais plus vivre ailleurs qu'à l'*Abbaye* parce que j'y ai pris conscience que c'était le seul endroit au monde où l'on avait enfin trouvé le moyen de rendre éternel un grand amour. » Je pense, mon bon ami, t'avoir raconté l'essentiel sur cet aristocrate — assez étrange, je le reconnais, mais ayant lui aussi un authentique cœur d'amoureux — qui semblait t'intriguer. Tu dois mieux comprendre ainsi pourquoi sa présence ici m'est nécessaire. Maintenant que je t'ai parlé de ces machines qu'il surveille avec une conscience admirable, j'estime qu'il est temps de te les montrer. Viens avec moi au laboratoire.

— Pourquoi cette appellation ? « Salle des machines » ne conviendrait-elle pas mieux ?

— Non. « Salle des machines », ça fait usine ou

paquebot tandis qu'un laboratoire est un lieu sacré où le génie de l'homme cherche et trouve souvent des remèdes miraculeux. Pense à Pasteur! Quel plus grand miracle y a-t-il, depuis que le monde existe, que celui qui permet de prolonger la vie? C'est ce qui se passe ici. Viens...

Nous nous retrouvâmes au sous-sol, dans la galerie des torches, mais du côté opposé à celui où reposait Gersande. Nous étions devant une autre grille aux épais barreaux de fer, exacte réplique de celle de la crypte et lui faisant vis-à-vis à une cinquantaine de mètres d'intervalle. Là aussi Fabrice sortit de sa poche une clef qu'il introduisit dans la serrure en me confiant :

— Nous ne sommes que deux à posséder cette clef : le baron et moi. C'est la même chose pour l'appartement privé de Gersande : l'une des clefs ne me quitte jamais et j'ai confié l'autre à Sarah. C'est normal puisqu'elle a la charge d'entretenir les lieux. Une chambre de jeune femme ne doit-elle pas être impeccable et bien rangée? J'ai horreur du désordre!

Je faillis faire une remarque assez déplacée : « Pourtant, un certain désordre n'est-il pas l'apanage normal d'une chambre de femme? Cela prouve qu'elle y vit... », mais je me retins, jugeant plus indiqué de demander :

— Athénaïs, ton chef d'état-major, ne possède donc pas un jeu de ces clefs?

— Pour quoi faire? A chacun son rôle : le sien se limite à vérifier si chacun ici fait sérieusement son travail, et elle ne tient pas tellement à entrer dans la chambre de mon épouse pas plus que dans celle des machines.

84

— Ça l'impressionne sans doute ?

— Non. Rien n'a jamais impressionné Athénaïs ! C'est plus simple et malheureusement plus humain : elle hait Gersande autant que les machines.

— Je ne comprends pas très bien.

— Athénaïs, je te l'ai dit, m'aime en secret. Elle m'idolâtre depuis plus de quarante années, c'est-à-dire bien avant que je ne rencontre ma femme. Cette dernière est pour elle la rivale exécrée qui s'est incrustée dans mon existence. La preuve, c'est qu'elle y est toujours et qu'elle y restera éternellement... Athénaïs l'a supportée tant bien que mal au cours des deux premières années de notre mariage mais, depuis que Gersande est installée dans son nouvel appartement, elle refuse de la voir !

— Et les machines ?

— Elle les abhorre aussi : est-ce que ce ne sont pas elles qui, par la merveilleuse régularité de leur fonctionnement, permettent à mon amour de demeurer auprès de moi pour l'éternité ? Je sais — et c'est bien pourquoi je ne lui confie pas non plus la clef du laboratoire — que, si elle pouvait y pénétrer, Athénaïs ferait tout pour détruire ces machines de survie.

— Curieuse femme !

— Oui, mais qui m'est tellement dévouée ! Entrons.

Après une sorte de vestibule identique à celui qui se trouvait devant la crypte, nous fûmes enfin en présence des fameuses machines qui ressemblaient à toutes les machines à faire du froid. L'une des deux ronronnait doucement, l'autre restait silencieuse. L'ensemble était commandé par un clavier surmonté d'un tableau de contrôle. Sur celui-ci se trouvaient des manomètres dont les aiguilles indiquaient la température et la quantité de l'étrange produit qu'il fallait fabriquer pour maintenir l'homogénéité parfaite du linceul fluide dans lequel Gersande était enfermée.

Des tuyaux partaient de chaque machine pour longer ensuite, au ras du sol, les murs de la galerie. Je les avais remarqués la veille, persuadé que c'étaient des canalisations destinées au chauffage. En fait, elles véhiculaient du froid. Intrigué, je demandai :

— Quelle est la composition exacte de ce produit brillant dans lequel se repose Gersande ?

— C'est une sorte de glycérine gelée ayant une fonction d'alcool qui conserve. Tu as pu remarquer hier que l'on dirait par moments un beurre légèrement transparent. Le travail de ces machines consiste à geler les cellules vivantes à $-80°$ et ensuite à les plonger dans de l'azote liquide à $-170°$. Ainsi les cellules, c'est-à-dire le corps de Gersande, se trouvent entourées d'une glycérine qui les conserve indéfiniment !

— C'est prodigieux... En somme, tu as tout étudié minutieusement avec ton baron mécanicien ?

— Il le fallait. Ne trouves-tu pas que ces machines ont quelque chose d'émouvant ?

— Si l'on veut... Mais, à l'exception d'elles, je ne vois pas grand-chose d'autre dans ce « laboratoire » ?

— Tu trouves que ça ne suffit pas ? Accompagne-moi maintenant chez Gersande : profitons de ce que nous sommes au sous-sol pour aller lui rendre une petite visite. Elle ne nous pardonnerait pas d'apprendre que nous sommes aussi près d'elle sans venir la voir... Ça va lui faire une joie de te revoir ! Et toi ?

Sans même attendre ma réponse, il avait déjà refermé la grille du laboratoire. Notre marche dans la galerie fut silencieuse. La deuxième clef tourna dans la serrure de l'autre grille, accentuant l'impression d'être dans une prison où tout est prudemment cloisonné. A nouveau nous nous trouvions devant la vision démentielle... Comme si c'était devenu chez lui un rite obligatoire dès qu'il entrait dans la crypte, Fabrice

86

s'agenouilla sur le prie-Dieu et, joignant les mains, reprit son attitude d'extase amoureuse. Quant à moi, le regard fixe et l'immobilité figée de la gisante, qui rappelaient quelque personnage de cire dans un musée Grévin ou autre, me parurent de plus en plus effrayants. Comme la veille, ma présence auprès de mon ami semblait ne plus lui être perceptible : je ne comptais pas... Il n'y avait que Gersande ! Que pouvait-il bien lui dire dans sa supplique silencieuse alors qu'il était venu, quelques heures plus tôt, faire en sa compagnie ce qu'il appelait « leur prière matinale » et qu'il reviendrait à la tombée de la nuit pour « leur prière du soir » ? J'imaginais les mots qui jaillissaient peut-être en ce moment de son cœur : « C'est encore moi, mon amour... Toujours moi, mais accompagné de cet ami qui ne peut pas comprendre ce qu'a été notre amour depuis le premier jour où nous nous sommes rencontrés, ni à quel point il a grandi maintenant pour l'éternité ! Mais un jour viendra où lui aussi finira par t'adorer : il ne peut en être autrement. »

Sa prière fut plus longue que les paroles venues de mon imagination. Elle dura même tellement que j'eus tout le loisir d'observer attentivement le procédé utilisé pour éclairer l'amante à travers la couche de glycérine. Et je remarquai quatre projecteurs fixés à égale distance l'un de l'autre autour de la voûte, de telle façon que les faisceaux lumineux pussent converger, s'entrecroiser et même se confondre en plein centre de l'étrange appareil. C'était remarquablement étudié et agencé. Aussi, quand nous nous retrouvâmes dans la galerie après cette nouvelle pause de recueillement, et le mutisme ne m'étant plus maintenant imposé, posai-je, après quelque hésitation, une question qui risquait de paraître assez mal venue :

— S'il n'y avait pas un éclairage aussi sophistiqué,

parviendrait-on à voir ta femme à travers la glycérine ?

— Non. L'épaisseur de l'azote liquide indispensable pour favoriser le sommeil de Gersande doit être telle qu'on ne l'entreverrait que sous l'apparence d'une forme sombre, occupant le centre de la masse gélatineuse... Une sorte d'ombre dont les contours seraient mal définis. Ce n'était pas ce que je voulais : il fallait que la beauté demeurée intacte puisse être vue indéfiniment non seulement par moi l'époux mais aussi par tous les vrais amis tels que toi qui manifesteraient le désir très normal de la contempler... C'est pourquoi, après nous être penchés, le baron et moi, sur ce délicat problème, alors que nous procédions à l'installation de cette nouvelle chambre, nous sommes arrivés à la conclusion qu'il n'existait qu'une solution : dès que Gersande se serait endormie dans la chambre du premier étage et avant qu'elle ne soit transportée là où elle se repose maintenant, nous la photographierions allongée sur le lit dans la robe nuptiale que tu aimes tant ! Cette photographie, prise par des appareils spéciaux, offre l'avantage de fournir des images en trois dimensions. C'est ce qu'on appelle l'holographie. Projetées ensuite par rayons lasers directement sur le centre de l'amas glycériné grâce aux projecteurs répartis autour de la voûte, ces images donnent l'impression que Gersande est en relief dans la glycérine. En fait, ce n'est qu'une illusion d'optique... Il n'empêche que c'est réellement elle qui se trouve au centre du liquide réfrigéré, avec toute sa vitalité. Mon seul regret est de n'avoir pas encore pu mettre au point un nouveau procédé chimique permettant que la couche de glycérine soit suffisamment fine pour que son admirable corps apparaisse directement par simple transparence, comme à travers une vitre, sans qu'il soit nécessaire de recourir à l'effet d'optique.

— Qui contrôle la bonne marche de ces projecteurs ? Car, enfin, même les appareils les plus perfectionnés du monde ne sont pas aussi éternels que Gersande ! Ils peuvent se détériorer à l'usage, tomber en panne.

— Cette tâche incombe également au baron, mais, comme il n'a pas la clef de l'appartement de Gersande, il ne peut y pénétrer que sous la surveillance de Sarah.

— Tu te méfies donc de lui ?

— Pas au point de vue technique mais sur le plan humain... Un homme reste toujours un homme ! Surtout s'il est veuf comme c'est le cas et s'il lui arrive de se trouver seul en présence d'une aussi belle femme que Gersande ! Toi-même, dans cette situation, que ferais-tu ?

— Moi ? Face à Gersande ? J'avoue que je ne sais pas...

— J'ai donc mille fois raison de prendre mes précautions ! Tu n'as pas idée du nombre d'hommes qui ont essayé de me voler ma femme ! N'est-ce pas d'ailleurs un peu normal puisqu'elle les fait tous rêver ?...

— Il y a de quoi... Sais-tu que je trouve merveilleux de rencontrer un mari aussi jaloux que toi ?

— Je le suis pour l'éternité. Gersande aussi. Un couple sans jalousie n'est pas un vrai couple.

Cela avait été exprimé avec une telle spontanéité que je me demandai si Fabrice avait réellement conscience de ce qu'il disait.

Dès que nous fûmes de retour dans la bibliothèque, une ultime question me vint sur les lèvres :

— Quand Gersande a été photographiée sur son lit au premier étage, elle avait les yeux grands ouverts puisque c'est ainsi qu'on la voit maintenant grâce à tes rayons lasers ?

— C'est moi qui l'ai exigé. C'eût été un crime, je te l'ai déjà dit, de cacher un regard aussi éblouissant sous des paupières closes.

— On ne lui a donc pas fermé les yeux avant de l'envelopper de glycérine ?

— Pourquoi l'aurait-on fait puisqu'elle était et qu'elle est toujours vivante ? On ne ferme les yeux qu'aux morts. On prétend que c'est là un geste de pitié accompli par les vivants à l'égard des défunts mais, à mon avis, c'est faux ! La réalité, selon moi, est, hélas, infiniment moins respectueuse : ceux qui restent ont peur de voir les yeux de ceux qui les ont quittés pour un autre monde continuer à les fixer ! Ça les effraie parce que ça vient directement de l'au-delà... J'ai d'ailleurs moi-même accompli ce geste quand ma chère maman a rendu son dernier soupir. Mais je le regrette aujourd'hui : elle aussi avait d'admirables yeux. Ah ! si à cette époque j'avais déjà mis au point ma machine...

— Ta mère serait sans doute dans la nouvelle résidence à côté de ton épouse ?

— Non. Personne d'autre que moi n'aura le droit de dormir auprès de Gersande ! J'aurais placé ma mère dans une autre crypte, peut-être à côté de mon père. Eux aussi s'adoraient...

— Fabrice, tout à l'heure tu m'as expliqué qu'à l'exception de toi seule Sarah la voyante avait une clef pour pénétrer dans la chambre de Gersande et en assurer l'entretien. Pourquoi avoir confié un pareil soin à cette femme ?

— Pour deux raisons : que l'on soit sceptique ou

non, Sarah possède un étonnant don de voyance qui nous a souvent rendu service, à Gersande ou à moi. Elle peut donc être précieuse à tout moment. Mais ce qui justifie surtout sa présence attentive auprès de mon amour est qu'elle a connu, à une époque de sa propre existence, une situation familiale comparable à celle qu'a vécue Gersande avant de m'épouser. Quand deux femmes ont été victimes d'une tragédie similaire, elles se comprennent mieux. Voilà pourquoi Sarah est devenue l'ange gardien protégeant le repos de Gersande... Mais, pour que tu saisisses mieux la situation, peut-être faut-il que je te raconte ce qui s'est passé et qui remonte à cinq années, donc avant que je fasse l'acquisition de l'*Abbaye*. Voici :

... A cette époque, Sarah arrivait d'Israël où elle avait épousé un médecin brésilien effectuant un stage dans l'un des hôpitaux ultramodernes de Tel-Aviv. C'est là que vint au monde l'aîné de ses deux enfants, prénommé Yul. Le second, Boris, est né en France quand le jeune couple, ayant quitté définitivement Israël, se fut installé dans les environs de Nice où les parents de Sarah possédaient un commerce assez florissant de prêt-à-porter en gros. La famille se trouva donc regroupée. Le mari de Sarah profita de ce séjour pour passer une équivalence lui permettant d'exercer chez nous dans un centre hospitalier. En revanche, son épouse, qui possède un diplôme de pharmacienne, resta chez elle pour s'occuper de ses enfants.

... Hélas, le climat se détériora bientôt entre les époux. Puis, un jour, le médecin décida brusquement de retourner dans son pays natal, le Brésil, auprès de sa mère, Mme Madonias. Sarah, qui ne voulait pas s'éloigner de ses parents, resta avec ses enfants dans la banlieue de Nice. Mais, fait étrange, cette femme intelligente, dont le pouvoir de communication avec

91

l'au-delà est indéniable, commença à se demander si, depuis le départ précipité de son époux, elle n'était pas persécutée par le démon... Ne ris pas : les cas de possession diabolique sont innombrables dans le monde ! Sarah finit même par réaliser qu'elle était envoûtée depuis longtemps par sa belle-mère dont elle avait fait la connaissance après son mariage, lors de son voyage de noces au Brésil. Mme Madonias, qui habitait à une centaine de kilomètres de Rio de Janeiro avait pris tout de suite en haine Sarah qu'elle accusait de lui avoir volé son fils unique ! Et, depuis qu'elle se retrouvait sans mari en France avec ses deux enfants, la jeune femme se rendait compte que ce qu'on lui avait dit au Brésil sur sa belle-mère était vrai : la Madonias était bien une prêtresse du démon, comme il y en a tant là-bas. Après avoir réussi à reprendre possession de son fils chéri, elle allait s'attaquer maintenant, malgré la séparation de l'océan, à son petit-fils Yul. Pour elle, il ne pouvait être qu'un enfant maudit puisque le médecin n'aurait jamais épousé Sarah si elle ne s'était fait volontairement mettre enceinte par lui ! Aussi Yul, alors âgé de six ans, fruit du chantage et de la honte, devait-il disparaître !

... Plus elle pensait à tout cela, plus Sarah comprenait qu'elle-même et Yul — qu'elle portait en elle à l'époque du voyage de noces au Brésil — avaient été envoûtés par la sorcière dès que celle-ci l'avait vue. Tous ses doutes, toutes ses craintes, la pauvre Sarah les nota chaque jour, pendant des mois, dans un journal intime. A qui d'autre confier son immense désarroi ? A qui d'autre raconter les manœuvres démoniaques d'une implacable ennemie ? Chaque fois qu'elle essayait de parler à ses parents de ce démon qui la poursuivait, Sarah était tournée en dérision. Et pourtant ! Elle était bien la proie d'hallucinations... Si j'ai évoqué son journal, c'est parce que — comme pour le message d'adieu laissé par le baron sous l'essuie-glace de sa voiture — j'ai réussi à me le faire remettre par ceux qui avaient encore la charge de veiller sur Sarah quand j'ai décidé de m'occuper de son cas.

— Tu es la réincarnation du bon Samaritain !

— Je t'ai déjà dit que je ne pouvais pas tolérer de voir des gens malheureux... Mais, plutôt que de me comparer à qui que ce soit, écoute la suite de la lamentable histoire ! Si quelqu'un de bien intentionné à l'égard de Sarah avait pu alors parcourir ce journal intime qui se présentait sous la forme d'un simple cahier d'écolier, peut-être aurait-on pu éviter le pire. Car tout y était annoncé de ce qui devait se produire... On y trouvait par exemple des phrases de ce genre : *Plus je revois maintenant en mémoire — parce que j'ai déchiré toutes les photographies de ce qui fut notre faux bonheur — le visage et le comportement de mon mari, plus je trouve qu'il ressemblait à Satan : cela surtout pendant les derniers temps de notre vie commune après que sa mère l'eut envoûté.* Ou celle-ci : *J'ai la conviction absolue que l'appartement où j'habite est maudit et que Yul n'est plus que l'incarnation du démon.* Quelques jours plus tard, elle avait encore écrit : *Il est 2 h 10. Je ne peux pas dormir : je sens que le diable est là...* Et ces mots tout aussi inquiétants : *16 mai. Je dois accompagner Yul à l'école mais, dès que je lui donne la main, je sens mes jambes qui s'alourdissent comme si elles ne voulaient plus me porter. Si je m'arrêtais, je sais que je tomberais pour ne plus me relever.* Et cependant elle conservait une faible lueur d'espoir. Ce qu'elle a écrit quelques jours plus tard le prouve : *Dieu ne m'a pas complètement abandonnée. Pour contrecarrer le pouvoir destructeur du malin, il s'est réincarné en la personne de mon cher petit Boris* (cet enfant avait alors quatorze mois) *et je sais pourquoi il a fait cela : parce que Boris, qui est né ici, n'a jamais été mis en présence, même à travers mon ventre, de son horrible grand-mère ! Elle n'a donc pas pu l'ensorceler. D'ailleurs, je suis persuadée qu'elle n'en veut qu'à Yul qui a été conçu avant que son fils ne m'épouse. C'est un bonheur pour moi qu'elle semble même ignorer l'existence de son second petit-fils dont mon mari, terrorisé par son pouvoir destructeur, n'a peut-être jamais osé lui parler.*

... Le résultat de ces divagations écrites, faisant suite aux hallucinations, fut qu'un lundi où les parents de Sarah étaient venus rendre visite à leur fille et à leurs petits-enfants, ils se trouvèrent devant une vision de cauchemar : l'appartement donnait l'impression d'avoir été ravagé par une tornade, le contenu des tiroirs était répandu sur le plancher et certains meubles avaient même été brûlés. Comme si l'on s'était acharné sadiquement à tout détruire. En vain les parents appelèrent Sarah et, lorsqu'ils pénétrèrent dans la chambre des enfants, ce fut l'horreur. Yul gisait allongé tout nu sur son lit. Il était mort. Au pied du lit, son jeune frère Boris tournait en rond à quatre pattes en riant, comme s'il avait perdu la raison. L'enfant mort tenait dans ses mains une bouteille Perrier remplie d'un liquide jaunâtre. L'intérieur de sa bouche et de sa gorge était brûlé.

... Après avoir fait le tour de l'appartement, les parents, affolés, finirent par trouver leur fille assise, hébétée, sur une chaise placée sur le balcon. Elle était incapable d'articuler une parole et regardait fixement le vide à ses pieds. Devant une telle situation, ils appelèrent un médecin qui, ayant constaté le décès de Yul, alerta à son tour la police. Sarah, complètement étrangère à ce qui l'entourait, fut conduite à l'hôpital psychiatrique. C'est seulement une dizaine de jours plus tard qu'elle commença à pouvoir s'exprimer.

Bribe par bribe, les médecins parvinrent à lui arracher cette surprenante confession :

« J'ai pris Boris — qui a toujours ressemblé à Jésus puisqu'il est la réincarnation de Dieu — dans mes bras et je l'ai promené dans l'appartement. Dès que ses petites mains montraient un objet, je le brûlais immédiatement. J'ai aussi détruit par le feu toutes les poupées envoûtées que ma belle-mère avait fait cacher chez nous par son fils damné avant qu'il m'abandonne. Et, comme j'avais la preuve que Yul était, lui aussi, envoûté — il tournait ses membres dans tous les sens, visiblement sous la torture des démons —, j'ai préparé une mixture salvatrice que je lui ai fait boire pour chasser le diable. Immédiatement il s'est mis à crier : *Il est revenu, je le vois, le diable est là : il brûle !* »

... Les contorsions dont elle parlait, qui étaient pour elle le signe de la possession de l'enfant, n'étaient dues en réalité qu'à l'absorption du produit particulièrement violent qui, après analyse, se révéla être un mélange de détergent et de térébenthine.

... Il est évident qu'après de telles découvertes Boris, son « fils bienfaisant » comme elle l'appelait alors que Yul n'était que « l'enfant malfaisant », lui fut retiré et fut confié à la garde de ses parents avec lesquels il se trouve toujours. Il n'y a pas si longtemps, j'ai interrogé Sarah au sujet de ce second enfant et elle a eu cette réponse qui laisse songeur : « Je ne l'ai jamais revu. Ce qui est préférable pour lui. Si je le rencontrais, je risquerais de le contaminer en lui transmettant tout le mal que j'ai porté en moi malgré ma volonté et par la seule faute de ma belle-mère, cette sorcière maudite. »

— Encore une fois je te le demande : qu'est-ce qui a bien pu t'inciter à engager une pareille folle dans ton équipe ?

— D'abord Sarah est loin d'être démente à l'état chronique. Elle a seulement été envoûtée à une certaine époque de sa vie. Mais maintenant c'est fini, j'en suis certain. Il n'y a pas de femme plus calme ni plus lucide qu'elle. Ce qui l'a sauvée, c'est qu'une fois débarrassée de ses hallucinations et ayant compris la force prodigieuse que pouvait avoir la voyance, elle s'est lancée à son tour dans la pratique des sciences occultes.

— Imitant en cela l'horrible belle-mère ?

— A cette différence près que Sarah n'utilise ses dons que pour prodiguer le bien et l'apaisement des esprits. Si tu savais ce que Gersande, hantée par ses remords, et moi-même, poursuivi par mes inquiétudes, lui devons !

— Mais pourquoi Gersande a-t-elle des remords ?

Fabrice, me sembla-t-il, marqua une légère hésitation.

— Comme tu es mon plus vieil ami, je te raconterai ça, dit-il enfin. Mais plus tard, cet après-midi. Oui, je t'expliquerai ce qu'a été, jusqu'à ce qu'elle et moi nous nous trouvions, l'atroce existence de mon épouse... En attendant, revenons à Sarah. C'est par la lecture d'un journal, comme pour le baron quelques mois plus tard, que j'ai découvert le calvaire qu'elle avait enduré. Aussitôt j'ai pris la décision de me rendre à l'hôpital psychiatrique où elle était soignée. Là-bas, j'ai eu la chance de tomber sur une équipe de jeunes médecins très compétents qui me laissèrent entendre que, si j'obtenais une autorisation de justice, ils ne verraient aucune objection à ce que je prenne sous ma protection Sarah. Maintenant que la crise de démence était passée, ils l'estimaient guérie, avec très peu de risques d'une rechute. Ils ne se trompaient pas : Sarah n'a jamais connu de nouvelles hallucinations depuis.

... Je crois que la justice aussi bien que les psychiatres m'ont fait confiance parce que j'ai pris l'engagement formel et écrit, non seulement de leur ramener leur pensionnaire à la moindre alerte, mais aussi de la laisser sous contrôle médical en la faisant périodiquement examiner par le médecin de la commune de Mernie d'où dépend l'*Abbaye*, le docteur Quentin. Tâche dont ce dernier s'acquitte scrupuleusement, chaque mois, depuis deux années que Sarah vit ici. N'est-elle pas mieux au milieu de nous où elle a trouvé un vrai refuge et découvert l'indéfectible amitié de Gersande ? Il me paraît superflu de te dire que ses parents n'ont plus voulu de sa présence auprès d'eux et de Boris. Quant à son époux retourné au Brésil, il n'a plus jamais donné de ses nouvelles ! Autrement dit, sortie de l'asile comme l'aurait exigé, tôt ou tard, sa guérison, la malheureuse se serait retrouvée seule au monde, sans aucun soutien physique et moral... Ici je la sens heureuse : elle gagne décemment sa vie pour veiller à ce que le sommeil de mon épouse ne soit troublé par personne et me prodigue les conseils dont j'ai besoin dès que je rencontre des difficultés. Je n'hésite jamais à la consulter. On pourrait dire qu'elle est l'oracle permanent de l'*Abbaye*... As-tu d'autres questions à me poser à son sujet ?

— Plus de questions.

— Alors, maintenant que tu connais mieux ceux auxquels j'ai fait confiance, tu ne peux pas ne pas admettre que mes choix ont été judicieux ?

Comme je ne répondais pas, il insista :

— Serais-tu réticent ?

— C'est-à-dire que ce tour d'horizon de ton entourage et de celui de Gersande ne me paraît pas tout à fait terminé... Il y a encore une personne dont je ne sais pas grand-chose : Athénaïs.

— Je sais qu'elle t'intrigue depuis le premier jour... Eh bien, si ma découverte d'Athénaïs n'a pas été due à un suicide de femme ou à un infanticide, elle est peut-être quand même le personnage qui me hante le plus. Pourquoi ? C'est simple. Parce que la passion dévorante qu'elle me voue depuis des années devient presque un cauchemar pour moi.

— Elle espère peut-être réussir à se faire épouser ?

— Elle sait bien que c'est impossible puisque Gersande et moi sommes unis pour l'éternité !

— C'est toi qui le dis mais pas elle ! En toute femme refoulée, qui n'a pas pu connaître l'amour, se cache toujours une jalouse.

— C'est certain : Athénaïs est jalouse de Gersande et, pour cette raison, je devrais me séparer d'elle. Mais cela m'est interdit après tout ce qu'elle a fait pour préserver mes illusions de bonheur malgré ce long sommeil dont mon épouse ne veut plus sortir. Et cela bien qu'elle la haïsse du plus profond de son cœur !

— Je me doute que ta situation entre ces deux femmes n'est pas facile... Tu as cependant une consolation : c'est de savoir que Gersande restera éternellement vivante alors qu'Athénaïs disparaîtra un jour comme nous tous... Peut-être pas toi, après tout, si tu parviens à te faire conserver comme tu l'as réalisé pour ton épouse ? Mais j'y pense : qui pourra diriger ce genre de travail si tu n'es plus en état de t'en charger toi-même ?

— Certainement Athénaïs, avec l'aide du baron.

— Et s'il lui arrivait d'atteindre avant toi le moment fatidique — auquel tu as réussi à arracher Gersande — de l'anéantissement total, tu lui appliquerais le même traitement de survie ?

— Sûrement pas ! Je ne ferai rien pour prolonger son existence.

— Ce qui prouve que tu ne l'aimes pas autant qu'elle t'aime !

— Je n'ai toujours aimé et n'aimerai qu'une femme

au monde : Gersande. Et tu es dans l'erreur la plus complète si tu t'imagines que j'ai pu avoir, à un moment quelconque de ma vie, un sentiment tendre pour Athénaïs. Elle m'a seulement apitoyé parce qu'elle aussi, comme tous ceux qui m'entourent, était malheureuse, peut-être même la plus malheureuse de tous ! Sais-tu pourquoi ? A cause de sa solitude immense, totale, qui risquait même d'être irrémédiable si je ne l'avais pas arrachée à sa désespérance... Dis-toi bien qu'aujourd'hui pour elle — que je le veuille ou non — je suis le seul homme de sa vie et que ceux qui habitent ici, auxquels tu peux ajouter le personnel de l'usine de Levallois, constituent toute sa famille.

... Athénaïs a toujours été seule : née de père inconnu, abandonnée par sa mère, dotée par l'Assistance publique d'un prénom vieillot et d'un nom, Merle, qui peut prêter à sourire, élevée avec d'autres orphelines dans une institution religieuse, elle a grandi, c'est le cas de le dire, un peu à la diable... Tu connais sa taille : tellement démesurée que très vite elle a pris la déplorable habitude de se voûter. Ajoute à cela son visage peu avenant, son regard absent qui peut faire croire qu'elle se désintéresse de tout et son caractère renfermé : il n'y a là, comme tu vois, rien qui la rende bien attrayante.

... La première fois où je l'ai rencontrée, voici plus de quarante années, elle ressemblait déjà à celle qu'elle est devenue aujourd'hui ! Cela se passait à l'Ecole de chimie où elle venait d'être admise dans la même promotion que moi. Je l'ai tout de suite remarquée à cause non seulement de sa stature mais du courant d'isolement qui semblait l'entourer : personne ne lui parlait ni ne s'approchait d'elle comme si elle était contagieuse. Cela me frappa et, tu me connais, une telle situation me parut tellement pénible et injuste que j'ai estimé de mon devoir de bon camarade d'entrer en relation avec elle. Très vite, je fus surpris par l'étendue de ses connaissances : j'avais affaire à une étudiante aussi intelligente que cultivée. Nous devînmes des amis, ces solides amis que nous sommes restés malgré les vicissitudes de l'existence et les années... Uniquement des amis, je le répète.

— Quelque chose t'a quand même attiré en elle pour que tu la choisisses pour principale collaboratrice ?

— Comme pour tous ceux qui sont ici, j'ai eu pitié d'elle. Nous avons fait peu à peu connaissance à l'Ecole de chimie et, malgré son naturel très renfermé — ce qui arrive fréquemment chez ceux qui ont connu une enfance et une jeunesse solitaires, sans famille ni amis —, elle a fini par se livrer à moi, l'unique confident qu'elle eût jamais rencontré. Depuis ce temps, elle ne peut plus vivre loin de moi.

— Que pensent d'elle tous ceux qui habitent ici ?

— Ils la craignent.

— Et le personnel de l'usine de Levallois ?

— C'est la même chose. Son autorité est incontestable, d'autant plus qu'elle est remarquablement compétente et précise.

— Compétente ? Je n'en doute pas. Précise ? Ce doit être vrai également, car apparemment c'est elle qui réglemente ta vie : tu en as d'ailleurs besoin, étant d'un naturel un peu brouillon et trop artiste comme beaucoup de chercheurs ! Mais qu'est-ce qui a bien pu inciter une femme pareille à se lancer dans des études de chimie ou de biologie ?

— Pourquoi pas si ça lui plaisait ? Avec son physique et son caractère, tu la voyais plutôt en nonne ?

— Peut-être, et de préférence dans un ordre cloîtré...

— Encore eût-il fallu qu'elle ait la vocation, ce qui

100

n'a jamais été le cas! Je t'ai déjà dit qu'elle n'assistait une fois par semaine à la messe que pour me faire plaisir. En réalité, elle ne croit pas en Dieu. Sa piété est assez spéciale.

— Elle croit plutôt au diable?

— Même pas! Elle ne croit qu'en elle-même.

— Et si c'était elle, le diable?

— Ça ne me surprendrait pas tellement... Après tout, pourquoi ne porterait-il pas des jupons?

— Elle croit quand même un peu en toi puisqu'elle t'adore?

— C'est probablement pourquoi, ses études de chimie terminées, elle a choisi de venir travailler auprès de moi, dans l'affaire de produits de beauté que je montais avec les derniers sous que m'avaient laissés mes parents.

— Personnellement je l'aurais bien vue dans l'enseignement, ou infirmière-chef dans un grand hôpital.

— L'enseignement? Elle déteste les enfants et ils le lui rendent bien! Quant à être infirmière... Tu trouves qu'elle a un visage capable de donner confiance à un malade?

— Pas tellement... Pourtant, quand la maladie de ta femme a commencé, elle s'est bien occupée d'elle?

— Le moins possible et, une fois encore, seulement pour m'être agréable... Gersande ne peut pas la voir!

— Elle lui rend donc la monnaie de sa pièce.

— C'est vrai.

— Puisque nous évoquons Gersande, pourquoi ne me raconterais-tu pas maintenant dans quelles circonstances tu as fait sa connaissance et quelle a été votre vie conjugale.

— Elle n'a pas été puisqu'elle dure toujours! Quant à notre première rencontre, ce fut une étrange aventure où, là aussi, je fus entraîné par ce besoin d'altruisme qui m'habite et qui me pousse toujours à m'occuper des ennuis des autres. Seulement, cette fois-là, j'avais en face de moi la beauté, la douceur, la chaleur humaine. Je fus aussitôt conquis et je tombai éperdument amoureux : je le suis toujours. Gersande aussi. Ensuite ce fut notre mariage et une vie commune qui n'ont fait que vivifier cette passion qui ne connaîtra jamais de limites... Seulement, ne va pas t'imaginer que les choses ont été tellement faciles à l'époque de notre rencontre, il y a presque quatre ans ! Ce qui est d'ailleurs normal : ne doit-on pas mériter son amour ? Et sans doute as-tu raison : s'il y a un homme auquel je me dois de raconter comment cet amour est né, c'est bien toi, mon vieux camarade. Mais, comme cela risque d'être long, je te propose de ne le faire qu'après le déjeuner. Il nous tiendra lieu d'entracte. Viens dans la salle à manger où, selon le rite dominical, tout doit nous attendre sur la table : j'entends par là le repas froid préparé par Athénaïs.

Un peu inquiet, je demandai :

— Mais... elle ne va pas être là à nous regarder, comme ce matin, derrière nous, à la messe ?

— Tu ne la verras plus de la journée ni personne de mon entourage. Nous serons seuls pour le repas et pendant tout l'après-midi. Il le faut pour que je puisse te faire vivre mon roman d'amour comme je l'ai moi-même vécu et souhaite le vivre éternellement... As-tu faim au moins aujourd'hui ? Hier soir, tu n'as rien mangé.

— Je crois que je suis un peu comme Athénaïs. Elle reste silencieuse lorsqu'elle ne connaît pas les gens. Moi, c'est pareil : quand je me trouve à table en présence de convives que je localise mal, je ne mange pas. Mais il n'en sera pas de même aujourd'hui puisque nous serons seuls tous les deux... Et puis, je te

102

dois un aveu : l'ambiance tellement spéciale de cette demeure m'a mis en appétit.

— Je te l'avais dit : quand on a découvert le charme mystérieux qui se dégage de l'*Abbaye,* on ne peut plus s'en passer...

GERSANDE

Durant le déjeuner, nous n'évoquâmes que des souvenirs de collège, dont certains nous mirent en joie, comme si, instinctivement, sans nous être concertés, nous voulions totalement oublier ce qui se passait à l'*Abbaye*. Puis, le repas terminé, Fabrice m'entraîna dans le boudoir de Gersande.

— Nous nous y sentirons plus à l'aise pour parler d'elle, dit-il, puisque c'est son coin de prédilection dans cette bâtisse. C'est toujours plus facile d'évoquer ceux que l'on aime et qui sont momentanément absents dans les endroits où ils préfèrent vivre.

Il avait raison : je sentais Gersande beaucoup plus proche de nous dans cette pièce intime que lorsque nous lui rendions visite dans la crypte glacée. Il commença à parler :

— M'étant marié pour la première et unique fois il y a trois ans et ayant ton âge, tu peux reconnaître que je suis resté pendant très longtemps un vieux garçon invétéré !

— Cela malgré toutes les avances d'Athénaïs...

— Le mot « avances » me paraît exagéré... Sans en avoir l'air, Athénaïs n'est au fond qu'une grande timide. Elle ne s'est jamais permis un mot, un geste ou même une attitude déplacés. C'est à ses silences, beaucoup plus éloquents que n'importe quelles paroles, et à une certaine façon de m'observer à tout instant que j'ai compris la véritable nature et je dirais même la force indéracinable de ses sentiments à mon égard. A l'époque où j'ai fait la connaissance de Gersande, cela m'a même tellement gêné que je me suis demandé si je ne ferais pas mieux de me passer de ses services, malgré l'estime que j'ai pour sa conscience professionnelle. J'en ai parlé à ma jeune femme quelques jours après notre mariage, mais celle-ci m'a répondu, avec cette magnanimité qui n'est pas l'un des moindres attraits de son caractère : « Garde-la auprès de toi à l'usine. Si tu te débarrassais d'elle, je suis persuadée qu'elle en mourrait ! Et puis, par qui la remplacer ? N'est-elle pas au courant de toutes tes affaires et son dévouement ne t'est-il pas définitivement acquis ? » C'est uniquement à Gersande, qui pourtant ne l'aime pas, qu'elle doit d'être restée. Mais je me demande aujourd'hui si j'ai eu raison.

— Pourquoi ne vas-tu pas le demander à ta femme ?

— Depuis qu'elle vit dans son nouvel appartement, Gersande ne tient plus tellement à répondre à mes questions... Dieu sait cependant si je lui en pose ! C'est un peu comme si, se désintéressant complètement de certains détails de la vie courante, seule sa spiritualité comptait. Voilà pourquoi nous prions beaucoup ensemble. Cela nous permet de continuer à communier par l'esprit.

— Si nous revenions à la rencontre du vieux garçon que tu étais et de la jolie Gersande... Elle non plus n'était pas mariée ?

— Sa situation n'était pas simple... Je crois avoir omis de te dire qu'avant de me marier et de faire l'acquisition de cette propriété j'ai été quelque temps visiteur de prisons... Tu dois savoir en quoi consiste cette occupation bénévole ?

— C'est plus qu'une occupation : un apostolat ! Tous ceux ou toutes celles qui le pratiquent sont, à mon humble avis, presque des saints. Mais ça ne me surprend pas qu'avec ce sentiment de pitié que tu portes en toi pour les malheurs de tes contemporains tu te sois laissé embrigader dans une cohorte aussi charitable.

— Ne devrons-nous pas, le jour où le grand moment viendra, rendre compte de ce que nous aurons fait de bien ou de mal ici-bas ? Alors, autant essayer dès ce monde d'augmenter dans la balance le poids du bien !

— Pour peu que tu persistes dans cette voie, tu vas bientôt me laisser supposer que tu n'es qu'un affreux capitaliste fermement décidé à entasser des réserves de bonnes actions ! Pendant combien de temps as-tu exercé cette profession qui, tel que je crois te connaître maintenant, a dû te coûter pas mal d'argent en bienfaits divers prodigués à ceux auxquels tu t'es intéressé ?

— Quelques mois seulement. Jusqu'au moment où j'ai compris que je devais consacrer ce qu'il me restait de temps libre à ma femme. Plus que personne au monde, elle avait besoin d'amour et d'affection. Je l'ai rencontrée à Lyon.

— Par hasard ?

— J'avais monté dans cette ville une deuxième fabrique de produits *Klytot,* que j'ai d'ailleurs revendue aussitôt après mon mariage quand j'ai acheté l'*Abbaye* : je ne pouvais pas me disperser partout, et surtout Gersande ne résidait plus à Lyon. Le jour où nous avons fait connaissance, cela faisait deux ans que je venais trois jours par semaine dans cette ville pour surveiller l'usine. Mais je m'y ennuyais prodigieusement !

— Athénaïs ne t'accompagnait donc pas ?

— Il fallait bien que quelqu'un me remplace à Levallois. Qui d'autre aurait pu s'en charger ?... Bref, ne sachant trop quoi faire à Lyon durant mes heures de liberté, j'ai fini par chercher une seconde activité, même non payante, susceptible de m'occuper. J'ai demandé conseil à un jésuite de la province de Lyon, le père de Baucherie. Avec ma qualité d'ancien élève de « nos maisons », il m'a reçu à bras ouverts. « Pourquoi ne pas vous inscrire dans le groupe des visiteurs de prison ? m'a-t-il dit aussitôt. Vous avez toutes les références d'honorabilité requises et nous en manquons terriblement à Lyon où nos prisons regorgent de monde, hélas, comme presque toutes les maisons d'arrêt de France ! Je suis moi-même l'aumônier de la prison des femmes... Peut-être pourrais-je m'entremettre pour que vous y soyez agréé en tant que visiteur officiel ? » « Ne pensez-vous pas, mon père, que l'on doit plutôt rechercher des visiteuses pour cette prison ? » « Mon bon ami, on prend ce qu'on peut ! Si un homme sérieux comme vous se présente, pourquoi ne pas mettre son dévouement à contribution ? » C'est ainsi que, trois fois par semaine, le lundi, le mercredi et le vendredi, je suis devenu l'un des visiteurs de la prison des femmes. Là, j'ai pu côtoyer la misère humaine dans ce qu'elle a de plus avilissant ! Pourtant, dès mon deuxième jour de visite, un véritable lis a surgi devant moi au milieu d'une pourriture féminine qui est peut-être encore plus répugnante que celle des hommes : Gersande !

— Quoi ?

— Oui, elle était en prison depuis vingt-cinq mois. Elle avait été condamnée par la cour d'assises du Rhône à cinq ans, dont deux avec sursis, et il lui restait onze mois à faire.

— La cour d'assises ? Elle avait donc commis un meurtre ?

— Comme Sarah, elle avait tué son enfant.

— Mon Dieu ! Quelle horreur !

— Tu as raison, mais l'horreur fut surtout pour elle.

110

— Sarah sait que Gersande est aussi une infanticide ?

— Evidemment ! Si je l'ai engagée pour tenir
compagnie à ma femme, c'est parce que je pensais
qu'entre mères ayant commis le même forfait elles se
comprendraient mieux. Le souvenir de leurs crimes
respectifs et pardonnés les lierait, me disais-je, l'une à
l'autre... Avec le recul du temps, je crois ne pas m'être
trompé.

— Vois-tu, Fabrice, hier, pendant que je roulais en
voiture jusqu'ici, je pressentais, étant quelque peu
intrigué par ton insistance pour me faire venir, que ce
court séjour à ton *Abbaye* me révélerait des surprises.
Jamais je n'aurais cru qu'elles iraient jusque-là.

— Je voulais qu'au moins un de mes amis apprenne
tout !

— Parce que ton entourage n'est au courant de rien
en ce qui concerne le crime de Gersande ?

— Sarah est la seule qui sache... Mais elle ne
parlera jamais. Elle a trop peur que je ne révèle à
d'autres que toi — en qui j'ai une entière confiance —
dans quelles conditions elle a mis fin aux jours de son
petit Yul.

— Et Athénaïs ?

— Je ne lui ai rien dit de ce qui s'est passé dans la
vie de Gersande avant que celle-ci ne soit devenue
mon épouse... Je ne lui ai d'ailleurs jamais soufflé mot
de son existence tant que le mariage n'a pas été
célébré, dans le plus grand secret, à Lyon, dix jours
après sa sortie de prison. C'est le père de Baucherie, le
jésuite, qui a béni notre union. Quand je suis revenu à
Paris avec ma jeune épouse, Athénaïs s'est trouvée
placée devant le fait accompli. Si elle avait pu se
douter que, chaque fois que je me rendais à Lyon pour
mes affaires, ce n'était plus tellement — depuis que je
connaissais la prisonnière — pour améliorer le rende-

ment de ma deuxième usine mais pour réconforter le moral de celle que je considérais déjà comme ma future femme, je suis convaincu qu'elle aurait tout mis en œuvre pour que je ne retourne plus seul là-bas !

— J'aurais aimé être caché quelque part pour pouvoir contempler le visage d'Athénaïs à l'instant où, pour la première fois, elle t'a vu avec ta femme. Cela a dû être un moment exceptionnel !

— Ç'a été terrible ! Lorsqu'elle m'a entendu dire : « Ma chère Athénaïs, j'ai la joie de vous présenter mon épouse Gersande... Je suis certain qu'elle et vous parviendrez très vite à vous apprécier », elle est brusquement devenue verte, puis elle a chancelé — j'ai même cru qu'elle allait s'évanouir ! — avant de retrouver cette raideur que tu lui connais et de balbutier quelques mots incompréhensibles. Paroles de bienvenue ou de haine ? Gersande et moi ne l'avons jamais su ! Ce qui d'ailleurs nous importait peu, tant nous étions heureux tous les deux... Mais ce que je peux te certifier, c'est que trois années ont passé et que les rapports entre ma femme et mon adjointe ne se sont jamais améliorés ! Ils n'ont même fait qu'empirer, au point, je te l'ai dit, qu'elles ne se voient plus depuis que Gersande occupe son nouvel appartement. Et, en fin de compte, tout est mieux ainsi... Pourquoi chercher à se rencontrer quand on ne peut pas se souffrir ?

— Et quelle impression t'a produite Gersande la première fois où tu l'as vue dans sa cellule ?

— En réalité, ce n'est pas dans une cellule, où même les visiteurs patentés n'ont pas le droit de pénétrer, que s'est passée cette rencontre, mais dans une petite salle du parloir de la prison. Les condamnées peuvent s'y entretenir avec certaines personnes agréées par l'administration pénitentiaire, tels l'aumônier, ou moi en l'occurrence, sans être trop impor tunées par la présence obligatoire d'une gardienne qui est le plus souvent d'une discrétion relative. Là, à raison d'une heure par visite, d'abord une fois par semaine puis bientôt deux et trois fois, je suis parvenu à établir progressivement une certaine confiance, élément primordial dans les rapports humains, entre la prisonnière et moi... Cette confiance s'est transformée en estime réciproque pour devenir finalement cet immense amour qui nous a liés l'un à l'autre pour toujours.

— C'est fantastique! Je me demande si beaucoup de grandes amours sont nées ainsi de la rencontre entre une condamnée et un visiteur de prison.

— Je peux t'avouer que, dès le premier instant où j'ai vu Gersande, j'ai eu le coup de foudre! Elle était tellement émouvante dans sa blouse grise, qui est l'uniforme des prisonnières, tellement belle aussi, sans le moindre apprêt, sans maquillage... On lui avait même coupé ses admirables cheveux qui, heureusement, ont repoussé depuis et que tu as pu contempler aussi bien sur le portrait que j'ai fait d'elle que dans la réalité de son sommeil. Malgré ses malheurs, elle avait gardé l'éclat de la jeunesse et elle ressemblait presque, dans le parloir, à un jeune garçon.

— Et toi, « le visiteur », à qui ressemblais-tu?

— A celui que j'ai toujours été et que je pense rester...

— Moi je sais très bien à qui tu ressemblais : à un brave homme tout éberlué de découvrir la beauté dans un lieu pareil! J'aurais voulu également être là pour observer ton visage... Il devait offrir un contraste saisissant avec celui, haineux et dépité, d'Athénaïs te voyant accompagné d'une jeune épouse adorée! J'aurais noté avec ravissement sur ta bonne tête de vieux garçon, qui brusquement n'a plus du tout envie de le rester, l'étonnement, l'émerveillement de se dire qu'il

113

ne sera plus seul et, en même temps, la joie d'arracher à sa solitude cette beauté enfermée derrière des barreaux. Car c'étaient vos deux solitudes qui se joignaient... Au fait, Gersande n'avait pas de famille ?

— Seulement un père. Mais c'était comme s'il n'existait plus : lui aussi était en prison et pour plus longtemps qu'elle.

— Elle t'a aimé dès qu'elle t'a vu ?

— C'est ce qu'elle m'a toujours dit.

— Il faut la croire... Elle ne doit pas savoir mentir.

— J'ai toujours pensé que, si notre amour a jailli aussi spontanément, c'est parce qu'elle savait qu'avant de venir lui rendre visite j'avais pris connaissance de son affaire. Je n'ignorais rien de l'effroyable drame dans lequel elle avait été entraînée par une suite d'événements dépassant sa jeune volonté. Son cas m'avait ému et j'étais très anxieux de la connaître. Etait-elle vraiment cette victime presque inconsciente telle que la montrait la lecture des pièces du dossier — au point que, malgré son crime abominable, de larges circonstances atténuantes avaient été admises par le jury qui ne l'avait condamnée qu'à cinq années d'internement, dont deux avec sursis ? Ou bien n'était-elle qu'une sinistre simulatrice ayant joué les victimes pour pouvoir bénéficier de la plus grande clémence possible devant une cour d'assises ? Quand je la vis, je compris qu'elle ne pouvait être cette seconde femme. C'est la vie qui s'était montrée injuste à son égard en lui apportant malheur sur malheur.

— Une fois de plus, tu as senti que ton devoir était de lui venir en aide ?

— Oui.

— Mais tu es donc incorrigible ? A chaque fois tu tombes dans ce même panneau de la pitié !

— Je le préfère à celui de l'indifférence. Et cette

fois, en plus, j'y ai trouvé le bonheur. Que demander de plus ?

— Rien ! Qu'avais-tu appris en prenant connaissance du dossier ?

— La seule jolie chose dont Gersande bénéficia à son départ dans la vie, qui eut lieu dans la banlieue lyonnaise, fut son prénom. C'est sa mère qui l'avait choisi, une maman d'origine italienne qui était, paraît-il, très belle et très douce. Hélas, elle décéda alors que la fillette avait à peine un an. Le père, lui, venu du Beaujolais, n'était qu'une brute doublée d'un ivrogne. Comment parvint-il à élever et surtout à garder auprès de lui cette enfant unique sans que l'Assistance publique s'en mêlât pour la confier à une œuvre de protection ? Cela restera pour moi un mystère ! A quatorze ans, Gersande fut violée sur un chantier. Le père profita de ce drame pour contraindre sa fille à accepter des relations sexuelles avec lui. Ayant été déflorée, elle ne pourrait, prétexta-t-il, plus avoir de rapports avec un homme en dehors de sa propre famille qui se réduisait à lui seul. Cela dura pendant des années. La vie de la malheureuse fut un enfer jusqu'au jour où elle rencontra un brave garçon charpentier, d'origine italienne lui aussi et son aîné de quatre ans. Elle s'installa avec lui dès que la majorité légale lui permit de fuir le domicile paternel.

... Mais le jeune ouvrier quittait très tôt le matin leur modeste habitation, et son travail, parfois, le tenait éloigné pendant plusieurs jours. Ces absences devinrent bientôt intolérables pour Gersande qui craignait et qui continue à redouter la solitude ; c'est pourquoi, quand je suis à Paris, je confie à Sarah la mission de veiller sur elle. Malheureusement il n'y avait pas de Sarah à Lyon ! Si bien qu'un jour, Gersande, alors enceinte, et qui n'en pouvait plus de se sentir seule, commença à être envahie par une idée fixe : l'enfant qu'elle portait en elle n'était pas de son jeune amant mais de son père qu'elle avait quitté quelques mois plus tôt... Et cela devint une hantise dont elle n'osa pas parler à son compagnon. L'enfant, un garçon, vint au monde. On le prénomma Rémi. L'ami de Gersande, ignorant tout des relations sexuelles qui avaient existé entre sa compagne et son père, reconnut l'enfant. Dès lors, la jeune femme fut torturée par une double crainte : que son amant, apprenant la vérité honteuse, ne la quittât et que Rémi, né d'un inceste, ne devînt un jour un monstre ! Et cette torture s'amplifia à tel point dans son esprit qu'elle finit par prendre la décision folle de faire disparaître cet enfant qui, pour elle, serait toujours le fruit de l'horreur !

... Quand, au cours de l'une des audiences, le président des assises lui demanda d'expliquer son geste, elle répondit d'une voix calme et monocorde :

Un matin où mon ami était parti à son travail, j'ai habillé et nourri Rémi avant de lui attacher une grosse pierre avec une corde nouée à son cou et je l'ai jeté dans le puits qui se trouvait derrière la maison. Quand j'ai fait ça, je voyais mon père et je me suis sentie soulagée d'être enfin débarrassée de lui... Dans sa pensée, ce n'était pas son fils qu'elle avait étranglé mais son père par le biais de l'enfant dont nul ne saurait jamais qui l'avait engendré.

... Après un moment de silence qui pesa d'une façon effrayante sur la salle d'audience, la voix très douce de Gersande reprit :

Quand ce fut fini, je suis d'abord remontée dans ma chambre puis je suis redescendue pour me pencher sur le puits... J'ai vu alors que la pierre avait disparu au fond de l'eau et que le corps flottait sur le ventre... J'ai essayé de le repêcher avec un long bâton mais je n'y suis pas arrivée ! Jamais, je le jure, il ne m'était venu l'idée de tuer Rémi... Je ne sais pas pourquoi cela m'a prise tout d'un coup! Ce n'est qu'ensuite que j'ai compris que c'était grave.

... Voilà le crime de Gersande. Qu'en penses-tu, toi, mon ami ?

— Mais... la même chose que les jurés qui ont su faire preuve d'une relative compréhension devant une telle détresse... Et c'est cette femme-là que tu as épousée ?

— Oui. Ça te dépasse, n'est-ce pas ? Tu crois qu'une fois de plus je me suis dévoué ? Eh bien non ! Je n'en ai fait ma compagne que parce que je l'aime sincèrement. Oui, je sais : l'accumulation de ses malheurs ajoutée à son charme et à sa beauté a peut-être contribué à intensifier mon amour, mais ça n'aurait quand même pas été suffisant. Il fallait autre chose : ce sentiment indéfinissable, inexplicable, qui fait qu'un être éprouve subitement le besoin impérieux de se lier à un autre pour le meilleur ou pour le pire ! Si j'ai prononcé les mots « accumulation de malheurs », c'est que l'infanticide du petit Rémi n'est pas la seule tragédie qu'ait connue Gersande. En apprenant le drame, son amant fit une crise nerveuse et il fallut le transporter dans une maison de repos tandis que Gersande était envoyée en prison. Comme il était jeune, solide, il se remit très vite et, comme il était bon, il pardonna. Le jugement de la cour d'assises fut rendu quelques mois plus tard et tous les samedis, pendant presque deux années, le charpentier vint rendre visite, à la prison de Lyon, à celle qu'il aimait toujours. J'ai su par l'aumônier que ce garçon extraordinaire ne cessait de répéter à tous ceux qui lui parlaient d'elle : « Avec moi Gersande était toujours gaie ! Rien ne se serait produit si j'avais eu la possibilité de rester auprès d'elle... Mais, quand elle aura fini de purger sa peine, je ne la lâcherai plus, même une seconde ! Et elle retrouvera son équilibre. »

... Seulement voilà, mon vieux : les hommes proposent et Dieu dispose. Un samedi, l'amant fidèle ne vint pas rendre visite à sa bien-aimée. Elle ne le revit plus jamais, même dans un parloir de prison : il s'était tué en tombant d'un échafaudage. Quand on apprit la nouvelle à Gersande, on pensa qu'elle allait devenir folle. Il y eut heureusement une admirable religieuse, sœur Julienne, qui s'occupait de l'infirmerie de la prison. Elle parvint à lui faire comprendre que, les voies de la Providence étant impénétrables, il était encore possible pour elle, étant donné sa jeunesse, de recommencer une vie entièrement nouvelle. Il y eut aussi l'aumônier, le père de Baucherie. Enfin il y eut moi. Peut-être étais-je l'homme mûr qu'il lui fallait. Sans doute cachait-elle au fond de son cœur blessé le besoin impérieux de retrouver un père, un vrai père qui ne serait pas un monstre mais le confident, le conseiller, le protecteur... Toi-même tu peux te rendre compte à quel point je continue à la protéger !

— C'est exact. Mais son père légal, tu m'as bien dit qu'il était en prison à l'époque où sa fille s'y trouvait aussi ?

— Oui : pour une sordide affaire de viol sur la fille d'un voisin.

— Comment es-tu parvenu, pendant ces heures de visite à la prison, d'abord à panser les terribles blessures morales de Gersande et ensuite à l'apprivoiser au point qu'elle ait accepté de devenir ta femme ?

— En l'aimant. C'était la seule chose à faire. Mais l'aimer, dans son cas, c'était se conduire envers elle comme si elle n'avait jamais eu de passé, comme si tout commençait pour elle, comme si ni elle ni moi n'avions connu d'autres hommes ou d'autres femmes avant de nous rencontrer... Ne crois-tu pas que c'est cela l'amour ?

118

— Tu lui as raconté dans le parloir que tu fabriquais les produits de beauté *Klytot* ?

— Je lui ai même apporté un échantillon de crème que la gardienne a laissé passer à condition que je lui fasse cadeau du même à ma prochaine visite. Si l'internement de Gersande s'était prolongé, j'aurais fini par embellir toutes les femmes de la prison, gardiennes et pensionnaires ! Heureusement que j'ai réussi à obtenir pour elle une réduction de peine.

— Comment t'y es-tu pris ?

— Ce ne fut pas tellement difficile. Ses vingt-cinq mois de prison puis la disparition brutale de son amant, le premier homme qui, ayant compris sa détresse, avait su lui vouer une affection et une tendresse sincères, avaient fait réfléchir Gersande. Aussi, quand je vins la voir la première fois, était-elle déjà mûre pour écouter une voix qui lui conseillerait de faire carrément une croix sur son passé et de ne plus penser qu'à l'avenir... Elle était encore tellement jeune ! Me relayant dans ces sages exhortations, l'aumônier — en qui elle avait une immense confiance — lui fit également comprendre que, si le remords d'avoir commis un acte atroce prouvait son repentir, cela ne signifiait pas qu'elle devait supporter l'entière responsabilité de son crime : le milieu dans lequel elle avait été élevée en avait une large part. Peu à peu nous parvînmes, le père de Baucherie et moi, à ramener en elle, sinon un certain optimisme, du moins ce besoin de vivre qui existe dans chaque individu et plus particulièrement chez les êtres jeunes.

... Ce premier stade franchi, le jésuite et moi nous attaquâmes au second : développer son instruction qui était pratiquement nulle — ce qui expliquait partiellement son comportement insensé envers le petit innocent qu'elle avait fait mourir. Etre ignare n'a jamais été un signe d'inintelligence. Une preuve

119

éclatante nous en fut donnée par le comportement de la prisonnière qui se jeta, avec un désir fou d'apprendre, sur tous les livres que nous lui apportions. Très vite l'aumônier et moi comprîmes que l'esprit de notre élève s'ouvrait aux choses de la vie avec une rapidité foudroyante! Ce fut pour nous une révélation : Gersande était même très intelligente! Aussi n'était-il pas concevable qu'elle continuât à croupir stupidement dans une cellule. Ce que nous fîmes valoir à l'administration pénitentiaire qui partagea entièrement notre avis et qui nous épaula pour la demande de mise en liberté. L'avocat qui l'avait défendue au cours de son procès et qui était l'un des plus brillants du barreau de Lyon soutint fort bien notre cause auprès du garde des Sceaux. Comme, en plus, la condamnée avait bénéficié dans le verdict du jury d'un sursis de deux années sur les cinq prévues pour sa peine, ce qui prouvait que sa culpabilité était considérée comme très atténuée, le ministre de la Justice se laissa assez facilement convaincre. Ainsi les portes de la prison s'ouvrirent pour elle six mois avant la date prévue.

... Entre-temps, cette jeune femme, en reprenant goût à la vie et en se développant intellectuellement, n'avait pas cessé d'embellir. En plus, j'avais fini par remarquer que, chaque fois que je venais lui rendre visite, elle me regardait d'une assez curieuse façon... Et comme j'étais moi-même amoureux d'elle depuis le premier jour...

— Qu'est-ce qui a déclenché cette brusque passion en toi, le célibataire endurci : sa beauté ou son malheur?

— Les deux... Mais ne m'interromps pas si tu veux tout savoir! Les regards de Gersande, où un certain étonnement se mêlait à une sorte d'admiration à mon égard, ne ressemblaient évidemment pas à ceux,

anxieux et possessifs, d'Athénaïs. Et je me disais :
« Mais qu'est-ce qui t'arrive, mon vieux ? Que cette
toute jeune femme te plaise, c'est normal. Que tu sois
prêt à en faire ta compagne malgré le crime monstrueux qu'elle a commis, c'est encore possible. Mais
qu'elle puisse être devenue amoureuse du vieux bonhomme que tu représentes à ses yeux, cette espèce de
papa gâteau qui visite les prisons, cela me paraît
impossible ! Tu rêves, mon bon Fabrice ! » Et pourtant
elle m'aimait.

— Tu le sentais ?

— Je le pressentais... Un jour où je m'apprêtais à la
quitter au bout du temps de visite réglementaire, elle
me demanda, de cette voix angélique que je t'ai fait
entendre hier sur notre enregistrement et qui n'a
jamais changé :

« — Quand je sortirai de cette prison, qu'est-ce que
je deviendrai ?

« — Ma petite Gersande, nous allons voir ça avec le
père de Baucherie.

« — Je n'ai aucune famille, à l'exception de mon
père que je ne veux plus jamais revoir !

« — Je vous comprends. Savez-vous qu'il existe des
maisons d'accueil destinées à recevoir les anciennes
délinquantes pour leur permettre de se réinsérer dans
la société et de trouver une situation stable ?

« — La sœur Lucienne m'en a parlé quand elle me
soignait à l'infirmerie, mais je n'ai nul besoin de
rejoindre un monde dont je n'ai jamais fait partie. Et
quelle situation voulez-vous que je trouve en sortant
d'ici ? Grâce à vous et à M. l'aumônier, j'ai commencé
à apprendre pas mal de choses, mais j'ai parfaitement
conscience d'être encore nulle sur beaucoup de points.
Il faut que je continue à m'instruire si je veux, non pas
redevenir puisque je n'ai jamais rien été, mais devenir
une femme capable de se débrouiller dans la vie... Qui

121

m'instruira ? Le père de Baucherie ? Il n'en a pas le temps, ayant trop d'occupations. Vous ? »

... Et, comme je ne répondais pas, elle reprit :

« — Pourquoi ne serait-ce pas vous ? »

... Nous en restâmes là mais, pendant les jours qui suivirent, ces quelques mots ne cessèrent plus de résonner dans ma tête : « Pourquoi ne serait-ce pas vous ? » Aussi, à la visite suivante, lui ai-je simplement dit :

« — Je vous promets de continuer à vous apprendre le plus de choses possible lorsque vous aurez retrouvé votre liberté. »

... Ce fut alors, chez elle, une explosion de joie. Elle me sauta au cou et m'embrassa dans le parloir avec une telle fougue et une telle frénésie que j'en fus abasourdi et gêné. Quand je ressortis ce jour-là de la prison, je ne savais plus très bien où j'en étais. Je me demandais même si je ne m'étais pas trop avancé. J'avais l'impression aussi d'être pris dans un piège, mais je dois reconnaître que je trouvais la situation merveilleuse.

... Le lendemain, je racontai au jésuite l'étrange aventure qui venait de m'arriver.

« — Eh bien, me dit-il en souriant, qu'est-ce que vous attendez ? Vous ne tenez pas à entrer dans la Compagnie de Jésus ni dans un autre ordre religieux, n'est-ce pas ? Alors, pourquoi continuer à vivre en riche célibataire ? Si vous vous donniez la peine de regarder un peu autour de vous, peut-être vous viendrait-il l'idée de faire le bonheur de quelqu'un qui, malgré une courte aventure avec un brave garçon, n'a jamais connu ces deux éléments qui font l'essence même du bonheur ici-bas : la paix de l'âme et la tranquillité de l'esprit ! Vous n'avez donc pas encore compris, depuis des mois que vous lui rendez visite, que cette gamine ne pense qu'à « son » visiteur dont

122

elle attend trois fois par semaine la venue bienfaisante avec une véritable fébrilité ? Cela parce qu'elle vous adore. Et pas seulement comme un père, je vous assure. Mon cher ami, seriez-vous aveugle ?

« — Mais comment pouvez-vous savoir qu'elle m'aime ?

« — Parce qu'il y a belle lurette qu'elle me l'a confié ! Aussi je le répète : qu'attendez-vous ? d'être centenaire ? Il ne faut tout de même pas exagérer ! Vous avez déjà beaucoup de chance, à votre âge, de trouver une compagne aussi jeune et aussi belle qui vous aime uniquement pour vous et sans arrière-pensée ! Votre situation, vos usines, votre argent, elle s'en contrefiche ! C'est « son » Fabrice, et lui seul, qu'elle veut ! Compris ? A votre prochaine visite, vous me ferez le plaisir de lui annoncer que vous serez non seulement son éducateur mais aussi son protecteur, c'est-à-dire son époux... Et après cette déclaration, si nous nous arrangeons pour faire savoir en haut lieu qu'un honnête homme n'attend plus que le jour de sa libération pour l'épouser, vous verrez que cela produira un excellent effet ! Cela devrait avancer l'échéance. »

... Les choses se sont passées exactement comme les avait prédites le révérend père. Dix jours après que Gersande eut signé le registre de sa levée d'écrou, nous nous sommes mariés discrètement dans la chapelle de ce qui s'appelle « la province » des jésuites de Lyon et qui est en quelque sorte leur P.C. régional. Seuls deux témoins assistaient à la cérémonie : l'avocat de Gersande et sœur Julienne. Quant au discours du père de Baucherie, il fut remarquable et empreint d'une telle poésie amoureuse que l'on se demandait pourquoi lui-même ne s'était pas marié ! Ce n'est pas à toi qu'il faut expliquer que, quand les jésuites se mêlent de quelque chose, il est rare qu'ils ne parviennent pas à leurs fins !

— Après les horreurs que tu m'as racontées sur le passé de ceux qui vivent ici, je t'assure que ça fait du bien de t'entendre enfin parler d'une chose heureuse ! Ça repose... Vous êtes partis tout de suite pour Paris, enfin pour Levallois ?

— Gersande ne pouvait plus supporter de rester à Lyon. Par ailleurs, il était hors de question que je m'installe avec ma jeune femme dans l'appartement que je m'étais fait aménager au-dessus des bureaux de l'usine de Levallois. D'abord ce local était trop exigu et, après des mois de cellule, Gersande avait besoin d'espace, de beaucoup d'espace ! Ensuite il y avait, habitant au-dessus de cet appartement, Athénaïs. Et je pressentais que sa réaction serait plus qu'hostile — peut-être même haineuse — quand je lui présenterais cette beauté dont je ne lui avais encore jamais parlé. Voilà pourquoi je pris la décision de nous installer provisoirement dans un bon hôtel du centre de Paris avant de nous rendre à Levallois... Comment se passa la rencontre avec Athénaïs ? Je te l'ai dit : mal ! Le personnel de l'usine, lui, fut émerveillé par la jeunesse et par l'éclat de Gersande, et il sut lui faire un accueil beaucoup plus souriant que celui d'Athénaïs. Après quoi, nous repartîmes pour la capitale. Nous avions beaucoup de choses à y faire, dont la plus pressante était de procéder à l'habillement de mon épouse qui — mais là c'était la stricte vérité alors que la plupart des femmes qui prononcent cette phrase font presque toujours de charmants mensonges — *n'avait rien à se mettre* ! Si tu savais comme cela m'a amusé, moi qui n'avais jamais prêté attention à la façon dont une femme s'habille, sauf si son excentricité la fait remarquer, de m'occuper de ce qui convenait ou non au type et à la beauté de Gersande.

— Pourtant, tes produits *Klytot* sont destinés aux femmes ?

— Bien sûr, mais j'estimais encore, il y a trois ans, que, quand la peau est bien soignée, le reste, c'est-à-dire la parure, la toilette, n'a pas tellement d'importance. J'étais complètement dans l'erreur! La présence de Gersande dans ma vie m'a vite fait changer d'avis : je rêvais de faire d'elle, qui n'en avait jamais eu la possibilité jusqu'alors, la femme la plus élégante qui soit! C'est à ce prix qu'elle deviendrait, aux yeux de tous, la plus désirable. Elle le devint après quelques jours de visite aux maisons de couture, chez les bijoutiers et dans les salons d'esthétique! Ma vie était totalement transformée! Oubliant l'usine, où je me rendais seul pendant une heure tout au plus en fin de matinée, je ne pensais plus qu'au triomphe de mon épouse. Ce fut pour moi une période fantastique! Sans le chercher tellement et uniquement par le miracle de sa présence à mes côtés, Gersande avait fait de moi un vrai mari. Ne le suis-je d'ailleurs pas resté puisqu'elle est toujours là, sans avoir pensé une seconde à me quitter?

— C'est normal : elle t'aime, elle aussi! Et Athénaïs? Que te disait-elle quand tu passais en météore à ton bureau?

— Rien... ou plutôt si : elle me présentait des papiers à signer pour la bonne marche de l'usine.

— Elle ne te demandait pas des nouvelles de ton épouse?

— Pourquoi l'aurait-elle fait puisqu'elle voyait bien que j'étais follement heureux! Si Gersande avait été souffrante, je n'aurais pas montré le même visage... Athénaïs n'a commencé à s'intéresser à sa santé qu'un an et demi plus tard, dès qu'elle a su que Gersande était sérieusement malade. Alors, depuis ce moment-là, plus un jour ne s'est écoulé sans que ma collaboratrice ne me dise avec une sollicitude qui était, je crois, sincère : « Ne vous mettez pas dans un tel état pour votre épouse ! Tout va s'arranger. Jeune comme elle l'est, elle s'en sortira très bien. » Ce qui a été le cas, mais certainement pas grâce à elle ! C'est ma machine qui a tout fait.

— Depuis que Gersande a enfin trouvé le repos qu'il lui fallait, Athénaïs continue-t-elle à te parler régulièrement d'elle ?

— Pas quand nous nous trouvons ici pour les weekends puisqu'elle sait que ma femme et moi y vivons en contact permanent, mais à Levallois, chaque matin, dès mon arrivée au bureau et avant que nous entreprenions ensemble un tour d'inspection dans l'usine, elle ne manque jamais de me dire : « Avez-vous téléphoné à Sarah pour savoir si Madame a passé une bonne nuit ? Personnellement, je me suis déjà permis d'appeler le baron pour lui demander s'il n'y a pas eu d'incident de machine. Soyez rassuré : tout va bien de ce côté-là... » Chère Athénaïs ! Je la critique devant toi parce que je sais que ça restera entre nous. Je parle de son caractère impossible, de sa jalousie forcenée envers Gersande, de sa passion démesurée pour moi, mais je sais aussi son dévouement sans limites. Aussi je lui pardonne bien volontiers certaines facettes de son comportement qui ne m'enthousiasment pas plus que toi.

— Et quand, grâce à ta munificence, ta femme est devenue celle que tu rêvais de voir admirée par tes amis et enviée par les autres femmes, qu'avez-vous fait ?

— La seule chose qui était à faire et que ni elle ni moi n'avions eu encore la chance de vivre : un voyage de noces !

— Bravo ! Où êtes-vous allés ?

— Oh ! pas tellement loin. Aujourd'hui, ceux qui viennent de convoler se croiraient déshonorés s'ils n'annonçaient pas à leurs amis ou connaissances :

126

« Nous partons pour les Seychelles, pour l'île Maurice, pour Acapulco... » Eh bien, ma femme et moi sommes restés vieux jeu ! Nous sommes partis tout bêtement pour la Côte d'Azur ! Gersande, qui n'avait jamais rien connu à l'exception de la banlieue lyonnaise, du Palais de justice et de la prison de Lyon, rêvait de découvrir un paysage qu'elle n'avait jamais vu que sur des cartes postales, et moi ça convenait tout à fait à mon âge. Ça te fait sourire ? Aussi incroyable que cela puisse te paraître, je n'avais encore jamais éprouvé l'envie d'y mettre les pieds ! Absorbé par mon usine et par mes recherches, ayant parcouru le monde entier pour mes affaires, je n'étais jamais descendu en France plus bas que Lyon ! Tu ne te douteras jamais par quel moyen de locomotion nous nous sommes rendus à Nice ? Le *Train bleu* !

... Oui mon vieux, Gersande habitait, dans la triste banlieue lyonnaise, à proximité de la ligne de chemin de fer, et, toutes les nuits, elle voyait passer ce fameux train qui continue à fasciner ceux qui ne l'ont encore jamais pris ! Tu imagines ce que pouvaient être les pensées de cette gamine lorsqu'elle regardait le train illustre à travers la fenêtre d'une pauvre chambre où elle se terrait, dormant à peine et terrorisée à l'idée que son ignoble père pouvait venir l'y rejoindre à tout instant ! Le *Train bleu* ? Mais c'était pour elle l'évasion, le moyen de fuir son cauchemar permanent pour gagner les rives de cette Méditerranée où l'on devait tout oublier sous le soleil ! Et elle se promit — c'est elle-même qui me l'a confié au cours de l'une de mes visites à la prison et alors que nous commencions à devenir de grands amis — de monter un jour dans ce train de rêve pour ne plus jamais revenir là où elle avait tant souffert... Ne lui devais-je pas ce voyage ? Si tu avais vu son émerveillement — là, je réalisais vraiment que j'avais épousé une femme-enfant —

127

quand elle découvrit, alignés le long du quai de la gare de Lyon, les beaux wagons bleus. Hélas, ce n'était que le *Train bleu* actuel, sans salon pullman, sans bar, sans wagon-restaurant, sans ses serveurs en vestes blanches. Il ne restait plus des splendeurs passées que le conducteur — avec son képi légendaire et son uniforme magnifié par tant de romans, de vaudevilles ou de films — ainsi que les compartiments avec leurs lits, leurs couvertures écossaises, leurs toilettes, leurs portemanteaux... Vestiges émouvants qui justifient quand même encore l'appellation magique de *Train bleu*. Je suis sûr que c'est le plus beau voyage que nous ayons fait l'un et l'autre, elle qui n'avait jamais bougé de sa banlieue et moi qui avais franchi tant de fois les océans ! Quand nous sommes descendus, le lendemain matin, sur le quai de la gare de Nice, nous étions encore plus amoureux.

— Mais pourquoi avoir choisi Nice plutôt que Cannes ou Monte-Carlo ?

— Parce que nous étions en février et que Gersande rêvait aussi de voir le célèbre carnaval. Pouvais-je lui refuser un tel plaisir ? On ne doit jamais lutter contre un caprice de la femme qu'on adore. J'ai toujours cédé aux désirs de Gersande.

— Elle en avait donc ?

— Quelques-uns... Mais pourquoi parler au passé ? Elle en aura toujours ! Ce qui prouve qu'elle est vraiment *femme*. Tiens, en ce moment par exemple, je sens qu'elle a une envie folle de nous revoir. Tu viens avec moi ?

— Tout à l'heure. Raconte-moi d'abord quelle impression lui a faite le carnaval de Nice ?

— Terrifiante ! Au milieu du tintamarre et des confettis, j'ai compris que la foule lui faisait autant horreur qu'à moi et qu'elle la craignait. Une peur panique qui, malgré le temps radieux, le confort de notre hôtel et la douceur de la vie sur la Côte, l'amena à me dire :

« — Chéri, je crois que je ne m'habituerai jamais à côtoyer tant de gens ! Est-ce la faute de l'isolement dans lequel j'ai vécu pendant ma jeunesse et en prison, mais je ressens l'atroce impression qu'ils vont m'écraser. Je ne veux vivre qu'avec toi et pour toi seul, mais pas dans une ville ! J'aimerais être à la campagne, dans une maison entourée d'un grand parc que nous aurions choisie ensemble et où nous pourrions abriter notre amour sans être importunés par une foule d'inconnus qui, à la longue, ne feront qu'envier notre bonheur. »

... Touché par ses paroles, je ne pus que l'approuver :

« — Dès notre retour à Paris, nous nous mettrons en chasse pour dénicher la maison de nos rêves. Mais ne la préférerais-tu pas dans ces parages, sur cette Côte d'Azur que tu souhaitais tellement découvrir ?

« — Non. On y voit trop de monde et il y a trop de bruit ! Ce qu'il nous faut à toi et à moi, ce n'est pas le bord de mer. Ce n'est pas non plus la montagne. J'aurais l'impression d'y étouffer. Toutes ces parois autour de soi, c'est comme les murs d'une immense prison derrière lesquels se trouvent des horizons que l'on ne peut jamais atteindre ! »

— Ne souffrait-elle pas de claustrophobie ? Ce qui paraît assez normal après ses mois de détention.

— Non. La preuve, c'est qu'aujourd'hui elle ne se plaint nullement d'être enveloppée de cette gélatine dans laquelle elle se repose... Ce qu'elle voulait, en fait, c'étaient les bois ! Voilà pourquoi nous sommes ici, en pleine forêt de Villers-Cotterêts.

— Vous avez mis du temps à trouver cette abbaye ?

— Ce fut très rapide. Rentrés à Paris après un mois de Côte d'Azur...

— La durée idéale pour un voyage de noces ! Il ne faut pas que ça se prolonge trop longtemps, sinon la flamme des tout premiers jours risque de s'atténuer.

— Pas la nôtre ! Elle brûle toujours, plus forte que celle de toutes les torches de la galerie.

— Fabrice, une toute petite question qui n'est, au fond, que de la curiosité : comment les choses se sont-elles passées à l'usine de Levallois pendant ton absence ?

— Très bien. Athénaïs veillait à tout. Je lui donnais un coup de fil chaque matin après le petit déjeuner pour m'informer s'il n'y avait pas d'ennuis. Mais, avec elle, sur le plan travail et rendement, il n'y en a jamais !

— Sur le plan affectif, ce devait être différent.

— Elle se contentait de me demander si nous avions beau temps et invariablement je lui répondais : « Gersande est ravie ! » Je savais que cela suffirait pour la rendre un peu plus maussade pendant le restant de la journée.

— Ça te ravissait ?

— Tout de même pas, mais je n'étais pas trop mécontent.

— Vous êtes revenus à Paris en *Train bleu* ?

— En avion. Gersande n'avait jamais encore pris l'avion : un autre de ses souhaits qu'il fallait bien réaliser !

— Des maris comme toi, on n'en fait plus ! Et à Paris, vous êtes retournés à l'hôtel ?

— Pas au même : Gersande voulait changer.

— Un souhait de plus !

— Nous y sommes restés le moins de temps possible : juste ce qu'il fallait pour que les différentes agences immobilières alertées sur le genre de maison que nous cherchions fassent leur travail. Quelques semaines plus tard, accompagnés du représentant de

130

l'une de ces agences, Gersande et moi arrivions ici un après-midi d'avril. Je me souviens : il faisait un temps admirable ! La suite, tu la connais puisque ça fait trois ans que nous y habitons et, quand je dis « nous », je ferais mieux de préciser que « Gersande y réside », car c'est avant tout « sa » demeure, celle où elle veut bien m'accueillir à chaque fin de semaine.

— Lequel de vous deux s'est enthousiasmé pour cette propriété ?

— Gersande.

— Que lui a-t-elle trouvé d'extraordinaire, à l'exception de sa situation en pleine forêt qui l'enveloppe d'un certain mystère ? Je ne pense pas te froisser et nous sommes assez amis pour que je prenne la liberté de te le dire, mais, extérieurement, cette bâtisse ne me séduit guère. Ce n'est pas tellement réussi ! Tu ne m'en veux pas au moins ?

— Je suis un peu de ton avis, mais comme ça plaisait à Gersande...

— Tu t'es incliné et tu as bien fait.

— Et l'intérieur ? Qu'est-ce que tu penses de l'aménagement de l'ensemble ?

— Mon Dieu, je n'ai pas encore tout vu mais je reconnais que certaines pièces, tels ce boudoir et la bibliothèque voisine, sont assez sympathiques : on peut y vivre.

— Et la salle à manger ?

— Trop cérémonieuse à mon goût.

— Exactement ce qu'a toujours dit ma femme ! Et ce qui est devenu la salle de conférences depuis une année que Gersande a changé d'étage ?

— Trop froide, cette salle... Mais quelle était donc sa destination avant ?

— J'en avais fait, dès notre installation, une salle de projection. Le cinéma était alors la distraction favorite de Gersande. Mais plus maintenant ! Ça la fatigue-rait.

— Quel genre de film affectionnait-elle plus parti-culièrement ?

— Les histoires d'amour. Ce doit être pour ça aussi qu'elle aime tes romans.

— Tu louais des films ?

— J'en rapportais toutes les semaines sept de Paris : ainsi Gersande avait, chaque soir, un film différent. C'est Ladislas qui faisait l'opérateur.

— Peut-être aurais-tu pu, pour éviter tout ce déran-gement, faire installer la télévision. Elle aurait pro-duit le même effet distrayant pour ton épouse.

— Gersande n'appréciait les projections que sur grand écran : c'est pourquoi la salle que je t'ai fait voir est aussi vaste. L'écran se trouvait à l'emplace-ment actuel de l'estrade, là où je me tiens pour faire mes conférences sur la survie devant les membres de ma fidèle équipe. Ce qui a lieu généralement le samedi soir... Pas hier cependant puisque tu étais là.

— Je suis désolé que ma venue les en ait privés.

— Oh ! tu sais, ils commencent à savoir par cœur ce que je leur raconte ! Le thème ne varie pas tellement : il s'agit toujours des nouveaux moyens que l'on pourrait envisager pour améliorer encore le confort de Gersande... Et le vestibule d'entrée, comment le trouves-tu ?

— Franchement lugubre.

— Les chambres du premier ?

— Je ne connais jusqu'à présent que la mienne mais, comme tu m'as expliqué qu'elles étaient à peu près toutes semblables, je peux me faire une idée de l'ensemble.

— Sais-tu que ces chambres, qui rappellent des cellules de couvent mais qui n'en ont jamais été, existaient telles quelles quand nous avons acheté

132

l'*Abbaye* ? Nous nous sommes contentés de passer les murs à la chaux et de les meubler sobrement.

— C'est ce que j'ai remarqué !

— Avant, il y avait, peinturlurées sur les murs avec plus ou moins de talent, des fresques se voulant évocatrices mais qui n'étaient en réalité que bassement pornographiques. Elles représentaient principalement des femmes dans toutes les positions que tu peux imaginer ! Oui, cette demeure, appelée pompeusement l'*Abbaye*, n'était qu'une vaste maison galante destinée à accueillir, surtout à l'époque de la chasse, des hommes désireux de terminer leurs randonnées forestières dans les bras de jolies filles. Celles-ci les recevaient dans ces chambres. Jusqu'au jour où, les plaintes s'étant multipliées dans la région, la police a débarqué et fait fermer la bâtisse. Et, pendant des années, aucun amateur ne s'est présenté pour acquérir cette propriété qui était entachée d'une mauvaise réputation.

— Ça ne t'a pas rebuté ?

— Non puisqu'elle a tout de suite plu à Gersande. « Pourquoi attacher de l'importance à ce qui s'est passé ici avant nous ? m'a-t-elle dit avec un grand bon sens. L'âme d'une demeure n'est-elle pas le reflet de celles des gens qui l'habitent ? Quand toi et moi y aurons seulement vécu une nuit, le souvenir de toutes ces amours vénales sera balayé par notre amour qui, lui, est sincère. Achetons vite cette propriété. Nous lui laisserons son nom, l'*Abbaye*, qui ne manque pas d'allure. » Ce qui fut fait dès le lendemain. Et les travaux commencèrent aussitôt, car Gersande ne pouvait pas plus supporter la vie de Paris que celle de la Côte d'Azur. Pour moi, la situation géographique du lieu ne présentait pas d'inconvénient puisque, en voiture, j'étais tout au plus à une heure et demie de Levallois. Quelques jours plus tard, quand même

133

intrigué par la hâte de ma compagne, je lui demandai :

« — Qu'est-ce qui t'a le plus séduite dans l'*Abbaye* ? Ses dimensions ? Son parc ? Sa situation en pleine forêt ?

« — Il y a tout cela bien sûr, chéri, mais ce qui m'a surtout enthousiasmée est le nombre de chambres donnant sur le couloir du premier étage. Toi et moi nous y coucherons en changeant de chambre tous les soirs ! Ainsi nous pourrons réaliser le rêve que je faisais à la maison d'arrêt de Lyon après chacune de tes visites, quand j'étais devenue amoureuse de toi : dormir dans tes bras en cellule, mais dans une cellule d'où nous pourrions nous échapper à tout moment pour nous réfugier dans une autre parce que nous ne serions plus incarcérés par décision de justice mais uniquement les prisonniers de notre amour ! Tu verras : quand ces horribles fresques auront disparu des murs et que ceux-ci seront redevenus tout blancs, ils deviendront des écrans reflétant les merveilleux rêves que nous ferons ensemble de cellule en cellule et de nuit en nuit... »

... Une fois de plus, quand, les travaux terminés, nous nous sommes installés à l'*Abbaye*, j'ai pu constater dès les premières nuits que Gersande avait eu raison : il n'est rien de pire que l'acte d'amour qui se transforme en habitude parce qu'il est toujours fait dans le même endroit !

— Mais les autres occupants des chambres, qu'est-ce qu'ils devenaient dans tout ça ? Eux aussi, se conformant à votre inspiration nocturne, en changeaient chaque soir pour vous céder la place ? Ce devait être un véritable carrousel !

— Au début, nous étions seuls, Gersande et moi, à habiter ce premier étage. Les autres étaient logés dans une aile de l'*Abbaye*, maintenant inoccupée. Ils sont venus s'installer dans celle-ci le jour où, la maladie de Gersande étant devenue sérieuse, elle dut se confiner dans la même chambre, désormais la sienne. Je te la montrerai si tu le veux : c'est la seule où j'ai fait percer dans la cloison une porte de communication donnant sur une chambre voisine, celle où j'habite encore actuellement. Ainsi je pouvais, sans la déranger le reste du temps, me précipiter en cas de besoin au chevet de mon épouse souffrante. Maintenant Gersande n'est plus à côté de moi puisqu'elle dort au sous-sol, mais je laisse toujours ouverte la porte de communication avec son ancienne chambre. Cela me donne l'impression qu'elle est toujours là, tout près de moi, et nous pouvons ainsi nous parler de nos lits, sans nous voir, comme nous le faisions il y a un an.

— Qu'est-ce que vous vous dites ?

— Ça dépend. Ce soir, par exemple, si tu persistes à vouloir rentrer à Paris, nous parlerons évidemment de toi. Gersande me dira : « Dommage que ton ami ne soit pas resté plus longtemps ! Il est charmant... » Et je répondrai : « Il reviendra ! Si tu savais l'effet que tu as produit sur lui ! »

— Je suis touché à l'idée que vous penserez un peu à moi après mon départ... Dis-moi : quand tes collaborateurs sont venus s'installer au même étage que vous, c'était sans doute parce qu'ils voulaient que tu te sentes plus entouré ? A tout moment tu pouvais avoir besoin de leur aide.

— Il y a un peu de ça, c'est vrai. Ils me sont tous tellement dévoués ! Tu ne crois pas qu'il est temps maintenant d'aller faire à ma femme la visite qu'elle attend ?

— Allons-y... Je vais te faire une petite confidence, mon vieux Fabrice : je t'aime beaucoup !

C'était la troisième fois, en moins de vingt-quatre heures, que je me retrouvais en présence de Gersande. Mais je commençais à mieux la connaître et j'avais envie de lui demander :

« Je vous en supplie, Gersande, sachez inspirer, de ce monde lointain où vous vous trouvez maintenant, mon ami Fabrice pour qu'il cesse de croire à la réalité de votre existence terrestre... Contrairement à ce qu'il s'imagine, vous n'êtes pas une réincarnation de la Belle au bois dormant et il ne sera jamais, malgré tout l'amour qu'il a pour vous, le Prince Charmant ! »

Peut-être alors serait-elle sortie de sa léthargie pour me répondre, avec cette étrange voix d'outre-tombe qui m'avait si fortement impressionné quand Fabrice me l'avait fait entendre, la veille, dans leur duo enregistré :

Je ne peux pas faire ce que vous me demandez : ce serait une tragédie si celui qui a été mon époux reprenait pleine conscience de la tristesse de sa solitude. Il ne pourrait pas la supporter et il se tuerait, persuadé que c'est le seul moyen de venir me rejoindre dans cet au-delà où je suis condamnée à habiter maintenant...

Mais, hélas, je savais que les lèvres de la gisante resteraient closes et qu'il n'y aurait pas de réponse à ma supplique... Et Fabrice était là à côté de moi, agenouillé à nouveau sur le prie-Dieu de ses extases... M'aurait-il pardonné de demander à celle qui incarnait pour lui l'amour éternel de le ramener dans les chemins de la raison ? Certainement pas. Et quelle trahison c'eût été, venant de moi, à l'égard de ce vieil ami qui m'avait fait ses confidences avec une franchise folle mais généreuse !

— Je viens de remarquer avec quelle ferveur admirative tu contemplais Gersande, me dit-il, dès que nous fûmes revenus dans la galerie. Je suis heureux de l'évolution qui s'est opérée en toi : elle devait obligatoirement se produire. C'est le pouvoir bénéfique et mystérieux de mon épouse qui commence à agir sur tes pensées et sur ton cœur. Cela se passe ainsi pour tous ceux qui connaissent le bonheur de lui être présentés. Mais, comme je ne veux pas que le premier venu puisse profiter d'une telle grâce, je reste très attentif sur le choix des visiteurs. Je fais le tri. Tu ne me croiras peut-être pas si je te dis que tu es le seul ami ayant reçu l'autorisation de s'approcher de ma femme depuis trois mois !

— Qui donc a eu le droit de venir lui rendre visite il y a trois mois ?

— L'abbé Kermeur : il en avait manifesté le désir. Je n'ai pas cru pouvoir refuser cette faveur à quelqu'un qui connaît tellement bien Gersande et que celle-ci tient d'ailleurs en grande estime : c'est un saint homme... Sais-tu ce qu'il a fait quand il s'est retrouvé en sa présence ? Il l'a bénie !

— Il a bien fait : une bénédiction, ça ne fait jamais de mal.

— Oui et non... Oui si l'on a besoin, au moment de rendre son âme à Dieu, de l'intervention d'un prêtre pour absoudre tous les péchés que l'on a commis. Non si l'on est éternel comme Gersande qui n'aura jamais à rendre son âme à Dieu.

— Evidemment.

Dès le retour dans le boudoir, étant de plus en plus anxieux de découvrir l'étrange passé qui ressuscitait devant moi au fur et à mesure que mon camarade l'évoquait, je recommençai à poser des questions :

— Quelle fut votre existence à ta femme et à toi

pendant vos deux premières années de résidence ici, du moins avant qu'elle tombe malade ?

— Tout ce qu'il y a de plus normale et de plus harmonieuse : la vie d'un couple marié qui a compris qu'une union ne peut tenir que si l'on sait rester amants moralement et physiquement. Nous avons connu, bien sûr, de courtes séparations puisque j'étais contraint d'aller à mon usine de Levallois, mais cela n'excédait jamais trois ou quatre jours. Souvent même je partais de très bonne heure le matin pour revenir très tard le soir.

— Gersande t'accompagnait parfois dans ces déplacements ?

— Elle n'a plus jamais franchi les murs de l'*Abbaye* depuis le premier jour où nous nous y sommes installés. Elle s'est toujours sentie tellement bien ici ! Elle est chez elle. Je sais qu'elle n'en bougera plus.

— Pas la moindre petite envie de *Train bleu* ou de voyages ?

— Gersande est sage : elle connaît les limites de son bonheur. Moi aussi.

— Vous vous suffisez l'un à l'autre, ce qui est l'idéal ! Ne m'en veux pas si je me permets de te poser une question assez délicate : Gersande n'a jamais manifesté le désir d'avoir un autre enfant ?

— Jamais et je la comprends. C'est là un sujet que j'ai estimé plus sage de ne pas aborder avec elle : il y a des plaies que l'on n'a pas le droit de rouvrir. Et puis, franchement, entre nous, je me sens trop vieux pour procréer ! Tu n'as qu'à attribuer le fait que nous n'aurons jamais de progéniture à ma vieillesse ou à notre égoïsme d'amants qui refusent qu'un enfant vienne s'immiscer entre eux pour perturber leur intimité... et n'en parlons plus !

— Qu'est-ce que pouvait bien faire ta femme toute la journée quand tu n'étais pas là ?

— Elle a toujours su s'occuper. Elle a continué à lire beaucoup, comme elle y avait pris goût en prison. Elle faisait également de la broderie ou de la tapisserie : tu en as sur ce guéridon un échantillon inachevé. Presque tous les après-midi aussi, elle sortait se promener dans le parc. Si nous y étions allés ce matin, je t'aurais montré un banc placé au bord du lac sur lequel elle aimait s'asseoir pour rêvasser. C'est une poétesse-née...

— Tu ne m'avais pas dit qu'il existait un lac dans le parc ?

— Lac est un bien grand mot ! Disons une pièce d'eau qui est cependant très romantique, bordée de saules pleureurs et parsemée de nénuphars : un vrai décor pour un ballet imaginé par un Théophile Gautier... Le soir enfin, Gersande regardait un film. Elle dormait également beaucoup, ce qui n'a pas changé.

— On prétend que c'est là pour la femme le vrai secret pour garder sa beauté... Toute ton équipe se trouvait déjà en place ?

— Les premiers qui arrivèrent furent les jumeaux, indispensables pour assurer le service. Ils ont été suivis de Sarah puis du baron. Athénaïs, elle, ne venait avec moi que pour les week-ends, comme maintenant, mais pas en semaine quand je ne faisais qu'un aller et retour : il y avait l'usine.

— Cette fameuse usine qui te permet d'assurer le roulement financier de l'*Abbaye* !

— Je l'avoue : vive les produits *Klytot* !

— Et vive toutes tes recherches, à commencer par celles qui visent notre longévité à nous les pauvres hommes ! Mais justement, si nous savons que, grâce à tes travaux, ton épouse est devenue éternelle, cela n'empêche pas qu'avant l'utilisation de tes étonnantes machines elle ne semble pas avoir eu une très bonne santé ? Car, tu me l'as dit toi-même, elle est tombée sérieusement malade deux ans à peine après votre mariage.

— Tu viens de mettre le doigt sur le point faible : dès que je l'ai vue, j'ai compris que Gersande était d'une constitution fragile. La façon déplorable dont elle a été élevée et les sévices qu'elle a connus ensuite en sont la cause essentielle. Grâce au repos, à une saine alimentation, à l'éloignement des angoisses et surtout au rétablissement d'une vie normale, je suis parvenu à lui rendre une apparence de santé... Je dis bien une « apparence ». En réalité, elle n'a jamais récupéré complètement ces forces qui permettent de se défendre avec quelques chances de succès et de faire face aux difficultés quotidiennes de l'existence. J'ai eu beau tout mettre en œuvre pour la protéger, j'ai eu beau l'entourer, la cajoler, je ne suis pas arrivé, malgré mes efforts, à l'arracher tout à fait au mal qui la rongeait, à mon avis, depuis sa petite enfance. Maintenant il est enfin éliminé, mais au prix d'un sommeil pratiquement ininterrompu !

— Quel mal exactement ?

— Ma réponse va sans doute te paraître archaïque à une époque où la science et la médecine parviennent sinon à guérir, du moins à connaître à peu près toutes les maladies ! Le mal qui a obligé, après deux années d'un bonheur sans nuages, ma pauvre Gersande à s'aliter est une sorte de mal de langueur.

— Ça existe toujours ? Je croyais qu'une telle appellation — juste bonne pour dissimuler l'ignorance des médecins d'une autre époque ! — était périmée ?

— Eh bien non ! Le mal de langueur existe. Le docteur Quentin, qui est le premier que j'ai appelé au chevet de Gersande, pourrait te le dire et aussi les grands spécialistes que j'ai ensuite fait venir de Paris. Ce n'était pas la leucémie, mais plutôt une sorte d'anémie pernicieuse qui affaiblissait lentement mais

140

sûrement son organisme, quelles que soient les thérapeutiques utilisées pour lutter contre le mal. Le plus désespérant pour moi était que Gersande me donnait l'impression — alors que je savais qu'elle m'aimait aussi intensément que je l'adorais — de ne plus avoir tellement envie de vivre ! Ce qui voulait dire que bientôt peut-être nous serions séparés... Pensée atroce que je ne pouvais pas supporter. C'est à ce moment, je te l'ai dit, que j'ai recruté le baron et que nous avons commencé à équiper le laboratoire. Pendant ce temps, sous la surveillance de Sarah, les jumeaux procédaient à l'aménagement de ce qui serait la nouvelle chambre de Gersande.

— Que faisait Athénaïs durant cette période ?

— Devant l'aggravation de l'état de ma femme, je venais de plus en plus souvent ici, presque tous les jours. Mais je n'avais aucun souci à me faire pour l'usine ; ma collaboratrice, sur ce plan, pourvoyait à tout. Elle venait, bien entendu, me rejoindre tous les week-ends à l'*Abbaye* pour me donner de précieux conseils qui, ajoutés aux voyances de Sarah, m'aidèrent à arracher ma petite Gersande au néant qui la guettait.

— Quel genre de conseils te prodiguait Athénaïs ?

— Elle me disait : « Suivez scrupuleusement la ligne que vous trace Sarah. C'est la seule à voir clair dans ce qui va se passer, alors que le docteur Quentin et tous ces grands professeurs qui se succèdent ici en consultation ne savent rien ! Ils fabulent et ils mentent quand ils vous disent que votre femme est perdue. Vous connaissez le dicton : *Tant qu'il y a de la vie, il y a de l'espoir*. Eh bien, grâce à votre énergie, à votre volonté et à votre science, Gersande restera auprès de vous, même si elle présente, à un certain moment, l'apparence de quelqu'un qui n'est plus parmi nous. Elle ne fera alors que s'endormir paisiblement. Et croyez-bien que ce n'est pas son sommeil qui l'empêchera de vous entendre ! Elle vous écoutera et tout ce que vous lui direz la rendra heureuse. »

— Et les voyances de Sarah, que révélaient-elles ?

— Elles ne variaient pas d'un mot. Sarah venait s'agenouiller au chevet de mon épouse, encore allongée dans sa petite chambre du premier étage où elle donnait l'impression d'agoniser, et là, concentrée, elle me répétait : « N'ayez aucune crainte, Gersande vivra. Depuis le jour de mon arrivée ici, quand je vous ai vus pour la première fois tous les deux côte à côte, j'ai connu cet éblouissement qui ne se présente que bien rarement dans la vie d'une voyante : la découverte prodigieuse d'un couple qui ne pourra pas être dissocié parce que la force de l'amour qui l'unit est telle que cet amour n'aura jamais de fin ! Rien ne le brisera, pas même une apparence de mort, et il a le pouvoir de prolonger la vie pour toujours... Gersande tout comme vous, vous serez éternels ! »

— C'est effectivement là une étonnante prédiction !

— N'a-t-elle pas commencé à se réaliser ? Gersande et moi ne sommes-nous pas bien vivants ?

— Si l'on veut... Dis-moi : ce docteur Quentin, que je ne connais pas mais dont tu m'as dit toi-même qu'il ne manquait pas de compétence, que pense-t-il du pouvoir occulte de Sarah ?

— Comme tous les sceptiques — et souvent les médecins le sont plus que les autres hommes parce qu'ils s'abritent toujours derrière les prétendues connaissances qu'on leur a inculquées et qui sont des plus relatives ! —, il ne cesse de ressasser que Sarah n'est qu'une fumiste et que je suis fou de croire à ses visions ! Moi, un fou ? Je crois, au contraire, être un homme parfaitement lucide ! Depuis que tu es là et que je réponds à toutes tes questions, est-ce qu'à un

142

seul moment je t'ai paru ne pas savoir ce que je disais ?

— C'est-à-dire que tu m'as fait de telles révélations que j'en suis quelque peu suffoqué. Mais de là à affirmer que tu es fou, il y a une marge. Admettons seulement qu'il t'arrive de te montrer un peu trop exalté. Et, à mon avis, c'est assez sympathique parce que ça ne provient manifestement que de l'immense amour que tu portes à ta femme. Et puis, si tu étais un personnage terne, tu ne serais jamais devenu le génial inventeur que tu es aujourd'hui.

— Si tu savais comme c'est réconfortant de t'avoir, toi qui me comprends aussi bien.

—. Et l'abbé Kermeur, qu'est-ce qu'il disait de tout ça ?

— Il penchait plutôt pour l'avis des médecins mais, comme c'est avant tout un homme d'Eglise, il se réfugiait dans la prière. Lui aussi, comme Sarah, s'agenouillait auprès du lit de Gersande, mais ce qu'il disait était différent : « Imitez-moi, mon fils... Il arrive fatalement un moment où il ne reste plus qu'un remède : la prière... On vous l'a enseigné pendant votre jeunesse et c'est pourquoi vous avez conservé une foi solide. Alors, prions ensemble pour le repos de l'âme de votre épouse qui, bientôt peut-être, devra paraître devant le Juge Suprême ! » Je m'agenouillais comme je le fais encore maintenant chaque fois que j'éprouve le besoin d'aller bavarder avec Gersande, mais je m'insurgeais contre ces dernières paroles : « Mon père, il ne saurait être question qu'elle se présente devant Dieu puisque j'ai maintenant la certitude que son âme ne se détachera pas de son corps ! La mienne non plus d'ailleurs ! Vous ne comprenez donc pas, vous, un prêtre, qui devriez pourtant déceler les aspirations humaines les plus secrètes, que ma femme et moi sommes fermement décidés à continuer à vivre ? Qu'y a-t-il de plus beau que la vie d'un couple qui s'aime ? »

— Que répondait le curé ?

— Comment aurait-il pu trouver une réponse valable à une telle question ? Il jugeait plus sage de se replonger dans ses prières. Moi aussi, je priais mais les paroles que j'adressais au Très-Haut étaient certainement assez éloignées des siennes : « Seigneur, je vous en supplie. Faites que notre amour, comme nous-mêmes, se prolonge pour l'éternité ! » J'estimais que cela suffisait, Dieu aussi sans doute puisqu'il a commencé à m'exaucer.

Au stade où nous étions parvenus, je compris que nous venions d'atteindre une sorte de point de non-retour et que je ne pourrais plus poser beaucoup de questions à Fabrice, à l'exception cependant de quelques demandes pratiques :

— Quand ce que tu as appelé tout à l'heure l' « instant crucial » est arrivé, tu te trouvais dans la chambre ?

— Nous étions tous présents : Athénaïs, Sarah, le baron, les jumeaux et moi, parce que nous savions qu'il n'y aurait pas une seconde à perdre pour prendre les photographies holographiques qui fixeraient à jamais sur la pellicule le visage, le corps et la beauté impérissables de Gersande. Les appareils étaient dissimulés pour qu'elle ne puisse pas les remarquer. Nous devions nous montrer très prudents afin d'éviter de l'affoler. On ne sait jamais ce qui se passe dans le cerveau d'un malade : il peut imaginer le pire alors qu'en réalité, dans ce cas précis, il n'y avait aucune inquiétude à avoir puisqu'elle dormait déjà ! Athénaïs avait eu la présence d'esprit de lui faire une piqûre pour qu'elle ne sente rien au moment de franchir la frontière séparant la vie normale, qu'elle avait connue

144

jusque-là, de la vie éternelle qui l'attendait au sous-sol où tout était prêt pour l'accueillir.

— Une piqûre ? Quel genre de piqûre ?

— Un anesthésique léger, juste pour avoir le temps de prendre les photographies et de transporter Gersande dans sa nouvelle résidence.

— Le docteur Quentin savait qu'Athénaïs allait faire cette piqûre ?

— Il est arrivé quelques minutes après, alors que le baron et moi venions de terminer nos prises photographiques. Nous avions encore les appareils en main. Il nous a regardés d'une façon étrange puis il m'a dit assez sottement : « La toute dernière photo pour l'image mortuaire ? Je trouve ça plutôt morbide. A votre place, j'en utiliserais une qui soit plus ancienne, datant par exemple de l'époque où votre femme se montrait souriante. Certes, je ne l'ai jamais connue très gaie, mais enfin il a bien dû lui arriver de sourire de temps en temps ? » Il n'avait rien compris, le bon docteur ! Il ne réalisait surtout pas que c'était cette Gersande-là et celle-là seule que je voulais contempler indéfiniment... C'est à cet instant aussi que je pus vérifier la justesse de ce que disait Sarah à propos des médecins ! S'étant baissé pour écouter les battements du cœur de Gersande, il releva la tête en déclarant : « C'est fini ! » et il voulut lui fermer les paupières. Je m'y opposai : « Non, docteur, je veux que Gersande continue à me voir ! » Il m'observa alors avec stupeur. « Comme vous voudrez, dit-il en haussant les épaules. Mais je vous préviens : si vous attendez trop, vous ne pourrez plus les lui fermer ! » C'était exactement ce que je souhaitais ! Toi-même, tu as bien vu en bas que Gersande nous regarde toujours... Et sais-tu pourquoi le médecin voulait faire ce geste que j'exècre ? Il avait la conviction que ma femme était morte alors qu'elle ne faisait que dormir sous l'effet de la piqûre !

— Tu ne me feras jamais croire qu'un médecin ait pu se tromper à ce point-là ?

— Mais si ! Il faut reconnaître, à la décharge de Quentin, que Gersande était figée dans une totale léthargie. Une sorte de mort apparente qui pouvait faire illusion. C'était très impressionnant mais pas pour moi ni pour mes collaborateurs. Nous savions, nous, que ce n'était là qu'un état provisoire : dès que ma femme serait enveloppée dans la couche de gélatine que les machines allaient fabriquer, la vie reviendrait en elle. Le docteur n'avait rien compris ! Il continue d'ailleurs à prétendre que Gersande est morte ! Il est le seul de cet avis.

— Et le curé ?

— Quand il est venu, ayant appris la nouvelle par son ami le médecin, Gersande était déjà installée en bas sur sa nouvelle couche. Il s'est contenté de la bénir en prononçant le *Requiescat in pace.*

— Toi qui es tellement croyant, tu n'as pas exigé qu'il y ait une cérémonie religieuse à l'église du village ?

— Pour quoi faire ? Ce genre d'office est réservé aux défunts ou à leur mémoire, pas aux vivants ! En revanche, tu le sais, depuis un an l'abbé Kermeur vient régulièrement ici tous les dimanches pour dire ce que j'appelle, moi, une « messe de longue vie » destinée à rendre grâces à Dieu de ce qu'il a consenti à ne pas briser notre amour.

— Mais, si le médecin a cru à la mort de Gersande, il t'a délivré un certificat de décès et il a bien fallu que tu te plies à toutes les formalités : déclaration à la mairie, etc.

— Cela m'arrangeait. Aux yeux des autres, Gersande est légalement décédée ! Ainsi je suis tranquille. Les gens disent dans le pays : « Il a fait inhumer sa femme dans une crypte de l'*Abbaye.* C'est son droit

146

après tout ! » Mais ce qu'ils ne savent pas, tous ces imbéciles, c'est que Gersande n'a jamais été inhumée ! Elle dort... La punition de leur sottise est que je ne la leur ferai jamais voir et qu'ils ne sauront pas, comme toi maintenant, ce que peut être la beauté éternelle !

— Et comment as-tu fait pour conserver Gersande près de toi ? Il fallait que tu obtiennes un permis d'inhumer.

— Je le dois au docteur Quentin. Il a fait comprendre aux services de la préfecture qu'étant donné les conditions d'hygiène et de salubrité dans lesquelles ma femme est conservée on peut la considérer comme étant inhumée. Ils l'ont admis ! Si cela les rassure de croire que Gersande l'est, moi ça ne me dérange pas. Pas plus que les assertions du docteur lorsqu'il certifie qu'elle n'est plus de ce monde ! En ce qui nous concerne, toutes ces formalités inventées par les vivants parce qu'ils redoutent de voir ressusciter les défunts dont ils ne veulent plus nous font plutôt sourire, Gersande et moi... Et toi qui es devenu notre ami à tous les deux, qu'en penses-tu ?

Je ne pensais plus rien. J'étais anéanti. Il était là devant moi, mon vieux camarade de collège : pitoyable dans sa démence, émouvant dans sa sincérité illusoire, grandiose dans sa passion tardive qui avait complètement modifié le cours de son existence. Je ne me sentais pas la force d'en entendre davantage. Même pour un cerveau équilibré — ce qui était loin d'être mon cas ! —, c'en était trop. Il est des moments dans l'existence où l'on devient incapable d'écouter ce que vous disent les autres. Il se produit un phénomène de rejet qui vous laisse la tête vide. La seule solution est alors de prendre la fuite pour se retrouver seul et pour penser à n'importe quoi d'autre à condition que ce soit très éloigné de ce qu'on vient d'entendre : à des fleurs quelconques ne rappelant en rien la pureté des lis chers à Gersande, à un oiseau qui viendrait chanter sur le rebord d'une lucarne — qui ne serait surtout pas celle d'une prison —, à un enfant courant dans un parc fleuri, à une femme, peut-être pas très belle, mais qui bougerait... Oui, il y avait en moi toutes ces pensées rafraîchissantes et beaucoup d'autres qui m'aidèrent à ne pas répondre à la dernière question de Fabrice : « Qu'en penses-tu ? »

— La nuit vient, dis-je pour couper court. Ces journées de janvier sont trop brèves ! Il va falloir que je reprenne la route de Paris si je ne veux pas arriver là-bas trop tard, surtout avec les rentrées du dimanche soir.

— Tu ne préfères pas attendre demain matin ? Nous reviendrions ensemble.

— Non, je t'assure.

— Dommage. Cela aurait fait plaisir à Gersande maintenant que vous êtes devenus de grands amis... A ce propos, puis-je te demander un service avant que tu repartes ?

— Tout ce que tu veux.

— J'ai beaucoup réfléchi cette nuit quand je suis remonté dans ma chambre après être resté très tard en compagnie de ma femme. Sais-tu ce que nous nous sommes dit, elle et moi ? Que le jour où je la rejoindrai dans son sommeil éternel, moi aussi je serai considéré comme décédé alors que je serai tout aussi vivant qu'elle. Il faudra alors quelqu'un pour assurer le financement de l'*Abbaye* et tout particulièrement des machines qui vont nous prolonger indéfiniment, Gersande et moi. Comme nous n'avons plus de parents ni l'un ni l'autre, seul un héritier désigné par moi pourra s'en charger.

— Méticuleux comme tu l'es, je suppose que c'est déjà fait ?

— Evidemment. Bien que mon épouse ne soit guère

148

favorable à ce choix, j'ai pensé que la seule personne au monde capable d'assurer la pérennité de mon œuvre de survie est Athénaïs. Son dévouement sans bornes à mon égard en est le gage. Elle a également la compétence qu'il faut pour continuer à faire tourner l'usine des produits *Klytot* dans les meilleures conditions. Je ne tiens pas à ce que cinq cents personnes se retrouvent au chômage.

— Si je comprends bien, tu as décidé de faire d'Athénaïs ton unique héritière ?

— Ma principale héritière, mais pas l'unique. J'ai mis aussi dans mon testament, qui est déposé chez mon notaire à Paris depuis quelques mois déjà, mes quatre autres collaborateurs de l'*Abbaye,* les jumeaux, Sarah et ce cher baron. Ils auront droit chacun à une rente mensuelle, à certaines conditions, bien sûr...

Il prit la peine de m'expliquer dans le détail tout ce qu'il avait prévu.

— Mais j'y pense ! dis-je soudain. Gersande a encore, même s'il s'est montré pour elle le pire des ennemis, un héritier direct, son père ?

— J'ai omis de te signaler que ce père indigne est mort en prison il y a trois ans, alors que nous étions en voyage de noces sur la Côte d'Azur. Tu me croiras certainement si je te dis que Gersande n'a ressenti aucun chagrin à cette nouvelle. Au contraire, le voile de tristesse qui continuait à assombrir la limpidité de son regard, malgré mes efforts pour lui faire oublier le passé, a commencé à se dissiper avec une extraordinaire rapidité. Au bout de quelques jours à peine, elle avait retrouvé la gaieté inhérente à sa jeunesse. Inutile de te préciser aussi qu'il n'était pas question pour nous d'aller à Lyon pour les obsèques ! Grâce à mon ami le jésuite, auquel j'ai téléphoné, des dispositions ont été prises pour qu'on assure au misérable une digne sépulture après l'avoir fait bénéficier d'une

bénédiction à laquelle il n'avait sans doute pas droit !
Enfin, paix à ses cendres... Il était juste d'ailleurs qu'il
retournât à la poussière d'un cimetière alors que la
beauté éthérée de sa fille devait demeurer éternelle.

— Et si Athénaïs disparaissait avant toi, que se
passerait-il ?

— C'est également prévu sur le testament : Sarah
la remplacerait.

— Sarah ! Que cette dernière puisse se débrouiller
ici avec l'aide du baron ou d'un autre ingénieur
mécanicien, je l'admets, en faisant cependant certaines réserves, mais penses-tu réellement qu'une
voyante soit très indiquée pour conduire les destinées
d'une affaire aussi importante que *Klytot* ?

— Une voyante est peut-être mieux placée que
quiconque pour gérer une entreprise puisqu'elle possède le don de prévoir. Et prévoir, n'est-ce pas gouver-
ner ? Mais, justement, ta remarque m'amène à te
demander si tu accepterais la charge délicate, que l'on
ne peut confier qu'à un ami en qui l'on a toute
confiance, d'être mon exécuteur testamentaire. Un
notaire, c'est bien mais ce n'est pas suffisant : ce n'est
après tout qu'un officier ministériel qui gagne sa vie !
Il faut au-dessus de lui quelqu'un d'autre, complètement désintéressé, qui veille à ce que les clauses d'un
testament soient rigoureusement respectées et appli-
quées. Quelqu'un même qui puisse trancher s'il y
avait une décision importante à prendre. C'est pourquoi j'ai pensé à toi.

— Tu ne vois vraiment personne d'autre pour remplir ce rôle, par exemple l'un de tes anciens camarades
de l'Ecole de chimie ? Je crains de manquer d'autorité.
Je ne suis qu'un romancier qui passe sa vie à noircir
du papier. Rien ne m'habilite à faire respecter les
dernières volontés d'un savant de ton envergure.

— Alors tu refuses ?

— Je dois y réfléchir... D'ailleurs, pourquoi prévoir l'éventualité de ta disparition puisque toi aussi, comme Gersande, tu vivras éternellement ? Et, tant que l'on n'est pas mort, la mise en application des clauses d'un testament n'est pas possible !

— Si je t'ai demandé ce service, c'est précisément parce que je voudrais que tout se passe bien pour moi lorsqu'il s'agira de m'installer à la gauche de Gersande dans l'appartement du sous-sol.

— J'ai l'impression que ta fidèle Athénaïs et ton équipe sauront fort bien se débrouiller pour ce travail assez spécial sans avoir besoin de mes conseils ! Et si, dernière hypothèse, j'abandonnais ce monde pourri avant toi ? A moins que tu ne parviennes à me prolonger, moi aussi, indéfiniment ?

— Ce ne serait possible que si tu avais dans ta vie un amour aussi fort que le nôtre, mais j'ai peur que ce ne soit pas le cas...

— Tu as raison : ce n'est pas du tout le cas ! Je ne suis qu'un vieil égoïste !

— Tu es semblable à tous les autres : un malheureux de plus voué à l'anéantissement parce que tu n'as jamais été totalement amoureux ni aimé comme cela nous est arrivé à Gersande et à moi... J'ai l'intime conviction qu'un couple tel que le nôtre n'a jamais existé jusqu'à présent et qu'il n'en existera plus !

— Je suis tout à fait de cet avis. Et je vous souhaite d'en profiter pour l'éternité... *Amen !* Ces bonnes paroles étant prononcées, je grimpe dans ma chambre pour chercher ma valise avant de me sauver.

— Veux-tu que je t'aide à la porter puisque Ladislas est en congé ?

— Jamais de la vie ! Tu m'attends ici ?

— Oui. Ensuite je t'accompagnerai jusqu'au garage.

— C'est gentil.

Un quart d'heure plus tard, nous étions dans le garage. Je pris le volant et lui s'assit à mon côté dans la voiture afin de m'accompagner jusqu'à la grille qui fermait la propriété.

Une nouvelle fois, je contournai lentement la pelouse gelée jusqu'à l'entrée du parc. Là, Fabrice descendit et poussa les lourds battants de fer. Comme je m'apprêtais à redémarrer, il s'approcha et me fit signe de descendre ma vitre.

— Ça m'ennuie, dit-il, que tu ne sois pas resté plus longtemps ! Je vais être très gêné aussi de devoir annoncer à Gersande que tu es parti sans prendre congé d'elle. Je me demande comment je vais bien pouvoir lui expliquer ça...

— Fais-lui un petit mensonge pour une fois. Raconte-lui par exemple que j'ai été rappelé d'urgence à Paris par un coup de fil de mon éditeur, que celui-ci n'est pas du tout content parce que je ne lui ai pas livré hier après-midi, comme promis, le manuscrit de mon nouveau bouquin. Justement, il voulait le lire pendant le week-end.

— Tu penses que ma femme croira ça ? Elle est loin d'être sotte, tu sais ! Et jamais un éditeur ne te dérangerait un dimanche soir pour un motif pareil !

— Pourquoi pas ? Tu ne connais pas les éditeurs.

— Et si tu venais quand même dire un rapide bonsoir à Gersande ? Tu n'as qu'à laisser ta voiture ici devant la grille.

— Non, je t'assure, vieux. Si je te cédais et si je redescendais au sous-sol, je serais comme toi ; je n'aurais plus le courage de m'arracher à la vision de sa beauté.

— Voilà ce que je vais dire à Gersande pour justifier

ton départ précipité ! Ça la fera sourire. Une femme est toujours flattée de savoir qu'elle a un charme infini...

— Excellente idée ! A bientôt.

— Mais... tu reviendras ?

— Promis !

Au moment où j'allais partir, il me rappela :

— Quand même, ça m'aiderait si tu acceptais d'être mon exécuteur testamentaire.

Il avait l'air si malheureux que je ne pouvais plus refuser.

— D'accord. Compte sur moi.

— Merci.

Son bon sourire me consola par avance des complications où je risquais d'être entraîné.

Tandis que je roulais vers Paris dans la nuit tombante, deux visions surprenantes se présentèrent successivement à moi, comme si la scène se déroulait sur la route, devant moi, dans le halo de mes phares.

Je vis d'abord défiler sous mes yeux un étrange cortège funèbre. Il passa lentement devant les portes closes des chambres du couloir, puis descendit le grand escalier jusqu'à la galerie des torches. En tête, tel un sinistre maître de cérémonie, s'avançait le baron précédant la civière sur laquelle dormait Gersande. Elle était portée par les athlétiques acrobates hongrois. Peut-être pour rendre un dernier hommage à l'amante éternelle, ils avaient revêtu leurs maillots de piste pailletés. Suivait Fabrice. Mais il n'avait pas l'air tellement triste : il savait, ce cher et vieil ami, que ce n'était qu'un faux enterrement puisque ses amours avec sa bien-aimée ne connaîtraient jamais de fin ! Derrière lui venait Sarah, drapée dans ses atours de fausse Gitane et apparemment perdue dans une mystérieuse conversation avec l'au-delà. Athénaïs fermait le cortège. Elle avançait en baissant la tête pour dissimuler le rictus de satisfaction qui l'animait à la pensée réconfortante que la très jeune et trop belle Gersande ne serait plus jamais une rivale mais plutôt un atout dont elle saurait utiliser la présence immobile pour maintenir son emprise cachée et démoniaque sur l'homme qui n'avait jamais voulu d'elle pour compagne.

Dans la deuxième vision, mon imagination vit Fabrice en train de peindre l'extraordinaire portrait de Gersande. Et, maintenant que le calme commençait à revenir dans mon esprit à mesure que je m'éloignais de lui, j'avais presque la certitude que ce portrait n'avait pas été exécuté du vivant du modèle mais après le décès que mon ami se refusait à admettre. Combien de temps avait-il fallu pour accomplir un tel travail ? Quelques jours ? C'était à peine concevable, à moins que Fabrice ne fût l'authentique génie auquel ceux qui vivaient de sa folie faisaient semblant de rendre hommage ? Des semaines alors ou même plusieurs mois ? Peu importait après tout ! Ce qui comptait était la qualité de l'œuvre.

Je le voyais, Fabrice, agenouillé sur son prie-Dieu pour s'imprégner de la beauté du modèle, puis remontant se cacher dans quelque grenier de la vaste bâtisse pour transposer sur la toile ce que son regard d'amoureux avait réussi à saisir et à comprendre... Combien d'aller et retour de la crypte au grenier avait-il ainsi faits, l'artiste amateur ignoré de tous, pour arracher peu à peu la femme aimée à la gangue gélatineuse qui l'enfermait dans une immobilité glacée avant de lui rendre vie grâce à la chaleur chatoyante de la toile peinte ? La Gersande du tableau ne portait-elle pas la

154

même robe blanche nuptiale que la Gersande de la crypte ? N'était-ce pas les mêmes proportions, les mêmes pieds nus, les mêmes longs cheveux noirs encadrant l'ovale du visage, les mêmes yeux de velours aussi ?... Non, pas tout à fait. Le regard de la gisante était d'une fixité atroce, tandis que celui de la femme peinte reflétait la joie d'être vivante. Et puis il y avait la bouche : celle de la femme endormie était fermée, close pour l'éternité ; celle du portrait s'entrouvrait légèrement, comme sur le point de prononcer les deux mots que l'amant quémandait à chacune de ses visites dans le sous-sol : *Je t'aime...*

Malgré sa démence, Fabrice avait compris qu'il existait une différence essentielle entre la Gersande du tombeau transparent et celle de la toile éclatante. Et, tout en conduisant, je me demandais s'il n'était pas possible de ramener très doucement le malheureux du froid de la crypte à la tiédeur de la bibliothèque et de lui faire franchir, par cette indispensable transition, la redoutable frontière qui l'empêchait de s'arracher à son rêve d'amour inassouvi. Aidé par notre vieille amitié, peut-être retrouverait-il ainsi toute sa raison ?

L'EFFONDREMENT

Je laissai passer une semaine avant d'appeler Fabrice à l'usine de Levallois :

— Pardonne-moi si je ne t'ai pas donné signe de vie plus tôt pour te remercier de m'avoir accueilli aussi chaleureusement à l'*Abbaye*.

— Tu n'as pas été trop déçu ?

— J'ai été émerveillé par l'acharnement dont tu as fait preuve pour aménager une résidence digne de Gersande... A propos, comment va-t-elle ?

— Elle continue à se reposer.

—- Et toute l'équipe ?

— Chacun fait son travail.

— Et Mlle Athénaïs ?

— Toujours fidèle au poste.

— Où dînes-tu demain mercredi ou après-demain jeudi ?

— Athénaïs et moi pensions aller chez Lipp l'un des deux soirs. Veux-tu nous y rejoindre ?

— Tu sais bien que dîner avec toi est pour moi un plaisir mais je crois qu'il serait encore plus grand si nous étions tous les deux seuls... Non pas que je redoute la présence de ta collaboratrice, mais j'ai à te dire certaines choses qui ne concernent que toi. Pourquoi ne viendrais-tu pas dîner ou même déjeuner chez moi soit demain, soit après-demain ? C'est à mon tour de t'inviter et nous y serions plus tranquilles pour parler.

— Disons jeudi treize heures.

— C'est entendu.

Ayant eu plusieurs jours pour mûrir mon plan, je savais parfaitement ce qu'il fallait lui dire mais la difficulté était d'aborder le sujet. C'est lui qui m'en fournit l'occasion dès le début du repas.

— Toi qui connais beaucoup de monde, dit-il, penses-tu qu'il y aurait, parmi tes relations ou tes amis, quelques personnes de qualité que je pourrais inviter avec toi à l'*Abbaye*? J'aimerais qu'elles fassent la connaissance de Gersande. Plus les semaines passent et plus je me rends compte, à chaque week-end, que ma femme s'ennuie. Elle ne m'en dit rien mais je le sens !

— Crois-tu vraiment ?

— Mais oui ! C'est bien de dormir mais, à la longue, cela doit devenir tellement fastidieux ! Comme elle ne peut plus sortir se promener dans le parc, ni aller s'asseoir sur son banc au bord du lac, ni quitter ses appartements, le soir, pour assister à la projection d'un film, elle commence certainement à broyer du noir... Pas quand je suis là, évidemment, puisque j'ai toujours une foule de choses à lui confier.

— De quoi lui parles-tu de préférence ?

— De ce que j'ai fait pendant la semaine, de la marche de l'usine, de la progression des ventes de nos produits, des gens que je rencontre. Tout l'intéresse ! Le fait de rester silencieuse ne signifie nullement qu'elle ne se passionne pas pour mes activités... D'ailleurs, elle n'a jamais été très bavarde.

— Tu crois sincèrement à ce que tu me dis en ce moment et à tout ce que tu m'as raconté pendant mon séjour à l'*Abbaye* ?

160

Il me regarda, étonné.

— Pourquoi voudrais-tu que je me mente à moi-même ? Et je n'ai jamais cherché à t'éblouir.

— Je le sais. Tu as simplement voulu me faire participer d'une certaine manière à ce merveilleux engouement amoureux que tu as pour ton épouse. C'est très émouvant et j'avoue que j'ai failli m'y laisser prendre.

— Qu'est-ce que tu veux dire ? Tu n'aimes donc pas Gersande ?

— Je l'aime comme tous ceux à qui tu la présentes mais pas de la même façon que toi. Ton amour est tout à fait spécial, Fabrice ! Il est si intense que c'en est presque une maladie ! Tu souffres de ce qu'on appelle le « mal d'amour » à un degré qui n'a jamais dû être atteint par aucun homme ! C'est pourquoi nos retrou-vailles ont pris dans mes pensées une dimension qui va bien au-delà de la simple amitié entre anciens camarades de collège : je t'admire, Fabrice, oui, je t'admire d'avoir su faire passer ton grand amour avant tout le reste et, en même temps, je te plains d'être seul à te battre pour l'imposer malgré des obstacles insurmontables.

— Quels obstacles ? Si c'est de la mort que tu parles, j'estime l'avoir vaincue ! Et pourquoi me plain-dre ? Je suis follement heureux grâce à la prolongation de mon amour. Tu as raison en disant qu'il est tout à fait spécial. Il est même plus que cela : il est grandiose puisqu'il recule indéfiniment les limites de la passion ! Tu appelles ça le « mal d'amour » ? Ça me plaît : c'est un mal qui m'a fait et qui me fait toujours un bien énorme depuis que j'ai eu la chance de rencontrer Gersande. Il m'a transformé. Avant, j'étais comme toi : un égoïste... Pire : un avare mercantile qui ne pensait qu'à amasser le plus d'argent possible grâce à la vente de produits de beauté ! Un argent dont je ne savais plus que faire il y a trois ans... Et puis Gersande est entrée dans ma vie et elle a tout changé. Je me suis mis à dépenser en achetant l'*Abbaye* et en l'aménageant selon ses besoins ; ensuite, j'ai fait du bien autour de moi en engageant un personnel choisi parmi des malheureux qui seraient Dieu sait où aujourd'hui ! Vraiment, je me sens comblé.

— Et si je te demandais brutalement de te débarrasser au plus vite de cette *Abbaye* qui n'est à mon avis qu'un lieu d'horreur, de liquider ce que tu appelles « ton » personnel qui n'est en réalité qu'un ramassis de coquins — bien décidés à exploiter ton bon cœur et surtout, ce que j'estime tragique, l'amour complètement fou qui régit tous tes actes —, de prendre enfin la décision de faire inhumer ta femme dans une tombe normale pour que cesse l'effroyable mascarade qui se joue en permanence dans un sous-sol, qu'est-ce que tu répondrais ?

Les yeux égarés de mon ami me firent comprendre, mieux que n'importe quelles paroles, qu'il ne réalisait pas du tout le sens de ce que je venais de lui demander. Il y eut un silence pénible. Pour éviter qu'il ne s'éternisât, je repris plus doucement, tout en m'en voulant d'avoir été trop direct :

— Comprends-moi : grâce à ta compétence scientifique, qui est indiscutable, tu es parvenu à conserver intacte pendant une année l'apparence physique de celle que tu adores. C'est déjà prodigieux ! Aucun homme au monde n'a pu réaliser un tel exploit ! Mais tu es suffisamment averti pour savoir qu'une pareille expérience ne peut pas durer aussi longtemps que tu l'affirmes et qu'un jour viendra fatalement où elle prendra fin. Ne serait-ce pas terrible si cette fin survenait brutalement, pour une raison technique ou autre, sans que tu puisses maîtriser l'événement ? Ton désespoir, ajouté à ton sentiment d'impuissance

162

devant la force de la loi de destruction universelle, serait atroce ! Alors, là, il y aurait vraiment de quoi devenir fou après tout ce que tu as fait pour prolonger l'apparence de ton union physique... Mais, si tu as l'intelligence de prendre toi-même la décision de faire disparaître l'aspect *corporel* de ton amour et de l'oublier définitivement au profit de l'aspect *spirituel*, qui lui seul peut se rapprocher de l'éternité, tu trouveras le courage dont tu as besoin pour continuer à vivre et à créer.

— Mais je ne pourrai plus vivre sans la présence physique de Gersande à mes côtés !

— La présence physique ?

Je n'insistai pas, réalisant que tout ce que je venais de dire n'avait servi à rien. J'avais parlé dans le vide. Fabrice n'était plus là, avec moi, mais loin, très loin, à nouveau perdu dans son impossible rêve d'amour... Sa raison m'avait même semblé sur le point de sombrer complètement alors que je tentais de le ramener à la réalité de la vie et de la mort. Mieux valait maintenant me taire et persister à jouer le rôle ingrat du vieil ami qui est toujours de l'avis de son compère, même si celui-ci s'enfonce de plus en plus dans sa folie. C'est à ce prix que je réussirais peut-être à limiter les dégâts et à préserver au moins la lucidité de Fabrice pendant les rares intervalles de son existence où il n'était pas question de Gersande !

Changeant de sujet de conversation, nous revînmes à nos inusables souvenirs de collège.

Je laissai passer quelques jours sans le rappeler. J'avoue que j'hésitais à le faire. Or, c'est lui qui me téléphona le jeudi à sept heures du matin. Sa voix était affolée :

— Je ne te réveille pas ?

— C'est fait depuis longtemps.

— Il m'arrive une chose épouvantable ! Tu as ta voiture ?

— Elle est en bas dans la rue.

— Veux-tu venir me chercher immédiatement et me conduire de toute urgence à l'*Abbaye* ?

— Je serai là dans dix minutes. Que se passe-t-il ?

— Il se passe qu'on a enlevé Gersande !

— Quoi ?

— Oui. Je t'expliquerai cela pendant le trajet. Viens vite !

Il m'attendait à Levallois devant l'entrée de l'usine. Quand il monta dans ma voiture, il était livide. Jamais, depuis que nous nous étions retrouvés, je ne lui avais connu un visage pareil ! Alors que nous démarrions, la voix haletante, déjà entendue au bout du fil, reprit, entrecoupée de sanglots :

— Ce que l'on me fait est affreux !

— Où est Athénaïs ? Pourquoi ne t'accompagne-t-elle pas ?

— Elle doit rester à l'usine pour me remplacer ce matin, mais elle viendra me rejoindre en voiture là-bas dès que possible. C'est pourquoi j'ai fait appel à toi. Je serais incapable de tenir un volant !

— Dans l'état où tu es, ça vaut mieux...

— Aussitôt que j'ai appris l'horrible nouvelle, j'ai pensé à mon vieil ami... Il y aura sûrement des moments durs à passer, aussi ai-je besoin d'avoir auprès de moi quelqu'un en qui j'ai une entière confiance. Il n'y a que toi ! Tu n'as pas idée comme le week-end que nous avons vécu ensemble m'a fait du bien ! A Gersande aussi !

Secrètement, je me félicitai de n'avoir pas poussé trop loin notre conversation du jeudi précédent ! Si je l'avais fait, comme il était toujours prisonnier du

164

carcan de sa folle illusion, il m'en aurait certainement voulu et ne m'aurait pas appelé au secours au moment où semblait se produire la dramatique séparation que je redoutais.

Alors que nous roulions sur le périphérique, je le priai de raconter.

— Une vingtaine de minutes avant que je t'appelle, commença-t-il, j'ai reçu un coup de fil de Sarah. « Tout à l'heure, m'a-t-elle dit, quand je suis allée, comme chaque matin, rendre visite à votre épouse, j'ai été horrifiée : elle n'était plus dans la cuve de verre ! La couche de gélatine avait fondu et le plancher était inondé. Je suis ressortie immédiatement dans la galerie, où toutes les torches étaient éteintes, et j'ai couru jusqu'au laboratoire dont je n'ai pas la clef. Je me suis approchée de la grille fermée pour écouter le ronronnement sourd de la machine. On le perçoit d'habitude très bien mais, cette fois, on n'entendait rien. Inquiète, je suis remontée en courant jusqu'à la chambre du baron pour lui annoncer ce qui se passait. A son tour, il s'est précipité au laboratoire. Il en est ressorti quelques instants après en me disant : Je ne comprends pas ! La machine tournait normalement cette nuit quand j'ai fait mon inspection de contrôle à vingt-trois heures. Non seulement elle s'est arrêtée mais celle de remplacement, qui aurait dû se mettre automatiquement en marche, ne fonctionne pas non plus ! » Voilà, rapidement, ce que m'a expliqué Sarah au téléphone.

— Qu'as-tu répondu ?

— Qu'elle ne prévienne personne, à l'exception des habitants de l'*Abbaye*, et qu'elle attende mon arrivée.

— Tu as bien fait : nous y serons vite. A cette heure matinale et en cette saison, les routes ne sont pas trop encombrées.

Nous avions en effet déjà quitté le périphérique pour rejoindre la route de Villers-Cotterêts.

— Franchement, que penses-tu de tout ça ? demanda Fabrice d'une voix lamentable.

— Rien encore, sinon qu'il paraît logique, puisque les machines se sont arrêtées, que l'abaissement de température de l'azote ait été brusquement stoppé, avec toutes les conséquences que cela comporte... Peut-être n'est-ce qu'un incident technique ?

— Et, Gersande n'étant plus protégée par la masse de gélatine, on a pu l'enlever très facilement... C'est effarant ! Me voler ainsi ma femme !

— Les choses peuvent s'être passées autrement.

— Comment ça ? Il n'y a pas d'autre explication possible : Gersande n'a même pas dû se rendre compte sur le moment qu'on l'enlevait si elle était profondément endormie !

Je n'osai exprimer ma pensée : le froid ayant cessé brutalement de se répandre, ce qu'il restait de Gersande — en admettant qu'il y eût encore quelque chose au centre de la masse gélatineuse ! — avait dû se liquéfier rapidement sous l'effet de la température extérieure. En effet, afin de supprimer sans doute tout obstacle à une bonne diffusion des rayons provenant des appareils de projection, la cuve aux parois de verre n'avait pas de couvercle. Seule l'épaisse couche de gélatine servait de fermeture et tenait lieu également d'écran sur lequel se reflétaient les photographies de Gersande en trois dimensions !... Brusquement, le fait d'avoir évoqué les rayons me fit me demander : « Et ces fameux lasers fonctionnaient-ils encore quand Sarah a découvert l'absence de la gisante ? » Question quelque peu superflue car, en admettant même que les quatre projecteurs fixés au plafond ne soient pas, eux aussi, tombés en panne, il n'existait plus d'écran pour refléter Gersande puisque

166

la gélatine avait fondu ! Toute la fantastique illusion voulue par l'imagination amoureuse de Fabrice et entretenue par la complicité servile de son équipe s'effondrait ! C'était terrifiant : il n'y avait plus que le néant abhorré par l'homme demeuré seul... Mieux valait donc ne pas parler des lasers et attendre d'être là-bas pour vérifier si, eux aussi, étaient défaillants. En revanche, il me parut indiqué de demander :

— Ne crois-tu pas qu'il serait urgent d'informer la police de cette disparition ? Si vraiment ta femme a été enlevée, comme tu le penses, c'est un délit très grave !

— La police ? Tu es fou ! Je ne veux surtout pas la mêler à ça : elle ne commettrait que des bévues en livrant la nouvelle à la presse, ne serait-ce que pour se donner de l'importance ! Imagine ce que cela donnerait sur les premières pages des journaux : *Une femme, légalement décédée depuis un an, était en réalité vivante et conservée à son domicile grâce à un procédé de survie inventé par son époux.* Et ce commentaire accrocheur : *Cette femme vient d'être enlevée en pleine nuit par des inconnus alors que le personnel chargé de sa protection se reposait. Est-ce un acte de vengeance contre l'inventeur de l'extraordinaire procédé ou une forme de chantage ou même un rapt crapuleux pour soutirer une rançon au mari, riche fabricant de produits de beauté, ou plutôt le geste passionnel d'un amoureux éconduit par la jeune femme que l'on dit d'une beauté surprenante ? Pour le moment le mystère demeure entier.* Voilà ce qu'on lirait si j'avais recours à la police !

— Et toi, personnellement, pour laquelle de ces hypothèses pencherais-tu ?

— Pour le crime passionnel ! Je dis bien « crime » parce qu'il ne peut pas en exister de plus grand que celui qui brise l'harmonie éternelle d'un couple ! Pourquoi voudrais-tu que l'on se venge de moi ? Je n'ai jamais cherché que le bonheur de mon prochain et je n'ai jamais fait de mal à personne... Quel chantage ? Pour m'extirper les recettes de fabrication des produits *Klytot* ? Mais elles sont connues dans la profession et elles sont brevetées... Une rançon ? C'est possible... Dans ce cas, je suis prêt à donner tout ce que je possède pour récupérer ma compagne, à l'exception cependant de cette *Abbaye* qui est son domaine personnel et le seul endroit où elle a connu le vrai bonheur... Un geste passionnel ? Sûrement ! Ça s'explique trop bien, vu la beauté et le charme de Gersande ! C'est là le drame que j'ai toujours redouté, le seul qui pouvait survenir entre ma femme et moi : qu'un homme, quelles que soient sa situation et son intelligence, tombe amoureux d'elle dès qu'il la verrait... N'est-ce pas ce qui s'est produit pour moi le premier jour où je l'ai aperçue dans le parloir de la prison ? Et pour toi, la semaine dernière, quand tu m'as avoué avoir eu du mal à résister à son pouvoir ? Tout le monde est subjugué ! Faut-il que notre amour ait été fort pour avoir résisté aux innombrables assauts dont Gersande a été l'objet ! Et encore les choses se sont calmées à partir du moment où elle a choisi de vivre en recluse derrière les murs du parc de l'*Abbaye*. Mais avant ! Si tu avais vu les regards des hommes qui la croisaient, que ce soit à Paris, dans le *Train bleu* ou au carnaval de Nice ! Dément ! J'en devenais malade...

— La jalousie...

— Crois-tu qu'un véritable amour puisse exister sans jalousie ?... Oui. Ce ne peut être qu'un mystérieux rival qui m'a volé Gersande ! Un homme devenu fou d'elle et qui a attendu son heure — celle où je serais à Paris et où tous les habitants de l'*Abbaye* dormiraient — pour agir en traître... Un concurrent dangereux, peut-être beaucoup plus beau et sensiblement plus jeune que moi. Il faut que nous le retrouvions très vite là où il se cache avec ma femme qui n'est pas la sienne mais la mienne ! D'ailleurs, elle ne sera jamais à lui parce qu'elle m'aime trop... Mais nous ne devons surtout pas mêler la police à nos recherches. Tu vas m'aider et, s'il le faut, je ferai appel à la collaboration de Sarah, du baron, des jumeaux, d'Athénaïs ! Ils ne pourront pas, après ce que j'ai fait pour eux, me refuser leur concours... Seulement, avant de nous lancer sur une piste, nous devons bien réfléchir. Le ravisseur de Gersande l'avait forcément vue, ce qui l'a rendu amoureux, avant de perpétrer son forfait. Qui, en dehors de toi, ai-je présenté à mon épouse depuis qu'elle s'est installée au sous-sol ?

— Tu m'as dit que le dernier visiteur qu'elle avait reçu, il y a trois mois, était l'abbé Kermeur ?

— C'est exact. Le curé ? Penses-tu qu'il soit amoureux de Gersande ?

— C'est un saint homme qui ne pourrait être qu'un soupirant spirituel : il ne pense qu'au salut des âmes.

— C'est pourquoi il croyait lui faire du bien en la bénissant ! Et si c'était le docteur Quentin ? Lui aussi, je l'ai emmené au sous-sol pour rendre visite à ma femme, mais voilà déjà longtemps : c'était dans les tout premiers jours qui ont suivi la nouvelle installation. Depuis, il n'est pas revenu : je n'y tenais pas.

— Tu ne vas quand même pas me dire que tu étais jaloux de lui ?

— Si tu le voyais : un gros pépère à lorgnons ! Non, pas jaloux. Seulement, ce que je n'ai pas aimé, c'est qu'au commencement de sa maladie Gersande avait une confiance aveugle en lui alors qu'en réalité son diagnostic et celui de tous ses confrères, que j'ai fait venir à grands frais de Paris, se sont révélés complètement faux ! Une nouvelle preuve nous en est donnée en ce moment même : crois-tu qu'on aurait enlevé Gersande cette nuit si elle n'était pas en bonne santé ?

Mon pauvre amour... Sa souffrance doit être atroce de se savoir séparée de moi ! Qui sait ? Elle est peut-être enchaînée dans une nouvelle prison, elle qui a tant pleuré à Lyon ! Que faire, mon Dieu ?

— Calme-toi. Qui d'autre que le docteur, le curé et moi a eu la joie d'admirer ta femme au cours de cette dernière année ?

— Je ne sais plus... Ah ! si... Trois confrères étrangers, chimistes comme moi. Je les avais connus pendant mes études à l'Ecole de chimie où ils étaient venus faire des stages et je les ai retrouvés beaucoup plus tard, comme toi, au hasard de la vie : un Allemand, un Anglais et un Russe...

— Qu'ont-ils dit quand ils ont contemplé ton chef-d'œuvre ?

— Je ne les avais pas invités en même temps. Tous trois, séparément, se sont montrés intéressés. Pourtant, des trois, c'est le Soviétique qui m'a semblé le plus intrigué. Il m'a affirmé néanmoins que mon procédé avait déjà été utilisé en U.R.S.S. au temps de Pavlov.

— Avec succès ?

— Il ne me l'a pas dit. Tu sais, ces gens-là, rien ne les étonne : ils sont persuadés d'avoir tout inventé !

— Et l'Allemand ?

— Il a pris des notes, sans me les montrer d'ailleurs. Mais cela m'indifférait : même si l'on parvient à obtenir un résultat comparable au mien, il manquera toujours un élément essentiel, que je pourrais appeler l'élément-moteur ; sans lui, même la machine la plus perfectionnée ne pourrait pas tourner. C'est celui qui m'a inspiré dans mes recherches : l'élément « amour ». On ne peut pas prolonger la vie d'un être si on ne l'aime pas comme j'aime Gersande ! On n'a ni la volonté ni la force nécessaires.

— Tu as cent fois raison : c'est de loin ton atout majeur !... Et l'Anglais, comment s'est-il comporté ?

— Il m'a paru le plus sceptique et n'a pas dit grand-chose.

— Ça ne m'étonne pas : les Anglais ne sont pas bavards... Tu penses que le ravisseur de Gersande peut se trouver parmi ces trois personnages ?

— Je ne sais pas, mais ce dont je suis sûr maintenant, c'est qu'on ne devrait jamais montrer à des confrères les grandes découvertes que l'on vient de faire... En faisant installer tout ce dispositif permettant de prolonger l'existence, je n'ai jamais pensé aux vies des autres mais uniquement à celle de Gersande et à la mienne ! Ne m'en veux pas, toi mon vieux camarade, de ce que je vais dire : que m'importe que les autres continuent à vivre éternellement ?

— Ces trois chimistes mis à part, qui donc d'autre a vu ton épouse depuis un an dans sa nouvelle résidence ?

— Personne.

— Et si celui ou celle — parce que ça pourrait être aussi bien une femme ! — qui l'a enlevée faisait partie du personnel de l'*Abbaye* ?

— Ah ça ! Tu déraisonnes à nouveau ?

— Pas tellement... Exceptons Athénaïs qui était avec toi à Paris, mais les autres ? Pourquoi ne serait-ce pas Sarah, le baron ou les jumeaux ? Ne sont-ils pas les mieux placés pour réaliser cette infamie ?

— Quel intérêt y auraient-ils ? Ils ont tout ce qu'ils veulent ici. Ils vivent une existence de rêve alors qu'ils savent fort bien, me connaissant, que, si Gersande quitte l'*Abbaye*, il n'y aura plus d'*Abbaye* et qu'alors je n'aurai plus besoin de leurs services ! Automatiquement ils retourneront à leur médiocrité.

— Quel intérêt auraient-ils ? Mais peut-être justement l'intérêt tout court !... Cessons pour le moment

171

de nous poser des questions et attendons d'être sur place pour essayer de nous faire une opinion plus précise. De toute façon, je suis persuadé que, beaucoup plus rapidement que tu ne le penses, nous retrouverons Gersande ! Le contraire n'est même pas envisageable : un amour tel que le vôtre, voué à être éternel, ne saurait se briser aussi rapidement !

Nous n'échangeâmes plus un mot pendant le restant du parcours mais, plus nous nous rapprochions de l'*Abbaye*, plus les traits du visage de Fabrice se creusaient. Rongé par une inquiétude grandissante, il devenait méconnaissable. Des larmes coulaient le long de ses joues, il n'avait même plus la force de se tourner vers moi pour quémander des paroles d'espoir. Son regard demeurait fixe, rivé sur la route.

Enfin, nous arrivâmes devant la grille de la propriété. Elle était grande ouverte, comme s'il n'était plus nécessaire qu'elle demeurât fermée puisque la perle qui jusqu'à ce jour était restée jalousement cachée aux yeux des curieux ou des inconnus n'était plus là.

C'est Ladislas, le garçon blond, qui nous ouvrit la porte donnant sur le vestibule où les trois autres — sa sœur Vania, le baron et Sarah — nous attendaient debout, figés. A peine osaient-ils lever les yeux vers l'homme auquel ils devaient tout et dont ils devinaient l'immense désespoir. S'appuyant sur mon bras et marchant comme un automate, Fabrice se dirigea à pas lents vers l'escalier qu'il avait tant de fois emprunté depuis une année pour aller rejoindre dans le sous-sol son éternel amour. Nous commençâmes à le descendre, suivis des « collaborateurs » toujours muets. Etrange cortège qui devait ressembler à celui qui, une année plus tôt, avait accompagné Gersande jusqu'au havre de repos préparé pour qu'elle pût dormir pendant des siècles. Une seule personne manquait : Athénaïs.

Au sous-sol, une vision de désastre s'offrit à nous. Un éclairage de secours, fait d'ampoules électriques réparties tous les dix mètres dans la galerie et diluant une faible lumière, avait remplacé l'éclat brûlant des torches. Les supports en fer, dépourvus de leurs crêtes de feu, étaient devenus de simples motifs décoratifs dont la laideur me frappa. La grille qui, en principe, interdisait l'entrée de l' « appartement » de Gersande était ouverte, de même que celle qui défendait l'accès au « laboratoire ». Les visages fermés des deux responsables, Sarah et le baron mécanicien, chacun d'eux préposé au confort très particulier de la gisante, montraient à quel point ils redoutaient la juste colère du maître de l'*Abbaye*. Vania et Ladislas, eux, avaient pris un air de circonstance et perdu ce merveilleux sourire juvénile qui m'avait séduit la première fois que je les avais vus, mais ils conservaient une relative sérénité et le chagrin ne semblait pas les atteindre. Il est vrai que leur conception de l'amour était bien différente de celle de Fabrice pour Gersande !

Dans la « chambre » de cette dernière, la rapide description faite par Sarah à Fabrice était conforme à la réalité. La cuve aux parois transparentes était vide : d'occupante et de gélatine. Le sol était détrempé et une odeur nauséabonde avait remplacé le parfum préféré de l'absente que j'avais respiré aussi bien dans cette crypte que dans le boudoir du rez-de-chaussée. Les quatre appareils de projection installés au plafond avaient disparu eux aussi. Le seul éclairage provenait, comme dans la galerie, d'une ampoule de secours placée au-dessus de la porte. Dans sa demi-pénombre, la crypte rappelait ces salles funéraires découvertes au centre des pyramides et que l'on a vidées des illustres momies les ayant occupées pendant des siècles pour meubler des musées. Mais il me paraissait plus que douteux qu'on retrouvât un jour dans un musée ce qu'il restait de Gersande !

En revanche, dans le « laboratoire », les énormes machines réfrigératrices étaient toujours à leur place mais silencieuses. Le baron, confondu, les contemplait avec amertume. Fabrice ne lui posa aucune question, non plus qu'à Sarah ou aux jumeaux. S'agrippant toujours à mon bras, il me dit d'une voix à peine perceptible, tel un moribond qui use ses dernières forces pour s'exprimer :

— Remontons... Je ne redescendrai dans le sous-sol que lorsque Gersande reviendra y vivre... Je ne veux pas non plus retourner dans son boudoir. Il reste trop imprégné de sa présence. Accompagne-moi plutôt dans la bibliothèque.

La remontée fut plus pénible encore que la descente. J'éprouvais la sensation de soutenir un mort vivant. Fabrice ne marchait plus : il se traînait. Arrivé dans la bibliothèque, il s'effondra dans un fauteuil placé face au tableau.

— Ferme la porte, murmura-t-il. Je veux rester seul avec toi. Ce que nous venons de voir est un véritable sabotage !

Je fis ce qu'il me demandait puis revins m'asseoir sur une chaise à proximité de son fauteuil. Comprenant qu'il est des moments où il est préférable de ne rien dire, je l'observai sans qu'il s'en rendît compte. Comment l'aurait-il pu d'ailleurs ? Une fois de plus, de même que dans la crypte lorsqu'il s'agenouillait sur le prie-Dieu pour « parler » avec sa femme, il n'était plus avec moi. Il regardait avidement le tableau comme pour se rassasier de Gersande : une Gersande

174

infiniment plus vivante que celle de la cuve. Désormais il ne voyait qu'elle et c'était bien ainsi. Combien de temps dura cette nouvelle extase ? Elle fut très longue puisqu'elle me permit de réfléchir avec calme à ce qui avait bien pu se passer.

Il n'était pas question, bien sûr, d'enlèvement par un rival ! Ce n'était là qu'une idée romanesque convenant à la folie amoureuse de Fabrice. Pas question non plus de rançon : c'était ridicule. Pour faire disparaître complètement Gersande, il suffisait d'arrêter le fonctionnement des machines et de supprimer les projecteurs. Voilà certainement ce qu'on avait voulu... Mais pourquoi ? Pour conduire Fabrice à un désespoir mortel ? N'était-ce pas une façon diabolique et habile de se débarrasser de lui ? Oui, c'est de ce côté que devait se trouver la vérité... Et qui avait intérêt à agir ainsi ? En tout premier, je pensai à Athénaïs : elle était la principale héritière et elle connaissait sûrement la teneur du testament. Ce qui me gênait pourtant était que le seul membre de l'équipe absent de l'*Abbaye* quand s'étaient produites les malversations était précisément cette Athénaïs. L'un des autres alors ? De toute façon, pour ouvrir les grilles du sous-sol dont aucune des deux serrures — je l'avais remarqué — ne semblait avoir été forcée, il fallait s'être servi des clefs. Or, qui les détenait en dehors de Fabrice, lequel, d'ailleurs, ne s'en séparait jamais ? Lui-même me l'avait dit : les doubles avaient été confiés, l'un à Sarah, l'autre au baron. En supposant même que, pris subitement d'une sorte de contre-folie qui lui aurait fait comprendre l'inanité de sa géniale invention, Fabrice en personne eût voulu détruire ce qu'il croyait avoir mis au point avec l'aide du baron, il n'aurait pu exécuter son projet étant donné qu'il se trouvait à Levallois au moment du méfait... Et si on lui avait volé ses clefs ? Là encore je retombais sur Athénaïs, la seule personne bien placée pour pouvoir le faire puisqu'elle vivait continuellement auprès de lui... Ou alors c'étaient Sarah et le baron qui, se servant de leurs clefs respectives, avaient agi de concert. C'était la solution apparemment la plus logique, mais, encore une fois, je ne voyais pas leur intérêt, même si Fabrice avait prévu une petite part pour chacun d'eux sur sa succession. Ce raisonnement s'appliquait également aux jumeaux. En fin de compte, je ne trouvais rien de satisfaisant, ce qui m'horripilait. Et Fabrice qui restait toujours perdu dans son rêve d'amour !

A cet instant, la porte de la bibliothèque s'ouvrit pour livrer passage à Athénaïs. Brisant le silence qui régnait dans la pièce, elle nous dit de sa voix grave et pondérée :

— Arrivée depuis un quart d'heure, je me suis tout de suite rendue au sous-sol où je suis allée constater les dégâts... C'est une honte !

Puis, remarquant que Fabrice n'avait eu aucune réaction, elle s'approcha de lui en criant presque :

— Je suis là !

— Je le sais, répondit faiblement mon ami sans bouger de son fauteuil.

Athénaïs se tourna vers moi :

— Il n'a pas l'air très bien.

— Cela vous étonne ? N'importe qui à sa place serait dans le même état ! Je crois comprendre que vous feriez mieux de le laisser tranquille.

— Moi, l'abandonner en un moment pareil ? Mais vous semblez ignorer, vous qu'il considère sans doute comme son plus vieil ami, que Fabrice ne serait arrivé à rien sans moi. Je l'ai toujours soutenu moralement depuis l'époque déjà lointaine où nous faisions nos études de chimie ensemble. C'est pourquoi, s'il connaît aujourd'hui un grand chagrin, il a d'autant plus besoin de moi ! Je le sens ! Donc je resterai là, à ses côtés... Mais vous, dont Fabrice avait même oublié le nom pendant plus de quarante années, qu'est-ce que vous faites ici ?

— J'essaie précisément de réparer cet oubli. Et, si je suis dans cette pièce, c'est parce que mon vieil ami m'a demandé de rester auprès de lui. Mieux : il désirait être seul avec moi.

— Vraiment ? Alors quel projet bénéfique pour lui avez-vous en tête ?

— Le tout premier est de le faire soigner par quelqu'un de compétent, ce qui n'est le cas de personne ici ! Vous avez le numéro de téléphone du docteur Quentin qui est, je crois, le médecin le plus proche ?

— Votre ami ne l'aime pas.

— Vous vous trompez : il n'a pas apprécié ce que ce praticien lui a dit l'année dernière sur l'état de santé de Gersande, quand elle était gravement malade, mais je sais qu'il a pour lui une certaine estime. Et puis nous n'avons pas le choix : à mon avis le temps presse. Le choc pour lui est très rude ! Vous avez le téléphone de ce médecin ?

— Non. Et je ne tiens pas à l'avoir !

— Bon. Où est l'appareil ?

— Dans le vestibule.

— J'y vais : je demanderai aux renseignements... Et surtout, pendant ma courte absence, laissez Fabrice continuer à admirer en silence le portrait de sa femme. J'ai l'impression qu'actuellement c'est pour lui le meilleur des baumes.

Quand j'ouvris la porte donnant sur le vestibule, je fus assez surpris de tomber sur les quatre complices attendant là, tout près.

— Alors ? ne pus-je m'empêcher de leur dire, on écoute aux portes maintenant ? Eh bien, puisque vous êtes là et qu'il n'y a plus grand-chose à faire au sous-sol, rendez-vous utiles... Lequel de vous a le numéro de téléphone du docteur Quentin ?

— Moi ! répondit sans hésitation Vania.

Je désignai l'appareil placé sur un guéridon.

— Appelez-le et, dès que le docteur répondra, passez-le-moi. Ensuite vous me ferez le plaisir de tous déguerpir ! Quand j'aurai besoin des services de l'un de vous, je le ferai savoir.

— Mais Athénaïs ? demanda timidement le baron.

— Elle va très bien. C'est votre patron qui est souffrant.

La Hongroise avait formé le numéro. Elle attendit un court instant, puis me présenta le combiné.

— Allô ! Le docteur Quentin ?... Je vous appelle de l'*Abbaye*... Nous ne nous sommes pas encore rencontrés mais je suis un vieil ami de Fabrice Dernot et j'ai eu le plaisir, voici une quinzaine de jours, de faire la connaissance de l'abbé Kermeur qui m'a dit le plus grand bien de vous... Oui, c'est ça : je suis le romancier... L'abbé vous a parlé de moi ? J'ai failli l'appeler mais j'ai pensé qu'il était plus urgent de vous joindre. Voilà : je suis en ce moment auprès de Fabrice et je trouve qu'il ne va pas bien du tout... Il vient d'avoir une très forte commotion. Ça m'est très difficile de vous expliquer au téléphone ce qui s'est passé. Le mieux, si c'était possible, serait que vous veniez sans tarder à l'*Abbaye*. Je dirais même : de toute urgence ! Vous me comprenez ? Je vous remercie, docteur, et je vous attends.

Quand je raccrochai, j'étais seul dans le vestibule : la meute avait disparu. A mon retour dans la bibliothèque, je constatai qu'Athénaïs s'était installée sur la chaise que j'occupais avant son arrivée. Elle parlait à Fabrice qui, le regard toujours rivé sur le portrait, donnait l'impression de ne pas l'entendre.

— Comment va-t-il ? demandai-je.

— Après tout, vous avez peut-être bien fait d'appeler le médecin. Il n'est pas brillant ! Je lui parle et il ne me répond pas : c'est comme si je n'étais pas là !

— Il ne sera plus avec personne tant qu'il n'aura pas retrouvé l'illusion que Gersande, après sa fugue, est revenue vivre auprès de lui.

— Elle, faire une fugue ! Comment pouvez-vous dire une chose pareille ?

— Cela suffit, Athénaïs ! Considérez que tout ce cirque est terminé et que nous nous trouvons, vous et moi, devant l'impérieuse nécessité de sauver un homme que vous aimez et que j'estime.

Et, l'obligeant à quitter sa chaise pour me rejoindre dans un coin de la bibliothèque où Fabrice ne pouvait m'entendre, je lui dis en baissant la voix :

— La « disparition » de Gersande importe peu puisqu'il y a déjà plus d'une année qu'elle a quitté ce monde ! Qui a commis cet acte ignoble ? Ça, c'est une autre affaire qui sera éclaircie un jour ou l'autre. En revanche, l'important, maintenant, est d'empêcher que la folie de Fabrice n'aboutisse à une crise aiguë dont il ne sortirait pas vivant ! Nous sommes d'accord, Athénaïs ?

— Entièrement.

— Je savais par Fabrice que vous étiez une femme intelligente : vous le prouvez une fois de plus... Le docteur va arriver. Et il ne s'agira plus, cette fois, de faire le simulacre de soigner le malade à coups d'oracles ou de prophéties de la voyante, sinon, je vous le garantis, je me fâcherai ! En attendant le médecin, et pour gagner du temps, la première chose à faire serait d'essayer d'arracher par la douceur et par la persuasion Fabrice à sa contemplation. Elle a suffisamment duré. Il faudrait ensuite le décider à remonter dans sa chambre. Nous l'allongerons sur son lit pour que le docteur Quentin puisse l'examiner comme il se doit et lui administrer un puissant sédatif. Car c'est lui qui a besoin de sommeil et non pas Gersande qui a trouvé depuis longtemps le repos éternel !

— Peut-être pourrions-nous demander l'aide de Sarah ?

— Surtout pas ! Je ne veux plus qu'il voie cette femme à ses côtés ni le baron. Tous des exploiteurs ! La seule personne que je tolère encore, c'est vous, Athénaïs, parce que je sais que votre amour pour lui a déjà connu près d'un demi-siècle de patience... De toute façon, je pense pouvoir me montrer assez convaincant pour le décider à rejoindre sa chambre pendant que vous irez là-haut préparer son lit. Maintenant laissez-nous. Je compte sur votre autorité pour qu'aucun des autres, qui semblent vous craindre, ne se trouve dans le vestibule, dans l'escalier ou dans le couloir des chambres quand nous allons y passer, Fabrice et moi.

Resté avec mon camarade, je m'approchai à nouveau de son fauteuil et lui pris les deux mains.

— Lève-toi, lui dis-je doucement. Nous allons monter dans ta chambre. Tu y seras mieux qu'ici pour te reposer.

— Mais Gersande ne peut pas rester seule !

— Tu la retrouveras là-haut. Elle viendra sûrement te rejoindre dans son ancienne chambre qui communique avec la tienne.

— Dans ce cas, c'est différent...

S'étant levé du fauteuil, il se laissa conduire comme un enfant sans poser la moindre question. Pendant le trajet qui me parut interminable tant nous avancions lentement — j'avais l'impression maintenant d'avoir avec moi non un enfant mais un vieillard —, nous ne vîmes personne de l'équipe. Athénaïs elle-même s'était éclipsée de la chambre après avoir fait ce que je lui avais dit. J'aidai mon camarade à s'allonger sur son lit en attendant l'arrivée du médecin. Je me demandais avec inquiétude quel accueil il lui ferait.

— Reste là, dit-il faiblement. J'aime bien t'avoir auprès de moi. Laisse ouverte la porte qui donne sur la chambre de Gersande pour que je puisse l'entendre dès qu'elle reviendra... Tu ne trouves pas que c'est quand même très mal ce qu'elle m'a fait : abandonner ainsi l'*Abbaye* sans me prévenir ?

— Tu sais bien que ce n'est pas elle la responsable mais d'autres...

— Les rivaux ! Je les hais ! C'est pourquoi il faut fermer la porte qui donne sur le couloir : ils pourraient venir me narguer. Je veux rester avec toi, mon unique et véritable ami.

— Mais non, Fabrice, tu en as d'autres. Le docteur Quentin particulièrement. Il ne va pas tarder à venir te rendre visite.

— Je ne suis pas sûr qu'il soit mon ami !

— Il l'est, et l'abbé Kermeur également. Lui aussi viendra peut-être quand il apprendra que tu t'es alité.

— Je suis tellement fatigué ! Je crois que je vais faire comme Gersande : dormir.

Il avait fermé les yeux mais je savais qu'il ne dormait pas : en réalité, il ne voulait plus rien voir de ce qui l'entourait. Je restai auprès de son lit, assis sur une chaise rustique et inconfortable. Combien de temps dura cette nouvelle attente ? Tout ce dont je me souviens est qu'au moment où je commençais à m'assoupir, deux ou trois coups discrets furent frappés à la porte donnant sur le couloir. Puis elle s'ouvrit pour laisser passage à un petit bonhomme rondelet, portant lorgnon — ce qui est assez rare à notre époque. Il se présenta sur un ton affable après avoir déposé une trousse en cuir sur la table :

— Docteur Quentin... Il dort ?

— Je ne crois pas.

Je le mis très brièvement au courant de ce qui s'était passé.

— Après l'avoir examiné, dit-il, je vous rejoindrai dans la bibliothèque. Je connais bien les lieux. J'ai eu tout le temps de les découvrir à l'époque de la maladie de Mme Dernot.

— Dois-je vous envoyer Mlle Athénaïs?

— Elle ne m'aiderait en rien. C'est une créature néfaste! Dites plutôt, si vous parvenez à la trouver dans cette caserne, à la charmante Hongroise, Vania, de m'apporter le plus vite possible des serviettes propres, une bouteille d'eau minérale non gazeuse, un verre et un récipient d'eau bouillie. Cette jeune femme n'est peut-être pas très intelligente mais elle présente, de même que son frère, l'avantage d'être jolie et soignée... Et, surtout, pas de voyante ni de baron!

— Je constate avec satisfaction que nous avons les mêmes opinions sur l'entourage de mon pauvre ami.

— Le bon sens, monsieur! Il faut du bon sens... Ce dont ils ne veulent pas faire preuve! A moins qu'ils n'en aient trop, mais à leur seul profit! A tout à l'heure.

J'eus la chance de trouver Vania dans la salle à manger où elle rangeait des assiettes dans un buffet. Dès que je lui eus transmis les instructions du médecin, elle me demanda avec cet accent slave qui n'était pas le moindre de ses charmes :

— Le patron est souffrant?

— Pourquoi cette question superflue? Vous le savez bien, tous autant que vous êtes, dans votre *Abbaye* où les nouvelles doivent courir très vite! Ne perdez pas de temps et faites ce que je vous demande.

J'attendis une bonne heure dans la bibliothèque, face au portrait de Gersande que je n'avais plus le

courage de regarder : c'eût été maintenant, me semblait-il, presque un sacrilège. Une seule personne
avait le droit de contempler indéfiniment cette
œuvre : son auteur. D'ailleurs, c'était évident, il
n'avait peint sa femme que pour sa propre satisfaction
et nullement pour les autres ! Gersande — sous quelque forme que ce soit : picturale, réelle ou congelée —
n'appartenait qu'à lui, Fabrice ! Et même quand il
s'imaginait, comme aujourd'hui, qu'elle s'était enfuie
avec un ravisseur, il gardait la certitude qu'elle ne
pourrait jamais se donner à cet autre.

Ce qui m'étonna pendant l'heure d'attente fut
qu'Athénaïs ne vînt pas rôder dans la bibliothèque
sous un prétexte quelconque. Mais sans doute savait-
elle que le médecin se trouvait toujours là-haut,
auprès de Fabrice. Qu'aurais-je donc pu lui apprendre
de nouveau ?

Le docteur Quentin arriva enfin.

— Il dort, dit-il. Je lui ai fait une piqûre calmante
qui, normalement, va le plonger dans un sommeil de
quelques heures. C'est ce dont il a le plus besoin pour
le moment. Après, nous verrons ! Mais il est certain
qu'il ne pourra pas continuer à vivre comme il le fait
depuis plus d'un an entre une pseudo-« épouse éternelle », une Athénaïs qui l'épie à chaque instant, des
collaborateurs qui ne sont que des parasites, la fabrication des produits *Klytot* et une fausse *Abbaye* !
N'importe qui à sa place deviendrait aussi fou que
lui ! Je sais aussi qu'il n'a plus aucune famille et j'ai
appris par le curé que vous êtes l'un de ses rares
amis. C'est pourquoi il faudra prendre une sérieuse
décision à son sujet, sinon nous courons à la catastrophe.

— Quelle catastrophe ?

— La folie furieuse. Il finira par tuer quelqu'un
parce que celui-ci, pensera-t-il, refuse de lui rendre sa

183

Gersande! Pour moi, il est un peu la réincarnation d'un Don Quichotte partant en guerre contre des moulins à vent pour défendre l'honneur de sa Dulcinée... Mais un Don Quichotte des temps modernes qui ne se bat que pour imposer son amour à la société actuelle — laquelle s'en moque éperdument! —, avec la conviction absolue que cet amour est le seul au monde capable de durer jusqu'à la consommation des siècles!

— Est-ce bien prudent de l'avoir laissé là-haut dans sa chambre, même endormi?

— J'ai demandé à la jeune Vania de rester auprès de lui et, au besoin, de se faire remplacer par son frère si elle avait à s'absenter. Ces jeunes gens me semblent les mieux indiqués ici pour cette mission de confiance. Je les crois honnêtes; en tout cas moins mal intentionnés que les autres à l'égard de votre ami. En revanche, je me méfie terriblement du trio infernal composé de la vieille fille, du baron et de la voyante!

— Moi aussi.

— Nous sentant à peu près tranquilles de ce côté-là, expliquez-moi en détail ce qui s'est passé.

Je lui racontai la suite des événements depuis que Fabrice m'avait appelé par téléphone le matin de bonne heure.

— Drôle d'histoire! s'exclama-t-il dès que j'eus terminé. Mais, à mon avis, cette liquéfaction — car c'est le seul mot qui convienne — des restes de Gersande devait fatalement se produire dès que les deux machines à abaisser la température cesseraient de fonctionner! Et, en fin de compte, c'est plutôt une bonne chose pour amener notre pauvre ami à perdre une fois pour toutes son illusion démentielle de survie! Seulement, là où ça se gâte, c'est que le choc psychique qu'il vient d'éprouver est terrible! Tellement fort que sa raison est sur le point de vaciller complètement... Ça ne m'étonne plus qu'il ait été dans l'état où je l'ai trouvé quand vous m'avez mandé d'urgence ! Encore heureux qu'il ait fait appel à vous et que vous ayez été là ! Que se serait-il passé s'il s'était trouvé seul au milieu de cette bande de faisans ? J'ai la nette impression que votre première visite à l'*Abbaye*, il y a quelques jours, n'a pas été vue d'un très bon œil par l'équipe, et encore moins votre retour ce matin ! Votre venue a bouleversé un plan soigneusement préparé pour déclencher le choc émotionnel dont le but était de provoquer un brusque arrêt du cœur de votre ami. Ce n'est pas de Gersande, partie depuis longtemps pour un monde meilleur, que l'on a voulu se débarrasser mais de lui ! Autrement dit, si vous n'aviez pas été là, c'eût été une forme déguisée d'assassinat... Bien sûr, une fois tout fini, on m'aurait appelé pour que j'établisse un nouveau certificat de décès et j'aurais bien été contraint d'y mentionner qu'il s'agissait d'une de ces morts naturelles comme il y en a tant...; alors qu'en réalité ils se sont tous donné la main pour essayer de le faire disparaître !

— Tout de même pas Athénaïs puisqu'elle n'était pas ici la nuit dernière ! Elle n'a pas pu participer à l'arrêt des machines pas plus qu'à l'enlèvement des projecteurs de la crypte ou à la fermeture de la conduite de gaz qui alimente les torches de la galerie !

— Ça va de pair : c'est un ensemble. Il fallait tout stopper en même temps pour que l'effet-choc sur l'époux de Gersande soit irrémédiable. Il devait, en arrivant de Levallois, se trouver en présence d'un désastre complet. Le calcul était très habile. Vous-même avez pu en mesurer le résultat : en quelques minutes Fabrice est devenu une loque humaine ! Maintenant il dort, mais que se passera-t-il quand il se réveillera ? Aura-t-il retrouvé une partie de ses esprits, qu'il avait quand même conservés en dépit de sa démence amoureuse, ou bien aura-t-il sombré définiti-vement ? Je n'en sais rien.

— Docteur, c'est effrayant !

— Savez-vous s'il a pris des dispositions testamen-taires ?

— Oui. Il m'en a parlé quand je suis venu il y a un peu plus de quinze jours. Il m'a même demandé d'être son exécuteur testamentaire.

— Peut-être pressentait-il ce qui allait arriver ?

— Je ne le pense pas.

— Il a donc dû vous mettre au courant de ses dernières volontés ? Vous allez croire que je me mêle de choses qui ne me regardent pas. Pourtant, il me paraît intéressant de savoir, dès maintenant, qui hérite de sa fortune considérable.

— Toute l'équipe à un degré différent.

— C'est donc qu'ils sont tous plus ou moins respon-sables de ce qui vient de se produire pendant cette nuit diabolique !

— Pas les jumeaux tout de même ?

— Ils ont une part d'héritage ?

— Oui.

— Dans ce cas, méfiez-vous également d'eux !

— Mais je ne vois pas où se trouve leur intérêt à tous. Ils ont ici une bonne situation, bien payée, et qui leur apporte, en même temps qu'une relative tranquil-lité, un confort qu'ils n'auraient jamais connu, ni les uns ni les autres.

— Leur intérêt ? Mais, s'ils ont cherché à faire disparaître votre ami, c'est tout simplement parce qu'ils en avaient assez de lui ! Vous ne pouvez pas bien comprendre parce que vous l'avez retrouvé tout récemment, après de longues années où vous vous étiez perdus de vue. Et vous n'avez jamais vécu auprès de lui ! Imaginez un peu ce que c'est que de côtoyer pendant plus d'un an un homme que la mort de sa femme a rendu à demi fou ! Un homme foncièrement bon, je sais. Mais que pèse la bonté de quelqu'un face à son besoin de faire participer sans cesse son entourage à la grandeur de *son* amour ? Ça doit devenir à la longue proprement insupportable ! Au début de cette étrange existence en commun et tant que Gersande vivait, il n'y a pas eu trop de difficultés. Ceux qu'il a toujours appelés ses « collaborateurs » l'ont tous admise en se disant sans doute que, mon Dieu, ils n'avaient pas une situation tellement pénible et qu'ils auraient pu trouver pire ! Mais après ce que j'appellerai « la descente aux enfers » du corps de la défunte, ce dut être tout autre chose !

... Croyez-vous qu'il soit tellement facile de cohabiter avec une morte qui n'est pas enterrée ou incinérée, qui est censée continuer à vivre, que l'on n'a aucune raison d'aimer particulièrement et que l'on déteste de plus en plus parce qu'elle donne l'impression de se mêler encore — par l'intermédiaire de son époux — de votre propre existence ? Le seul au monde à avoir adoré cette jeune femme, c'est Fabrice ! Tous les autres — Athénaïs, qui était jalouse, le pitoyable baron et Sarah qui, eux, ne supportaient plus la charge macabre qu'on leur imposait, les acrobates eux-mêmes — n'ont plus eu qu'une idée en tête : supprimer pour toujours celle dont la présence silencieuse au sous-sol hantait leurs journées et peuplait leurs nuits de cauchemars ! Et ils feraient d'une pierre deux coups : la femme ayant disparu, l'homme ne trouverait plus la force de vivre. Il mourrait et on hériterait !... Qui doit toucher le plus ?

— Athénaïs..., et de loin !

— C'est donc elle qui a tout orchestré à distance : elle a donné des ordres que les autres n'ont fait qu'exécuter. Ce qui prouve son habileté démoniaque : n'ayant pas été là de la nuit, elle n'est en rien responsable ! L'ennui pour elle est que votre ami a une solide constitution : malgré le choc effroyable, il n'est pas mort ! Et nous allons tout tenter pour essayer de le sauver... Physiquement c'est possible, moralement c'est plus douteux ! Attendons le réveil... Je dois retourner à mon cabinet où j'ai beaucoup de consultations qui m'attendent mais je reviendrai en fin d'après-midi, à l'heure où il devrait normalement reprendre conscience. Pendant qu'il continue à dormir, n'hésitez pas à aller, toutes les demi-heures, jeter un coup d'œil dans sa chambre pour voir si les choses s'y passent bien et surtout pour vous assurer que les Hongrois sont à leur poste. Puis-je vous demander ça ?

— Mais je l'aurais fait sans que vous me le disiez, docteur !

— Pour la nuit nous aviserons... Il faudra bien que Vania ou son frère aillent dormir, et pas question de faire appel aux trois autres ! Peut-être ramènerai-je avec moi l'abbé Kermeur. Vous pourriez vous relayer tous les deux pour monter la garde dans la chambre... J'ai bien dit : la garde ! Je me méfie toujours de la nuit et plus particulièrement dans cette *Abbaye* maudite... Comprenez-moi : il ne faudrait pas que « les autres », réalisant que Fabrice a surmonté le choc, fassent une nouvelle tentative. Avec ces gens-là, mon cher monsieur, on peut s'attendre à tout ! J'ai eu l'occasion de les étudier. Ils sont trop serviles pour être tout à fait honnêtes !

— Si vous avez cette certitude, n'est-il pas dangereux de confier en ce moment la garde de Fabrice à Vania ou à son frère ?

— Pas dans la journée. Personne ne bougera tout de suite : on attendra. Et puis je vous l'ai dit : votre présence gêne.

— Pourquoi ne pas demander l'aide de la police ?

— La police ici, c'est la gendarmerie de Mernie. Je

connais bien le brigadier qui la commande : un homme remarquablement intelligent... Seulement, le faire venir, lui ou l'un de ses subalternes, à quel titre ?

— Je ne sais pas, moi... Par exemple en signalant la disparition de Gersande. Ce n'est quand même pas normal, la fuite d'un cadavre.

— Je crois, en fait, qu'il ne restait rien dans la cuve, sinon la prodigieuse illusion en relief due aux appareils holographiques. Et celle-ci s'est évanouie dès qu'on les a retirés. Même si la gendarmerie entreprenait des recherches, elle ne retrouverait pas Gersande puisqu'il n'y a plus de corps de Gersande ! Bien sûr, il reste son âme mais celle-ci appartient à Dieu qui en a déjà disposé selon sa volonté : ce serait plutôt le domaine du curé. Il vous expliquera que, grâce à ses prières et aux innombrables messes qu'il a dites à son intention, elle a dû enfin trouver au paradis le véritable repos qu'il lui fallait !

« A moins, pensai-je, que Gersande ne soit encore au purgatoire pour expier le crime qu'elle a commis. » A l'exemple des jurés lyonnais qui lui avaient accordé une absolution relative, j'estimais, devant les sérieuses circonstances atténuantes, qu'elle ne méritait quand même pas l'enfer !

Le docteur reprit :

— De quoi aurions-nous l'air si nous portions plainte à la gendarmerie ou ailleurs ? On interrogerait, bien sûr, Fabrice, et que dirait-il sinon que sa femme est toujours en vie, qu'un rival l'a sûrement enlevée et qu'il faut à tout prix la retrouver ? Imaginez le ridicule de la situation puisque Gersande est formellement mentionnée sur les registres de l'état civil comme étant morte. Deux pièces légales le confirment : mon certificat de décès et mon rapport, précisant qu'étant donné les conditions d'hygiène dans lesquelles on l'a placée dans la crypte de l'*Abbaye* il n'y a pas le moindre danger pour la salubrité publique. A l'extrême, c'est peut-être moi, le toubib, qui aurais les pires ennuis ! Qui sait si l'on ne m'accuserait pas d'avoir délivré un faux certificat de décès ? Pourtant, je vous assure, la malheureuse, rongée depuis des mois par la diminution lente mais inéluctable de ses plaquettes sanguines, avait bien rendu l'ultime soupir quand j'ai été appelé la dernière fois auprès d'elle, et cela malgré toutes les protestations d'Athénaïs et les lamentations de la voyante qui affirmaient qu'elle ne faisait que dormir, qu'il s'agissait d'une sorte de coma. Ce qui était absurde ! J'ai vu suffisamment de décès au cours de ma longue carrière de généraliste pour vous certifier que Gersande était bien morte ! Et quand on est mort...

— C'est pour longtemps ! Avez-vous su, docteur, que, juste avant votre arrivée ce jour-là, Athénaïs avait fait à la malade une piqûre ? C'était soi-disant pour l'endormir à seule fin qu'elle ne se rende compte de rien pendant qu'on la photographierait les yeux ouverts et qu'on la transporterait jusqu'à la crypte.

— Qui vous a parlé de cette piqûre ?

— Fabrice... Il croit même que sa Gersande a réussi à éviter ainsi le moment fatidique où l'on passe de vie à trépas !

— Ce sont ces misérables qui lui ont mis cette idée folle en tête. De cette façon, ils ont pu l'exploiter ensuite à leur profit !

— Exactement.

— Eh bien, je n'étais pas au courant pour cette piqûre. D'ailleurs, contrairement à ce qu'ont pu penser tous ces imbéciles, elle n'a pas été pratiquée *in extremis* mais *post mortem* ! Elle n'a donc servi à rien ! Je savais depuis des mois — et les grands patrons que j'ai fait venir en consultation pourraient vous le confirmer — qu'il n'y avait plus rien à faire : la malade était condamnée. Tout l'entourage aussi le savait, y compris Athénaïs, et je me demande ce qu'elle a bien pu injecter avec sa seringue ! Le seul auquel ils ont fait croire le contraire est votre ami. De flatteries en protestations de dévouement, ils l'ont amené progressivement à penser que son génie de savant chimiste, allié à celui du baron inventeur-mécanicien, saurait vaincre la mort au nom de l'amour !

— Vous venez, docteur, de résumer parfaitement la situation.

— C'est pour ça que l'avenir m'inquiète. Légalement, nous sommes impuissants contre ces coquins : ils auront toujours la possibilité, s'il y avait enquête, de se retrancher derrière le regrettable incident mécanique qui a fait s'arrêter brusquement les machines et auquel ils ne sont pour rien puisque Athénaïs se trouvait à Levallois et que les autres dormaient profondément ! Personnellement, si je n'ai rien su de la piqûre, j'ai remarqué en revanche les appareils photographiques avec lesquels le baron et Fabrice prenaient cliché sur cliché de la défunte ! J'ai même dit à votre ami que je trouvais ça plutôt déplacé... Je me souviens aussi de la vive algarade que j'ai eue avec lui au sujet des paupières de la morte qu'il n'a pas voulu que je ferme ! Vous avez pu constater le résultat quand les projections, en trois dimensions grâce aux rayons lasers, se reflétaient dans la cuve : le regard fixe... C'était bien le sien !

— S'il y avait l'enquête que vous venez d'évoquer, comment pourraient-ils justifier les uns et les autres la disparition des quatre appareils de projection ?

— Ils se mettraient d'accord entre eux pour répondre tous : « Les appareils ? Mais ils ont été enlevés pour qu'on puisse procéder à leur entretien ! Ils doivent être remis en place incessamment. »

— Je serais très étonné si on les récupérait un jour !

— Moi aussi.

— Et les torches de la galerie, pourraient-ils expliquer pourquoi elles ont cessé de cracher leur flamme cette même nuit ?

— Une vulgaire panne de gaz...

— En somme, selon vous, ils ont tout prévu ?

— Absolument tout !... Mon Dieu, vous avez vu l'heure ? Je bavarde et les malades qui m'attendent chez moi ne vont pas être contents ! C'est encore heureux qu'ils ne sachent pas que je suis à l'*Abbaye* ! Savez-vous qu'elle est mal vue dans le pays, cette propriété ? On lui prête tous les péchés de la terre... Avant que votre ami ne l'achète, on chuchotait que c'était un lieu de dépravation où l'on ne rencontrait que des femmes de mauvaise vie, et maintenant on dit que c'est une demeure maudite où l'on garde prisonnière une femme-fantôme ! Ma clientèle ne me pardonnerait jamais d'y être resté aussi longtemps ! C'est la même chose pour le curé : quand il vient le dimanche matin célébrer son premier office de la journée, les bonnes gens sont sûrs qu'il s'agit d'une messe noire ! Voilà, cher monsieur, l'endroit où vous allez rester jusqu'à ce que votre ami soit suffisamment rétabli pour que vous puissiez l'emmener une fois pour toutes loin d'ici... Même si ce séjour imprévu vous dérange beaucoup, puis-je compter sur votre amitié pour Fabrice ?

— Allez soigner vos clients, docteur. Vous me retrouverez tout à l'heure. Et puis, j'ai votre numéro de téléphone. Si l'état de mon vieux camarade me paraît empirer, je n'hésiterai pas à vous appeler.

— Vous aurez raison mais rassurez-vous : tout devrait aller bien, du moins pour le moment...

Mon premier soin, après le départ du médecin, fut de monter voir ce qui se passait au premier étage et je fus assez satisfait de constater que Ladislas se tenait devant la porte alors que sa sœur demeurait dans la chambre, assise auprès du lit. La garde était bien assurée. Fabrice dormait paisiblement. Sa respiration régulière, sans le moindre râle, indiquait que le docteur avait vu juste : il fallait d'abord du repos, ensuite on verrait... En ressortant de la pièce, je fis signe à la Hongroise de m'accompagner dans le couloir et là, après avoir poussé la porte, je leur dis à tous les deux :

— Le docteur vient de me donner des consignes formelles que j'ai la charge de faire appliquer pendant tout le temps où votre patron devra garder le lit. La première est que personne d'autre que l'un de vous deux ne doit veiller sur lui ni entrer dans cette chambre, à l'exception du médecin et de moi.

— Mais... Mlle Athénaïs ? demanda Vania.

— Pas d'Athénaïs ! Sa place n'est pas ici. Elle aurait beaucoup mieux fait de rester à l'usine de Levallois où sa présence serait beaucoup plus utile... Deuxième prescription : si le malade se réveillait, l'un de vous doit venir immédiatement me prévenir. Je reste dans la bibliothèque. Vous avez l'intention de continuer à veiller tous les deux ici ?

— Nous ne nous quittons jamais, Ladislas et moi, dans les moments difficiles. Nous ne l'avons pas fait dans notre pays quand nous y avons vécu des événements cruels, nous ne le ferons pas aujourd'hui ! répondit farouchement la jolie fille.

— Il ne s'agit pas ici d'événement cruel, mais le moment, c'est vrai, est assez difficile. Mon ami ne va pas bien du tout ! Troisième prescription : puisque vous préférez rester ensemble auprès de lui — ce qui me convient tout à fait —, vous le ferez jusqu'au retour du docteur. Il ramènera sans doute quelqu'un avec qui je m'organiserai pour vous remplacer pendant la soirée et la nuit. Ainsi vous pourrez aller vous reposer. Vous n'avez pas de questions ?

— Qu'a dit le médecin sur l'état de santé de M. Fabrice ? questionna Vania.

— Son diagnostic est plutôt réservé : votre patron pourrait mourir d'amour si on ne le soignait pas énergiquement. Ça ne vous dit rien, cette maladie-là ?

— Oh si ! murmura la jeune femme en regardant amoureusement son frère. Ce doit être terrible !

— Ça l'est... A tout à l'heure : je reviendrai régulièrement.

Elle entra sans bruit dans la chambre pendant que Ladislas se plantait à nouveau devant la porte. Il n'avait pas prononcé un mot. Dans l'étrange couple, c'était la femme qui avait droit à la parole.

Alors que je passais, dans le vestibule, devant l'appareil téléphonique, il me vint l'idée d'appeler chez moi, à Paris. Ma secrétaire devait être arrivée. Elle se trouvait là en effet. Je la prévins de mon absence, dont je ne pouvais fixer la durée, et lui donnai le numéro de téléphone de l'*Abbaye*. Cela fait, elle m'annonça :

« — On vient d'apporter une lettre pour vous... C'était un jeune homme. Il m'a demandé de vous la remettre en mains propres.

« — Apporter une lettre ? Ouvrez-la et lisez-la-moi : peut-être est-ce urgent ? »

Après un court intervalle elle reprit :

« — Cela vient d'une étude de notaire : Mᵉ Cavelier, rue Notre-Dame-des-Victoires.

« — Lisez.

« — *Cher Monsieur,*
J'ai eu l'honneur de recevoir hier la visite de M. Fa-
brice Dernot. Il m'a dit avoir pris la décision de vous
demander d'être son exécuteur testamentaire le jour où
il viendrait à décéder. Je lui ai fait remplir et signer la
formule exigée par la loi à cet effet. Il m'a communi-
qué votre adresse pour que je puisse vous faire
parvenir sans tarder le texte d'acceptation de votre
part. Je le joins à cette lettre et vous demande d'avoir
l'extrême obligeance de le signer avant de me le
retourner à mon étude. Cela pour éviter de vous
déranger, vous sachant un homme très occupé par vos
travaux littéraires.
Veuillez agréer, Monsieur, etc.

« — Gardez cette lettre. Je signerai la réponse à
mon retour. »

Tout en rejoignant la bibliothèque, je pensai qu'il
était assez étonnant qu'une pareille lettre arrivât chez
moi juste au moment où Fabrice venait de s'aliter.
Comme l'avait remarqué le docteur Quentin, c'était
vraiment à se demander s'il n'avait pas prévu tous ces
événements. Heureusement, j'étais sûr qu'avec beaucoup de patience, de persuasion et sans doute beaucoup de temps nous parviendrions, le docteur, l'abbé
Kermeur et moi, à l'arracher à la folie qui le rongeait.

Ne sachant trop que faire et ayant envie de m'éva-
der pendant quelques minutes du cercle de démence
et de vilenie entourant l'*Abbaye*, je pris un livre sur
l'un des rayons de la bibliothèque. C'était un volume
de poésie. Assis dans le fauteuil d'où Fabrice pouvait
se saouler à son aise du portrait de sa bien-aimée, je
feuilletai l'ouvrage... Et, brusquement, quelques vers
m'éblouirent ! Ne convenaient-ils pas, mieux que
toute description, au personnage de Fabrice ? N'était-
il pas, lui aussi, devenu poète depuis que son existence

de solitaire s'était transformée en une longue prière d'amour pour Gersande ? Et le doux prénom de Gersande lui-même n'aurait-il pas mérité d'être celui de l'une de ces femmes magnifiées par Ronsard ?

Chacun me dit, Ronsard, ta maistresse n'est telle
Comme tu la descris. Certes je n'en sçay rien :
Je suis devenu fol, mon esprit n'est plus mien,
Je ne puis discerner la laide de la belle.
Ceux qui ont en amour et prudence et cervelle,
Poursuivans les beautez, ne peuvent aimer bien.
Le vray amant est fol, et ne peut estre sien,
S'il est vray que l'amour une fureur s'appelle.

Lisant et relisant ces vers, je n'avais pas remarqué que la porte donnant sur le vestibule s'était ouverte discrètement et ce n'est qu'au bout d'un certain temps que je m'aperçus de la présence d'Athénaïs. Celle-ci m'observait. Rompant soudain le silence, elle me prit à partie sur un ton à peine correct :

— Pourrais-je savoir de quel droit vous vous permettez de donner des ordres ici comme vous venez de le faire au premier étage ?

— Et moi, mademoiselle Athénaïs, j'aimerais que vous me disiez comment vous avez le toupet de me poser une pareille question. Qu'êtes-vous donc au juste ? L'épouse de Fabrice ? Sa maîtresse ou, à la rigueur, la maîtresse de maison ? La gouvernante ? La gérante de ses biens et de sa fortune ? Son infirmière-major ? Je n'ai pas l'impression que vous ayez le moindre titre à tenir l'un de ces emplois ! Alors, qui êtes-vous exactement ?

— La principale collaboratrice de votre ami.

— Sur le plan du travail à Levallois, je l'admets volontiers puisque je vous ai vue à l'œuvre, mais, en dehors de cela, vous n'êtes rien pour lui ! J'ai le regret de vous dire que lui-même me l'a confirmé.

— Et vous, à l'exception d'une amitié de collège bien lointaine, de quoi pouvez-vous vous targuer pour justifier votre façon de vous mêler de ce qui ne vous regarde pas ?

— Justement, cette longue amitié me paraît suffisante. Et, si je suis à nouveau à l'*Abbaye*, c'est parce que Fabrice a voulu que je l'accompagne. Il ne désirait même que moi comme compagnon de route... Il ne vous l'a donc pas dit, ce matin, avant de quitter l'usine ?

Son mutisme m'engagea à poursuivre :

— Sans doute a-t-il omis aussi de vous informer qu'il m'avait demandé, au cours de ma précédente visite, d'être son exécuteur testamentaire pour le cas où il lui arriverait malheur ? Et, comme j'ai accepté, je trouve que ma présence ici, en ce moment, se justifie pleinement. Fabrice n'est-il pas souffrant et n'est-ce pas un malheur que d'être malade ? J'ai donc décidé de prendre mes nouvelles fonctions jusqu'à ce qu'il se rétablisse. Voilà, mademoiselle Athénaïs ! Avez-vous d'autres questions à me poser ?

— Que comptez-vous faire ?

— Vous le saurez en temps voulu. Pour le moment, si vous sentez que votre présence n'est plus indispensable à l'*Abbaye*, rien ne vous empêche de rentrer à Levallois où vous devez avoir beaucoup à faire. Je me chargerai de ramener Fabrice quand il sera en état de prendre la route. Ce serait là, me semble-t-il, une solution qui satisferait mon vieil ami.

— Dites que vous me mettez à la porte, pendant que vous y êtes !

— Loin de moi une telle pensée, ma chère Athénaïs ! D'abord Fabrice ne me l'a pas demandé et j'estime que votre présence à l'usine est des plus bénéfiques

197

pour les produits *Klytot*... A propos de ce rôle d'exécuteur testamentaire que je serai peut-être appelé à jouer un jour — ce que je ne souhaite pas, croyez-moi ! —, en pleine collaboration avec Mᵉ Cavelier, le notaire de Fabrice, je me doute que vous êtes plus ou moins au courant des intentions de votre patron.

Une fois de plus, elle se garda de répondre. Je continuai :

— Je connais la franchise et la générosité de « notre » Fabrice : il n'a pas dû manquer de vous avertir que vous étiez prévue — et même très largement ! — sur ce testament. Ce que je trouve légitime après quarante et quelques années de bons et loyaux offices. Le contraire aurait été une preuve d'ingratitude dont mon vieil ami est incapable... Seulement, faites très attention à l'avenir. Dites-vous bien que non seulement Fabrice sortira, grâce aux soins éclairés qui vont lui être prodigués, du mauvais pas où il se trouve, mais aussi que je serai là à ses côtés, puisqu'il m'en a prié, pour veiller désormais à sa santé et pour le conseiller... Vous savez comme moi que, tant que le testateur est vivant, les clauses testamentaires peuvent toujours être modifiées... Je pense, mademoiselle, n'avoir plus rien de spécial à vous dire sinon que l'accès de la chambre où dort mon ami vous est formellement interdit, comme l'était d'ailleurs celui de la crypte où reposait son épouse. Cela par décision de Fabrice qui n'ignorait pas que votre attachement et votre affection pour Gersande étaient des plus limités.

Je vis le moment où la géante allait se jeter sur moi pour m'étrangler. Jamais, certainement, on ne lui avait parlé ainsi. Mais ne fallait-il pas que quelqu'un le fît au moins une fois, ne serait-ce que pour venger tous ceux qui s'étaient tus devant elle, soit par bonté comme Fabrice, soit par crainte comme les autres membres de l'équipe et sans doute le personnel de la fabrique ? Son visage terreux, surmonté du ridicule chignon, s'était décomposé. Les yeux sans couleur définie semblaient quand même capables de lancer des éclairs de mort auprès desquels les rayons lasers utilisés pour faire revivre la défunte du sous-sol n'eussent été que de pâles lueurs. Mais Athénaïs se contint, prouvant une fois de plus qu'elle savait maîtriser ses nerfs ! Elle ressortit de la bibliothèque, me laissant seul en présence du portrait que je ne voulais plus regarder.

Régulièrement, je montais voir si tout se déroulait normalement au premier étage. Fabrice continuait à dormir et sa garde par les jumeaux était bien assurée. Chaque fois que je pénétrais dans la chambre, Vania, assise sur l'unique chaise placée auprès du lit, m'adressait un sourire rassurant. Quel joli sourire ! Et quel dommage qu'une jeune femme aussi belle... enfin, passons !

Je ne revis plus Athénaïs : elle devait se terrer quelque part dans l'*Abbaye*. Tant mieux ! Vers dix-huit heures, le docteur Quentin revint, accompagné, selon sa promesse, de l'abbé Kermeur. Le caducée et le goupillon se portaient à mon aide pour lutter contre ceux qui me paraissaient les pires ennemis de mon ami : Athénaïs, le baron et Sarah... En revanche, j'éprouvais pour les deux jeunes Hongrois une certaine sympathie. Je l'avais ressentie dès que je les avais vus et elle s'était même renforcée au cours de la journée. Je les mettais à part, persuadé qu'ils valaient beaucoup mieux que les trois autres et que leur seul désir était non d'hériter une quelconque rente mais de pouvoir continuer à abriter des regards désapprobateurs leur étrange passion. On ne sentait pas le calcul en eux et ils étaient manifestement inquiets de l'état de santé de celui qu'ils veillaient et auquel ils devaient tout.

— Il dort toujours ? demanda le médecin.

— Il dormait encore il y a une demi-heure et, s'il s'était réveillé entre-temps, l'un des jumeaux serait certainement venu me prévenir.

— Parfait. Plus il dormira, mieux ça vaudra. Venez avec moi, le curé. Vous allez lui rendre une petite visite.

Un quart d'heure plus tard, Quentin revint seul.

— L'abbé est resté là-haut, dit-il, pour relever « les acrobates » (il devait aimer les appeler ainsi !). Je leur ai conseillé d'aller se reposer et de manger quelque chose. Je leur ai demandé aussi de préparer pour vous et le curé un repas froid sur la table de la salle à manger. Vous pourrez vous restaurer à tour de rôle en attendant minuit, heure à laquelle Vania et son frère reviendront vous relayer. Jusque-là, l'abbé et vous, vous alternerez pour monter la garde dans la chambre. A minuit, le curé retournera à son presbytère : il ne s'agit pas qu'il prive les bigotes du patelin de la messe matinale, elles ne le lui pardonneraient pas. Vous, vous n'aurez qu'à aller dormir dans la chambre que vous occupiez quand vous êtes venu en week-end. « Les acrobates » reprendront la garde jusqu'à demain sept heures. Alors vous les remplacerez à nouveau. Moi-même je repasserai vers cette heure-là. Tout cela vous semble-t-il bien organisé ?

— Et si Fabrice se réveille pendant la nuit ? S'il dit qu'il a faim ?

— Ce serait une excellente chose : il faudra lui apporter à manger. C'est à quoi servira aussi le repas froid préparé par Vania dans la salle à manger.

— Vous ne pensez pas qu'il vaudrait mieux qu'il s'alimente avec quelque chose de chaud ?

200

— J'ai tout prévu. Vania, qui est ici la préposée à la cuisine, reprendra, comme je vous l'ai dit, sa garde à minuit. Son frère étant toujours avec elle, elle pourra se faire remplacer par lui dans la chambre et descendre faire chauffer un potage ou un bouillon. Plus de questions à poser ?

— Une seule : si Athénaïs, ce dont je doute, ou même Sarah et le baron venaient se proposer pour monter, eux aussi, la garde auprès de Fabrice ?

— Pas question ! Méfiance absolue à leur égard. Ils lui ont déjà fait assez de mal ! Je me sauve. J'ai encore une tournée à faire dans trois fermes : une femme qui est sur le point d'accoucher, un enfant qui a une mauvaise grippe et une vieille qui radote tellement que sa famille voudrait l'envoyer à l'hospice... Vous voyez : c'est ce qu'on appelle un programme pour médecin de campagne ! Vous restez là ?

— Où voulez-vous que j'aille ? Dans la crypte peut-être, maintenant que la place est libre ?

— Brr... Vous avez raison : c'est ici la pièce la moins antipathique. Et puis n'êtes-vous pas en compagnie de Gersande ?... Savez-vous qu'il n'est pas mal du tout, ce portrait ? Moi qui l'ai connue de son vivant, je peux vous certifier que c'est tout à fait elle. Faut-il qu'il l'ait aimée pour avoir réussi une œuvre pareille ! Il a dépensé des sommes considérables pour obtenir l'illusion folle de lui avoir sauvé la vie en la conservant dans une crypte, mais c'est sur cette toile que se reflète la plus admirable preuve de son amour... Ne trouvez-vous pas ?

— Je ne sais plus, docteur... Dans combien de temps devrai-je relayer l'abbé Kermeur ?

— Ne vous pressez pas trop. Il est là-haut en train de réciter des prières pour le rétablissement complet de votre ami : il ne faut surtout pas déranger un prêtre quand il a la chance de pouvoir bavarder avec le bon Dieu ! A demain.

Lorsque la Hongroise vint m'annoncer que le repas froid était prêt dans la salle à manger, je lui demandai :

— Puis-je vous poser une question, Vania ? Vous et votre frère l'aimez bien, votre patron ?

— Comment ne l'aimerions-nous pas ? Il est la seule personne au monde qui ait essayé de nous rendre heureux après tout ce que nous avons connu.

— Je sais. Il a beaucoup d'estime pour vous, lui aussi... Merci, Vania, de m'avoir fait une telle réponse. Maintenant, allez vous reposer tous les deux pour être en forme à minuit.

— Quand nous faisions notre numéro, Ladislas et moi, nous devions être en forme à n'importe quelle heure. Alors ça ne nous gêne pas du tout de veiller une partie de la nuit.

Rendu songeur par ce que je venais d'entendre, je me rendis dans la salle à manger. N'ayant rien mangé depuis le départ de Paris, j'avais faim, mais le seul fait de prendre place tout seul à la grande table me coupa vite l'appétit. Décidément, je ne me sentais pas fait pour vivre à l'*Abbaye !* Le repas expédié et en ayant assez de mes attentes solitaires dans la bibliothèque, je rejoignis l'abbé dans la chambre de Fabrice où j'eus la surprise de trouver l'ecclésiastique endormi sur la chaise. Son bréviaire, tombé de ses mains, était par terre. L'excellent homme ronflait si fort que j'eus peur qu'il ne troublât le sommeil de celui qu'il avait la charge de veiller ! Je le secouai.

— Je crois que je me suis assoupi, dit-il, un peu confus, en sortant de son somme.

— C'est l'heure de la relève, monsieur le curé. Descendez à la salle à manger où le repas préparé par Vania vous attend. Ensuite vous feriez mieux de rentrer à votre presbytère. J'assumerai très bien la garde jusqu'au moment où les Hongrois viendront me remplacer.

— Pensez-vous pouvoir tenir le coup?

— Admirablement. Je n'ai pas comme vous à assurer un ministère! A demain.

Il ne se fit pas prier et je restai seul, regardant mon ami dormir paisiblement. Cela me rappela un souvenir de collège : je nous revoyais allongés à quelques centimètres l'un de l'autre dans le dortoir. Nos lits étaient voisins et, dès que le surveillant avait éteint la lumière, nous bavardions à voix basse dans l'obscurité en nous confiant nos petits secrets d'adolescents... Soudain, j'eus l'impression que, malgré son sommeil, le Fabrice que je veillais était en train de me demander à voix basse :

— *Gersande est bien revenue dans la chambre à côté?*

— *Elle est là.*

— *Dis-lui surtout qu'elle n'hésite pas à m'appeler si elle a besoin de quoi que ce soit!*

— *La commission est déjà faite.*

— *Laisse bien la porte de communication entrouverte pour que je puisse l'entendre.*

— *C'est fait... Dors, mon vieux Fabrice...*

Moi aussi, qui ne dormais pourtant pas, j'avais l'illusion que Gersande se trouvait là, couchée dans la chambre voisine. Et, chose étrange, contrairement à ce qui s'était passé quand je l'avais vue, figée dans sa cuve de verre, j'en vins à me demander si je ne l'entendais pas respirer. Une force irraisonnée me poussa à quitter ma chaise et à jeter un regard dans la chambre contiguë pour voir si réellement elle n'était pas occupée. Le lit était vide... Déçu, je revins m'asseoir sur la chaise en pensant que Fabrice n'avait pas tout à fait tort quand il disait que Gersande était chez elle à l'*Abbaye* : chacune des pièces où elle avait vécu resterait pour toujours imprégnée de sa présence.

Je revis, dans une sorte de rêve, tout ce qu'il était advenu dans la vie du couple, depuis leur première rencontre au parloir de la prison de Lyon jusqu'aux nuits d'amour qui s'étaient succédé, selon le désir de la jeune femme, dans les différentes chambres de l'*Abbaye*, et je compris alors que leur union heureuse aurait été bien éphémère si Fabrice, touché par quelque grâce secrète, ne s'était pas mis en tête et dans le cœur que leur bonheur ne pouvait qu'être éternel... Or, cette grâce, pensant bien faire, j'avais failli la détruire en essayant de ramener Fabrice à cette réalité de la vie et de la mort indispensable selon moi pour qu'un être humain pût être équilibré. Je m'en voulais ! Pourquoi chercher à arracher un ami à sa douce hallucination ? Celle-ci n'avait-elle pas réussi à lui faire oublier les mesquineries de l'existence pour ne l'orienter que vers l'amour ? Je me prenais presque à l'envier.

Cette rêverie, qui dura des heures, me parut cependant bien courte puisque je fus tout étonné d'en être tiré par une voix slave qui me murmurait à l'oreille :

— Il est minuit. Ladislas et moi, nous sommes là... C'est à votre tour d'aller vous reposer.

Longeant le couloir, je passai dans une demi-conscience devant la porte de la chambre où j'avais dormi au cours du week-end. N'était-ce pas Fabrice qui avait alors choisi cette chambre pour moi ? Je devais donc y entrer. Dès que j'y fus, je refermai la porte donnant sur le couloir sans prendre la peine d'allumer la lampe à abat-jour noir, puis je m'allongeai tout habillé sur le lit qui m'avait paru tellement étroit. De nouveau j'étais en cellule.

Une voix me réveilla brutalement. Elle me criait :

— Venez vite ! Il s'est passé...

C'était celle de Ladislas, que j'entendais pour la première fois.

Alors que je le suivais en courant dans le couloir, je regardai instinctivement ma montre : quatre heures... Arrivé dans la chambre de Fabrice, je le trouvai inerte sur son lit, la main droite près d'un revolver posé sur l'édredon, les draps tachés par une traînée de sang coulant doucement de sa poitrine. Je me penchai pour guetter la respiration : elle s'était arrêtée. Mon ami était mort d'une balle tirée en plein cœur. Ses yeux grands ouverts étaient fixes : ils regardaient à leur tour cet infini que Gersande avait découvert avant lui... Malgré l'émotion qui me paralysait, je m'entends encore aujourd'hui demandant au Hongrois, peut-être parce que je sentais qu'il manquait une présence féminine : « Où est votre sœur ? » et la réponse : « Elle vient de descendre pour appeler le docteur. » Je ne sais pas si j'ai pensé ou dit à ce moment : « Elle a bien fait. »

— Je vais prévenir tout le monde, dit le garçon.

— Laissez-les où ils sont. Surtout ne touchez à rien sur le lit.

Vania revint, essoufflée, balbutiant :

— Le docteur arrive tout de suite.

— Il faudra quand même compter une bonne demi-heure : le temps qu'il s'habille et qu'il saute dans sa voiture... Que s'est-il passé exactement ?

— Monsieur s'est réveillé et, après m'avoir vue, il m'a souri en disant : « C'est gentil, Vania, de me tenir compagnie... Mais pourquoi donc êtes-vous dans ma chambre ? » Je lui ai répondu : « Parce que je dois vous veiller, monsieur. Vous avez eu un petit malaise et le docteur a ordonné que l'on ne vous laisse pas seul. » Il a paru un peu étonné : « Le docteur ? Mais où est donc mon ami de collège ? » « Dans sa chambre. Il m'a dit de le prévenir si vous vous réveilliez. Ladislas va le faire. » « Parce qu'il est là aussi ? » « Il reste dans le couloir devant la porte. » Et tout à coup Monsieur s'est dressé sur son lit et a crié, en montrant la porte de communication avec l'ancienne chambre de Madame restée entrouverte : « Et Gersande ? Qu'est-ce qu'elle fait ? Pourquoi n'est-elle pas là au lieu de vous ? » J'ai pensé que je devais répondre : « Madame dort... »

— C'était la seule réponse à faire. Qu'a-t-il dit alors ?

— Rien sur le moment. Il est devenu très pâle et son regard m'a donné l'impression de découvrir quelque chose qu'il n'avait encore jamais vu. Les traits de son visage se sont tendus comme s'il souffrait atrocement. J'ai voulu le soutenir mais il s'est laissé retomber sur son lit. « J'ai soif, a-t-il dit très bas. Apportez-moi à boire. De l'eau très fraîche... » Il y en avait dans la bouteille d'eau minérale réclamée par le docteur, mais elle était tiède. Alors je suis sortie de la chambre pour dire à Ladislas de courir en chercher une autre dans le frigidaire de l'office. C'est à ce moment-là que Monsieur, profitant de ma courte absence, a tiré. Ladislas et moi nous avons entendu la détonation : elle a fait un bruit sourd.

L'arme, en effet, était équipée d'un silencieux. Je notai, à cet instant, que le tiroir de la table de chevet placé à la droite du lit était ouvert : c'était là qu'il gardait le revolver, à portée de main.

— Qui faisait le ménage dans cette chambre, Vania ?

— Tantôt Ladislas, tantôt moi. Ça dépendait...

— Et vous aviez remarqué, l'un ou l'autre, une arme dans ce tiroir ?

— Il n'y avait jamais rien dans ce tiroir, même quand le patron était là.

La réponse de la Hongroise me rendit perplexe. Fabrice aurait-il apporté le revolver, ce matin, de Paris ? J'étais sûr qu'il n'avait ni valise ni sac. Mais il pouvait l'avoir dissimulé dans l'une de ses poches.

— Ladislas, dis-je, vous devriez aller attendre l'arrivée du docteur et lui ouvrir la grille d'entrée.

Dès qu'il se fut éloigné, je demandai à sa sœur qui m'avait toujours paru infiniment plus éveillée :

— Dites-moi, Vania... Personnellement je n'ai absolument pas entendu la détonation. Il est vrai que ma chambre se trouve presque à l'autre bout du couloir et qu'il y avait le silencieux. Ce qui indique que Fabrice avait décidé, le jour où il utiliserait cette arme, de faire le moins de bruit possible... Mais les autres, Athénaïs, le baron, Sarah, occupent également des chambres donnant sur ce couloir. Vous êtes bien sûre qu'ils n'ont rien entendu ?

— C'est certain, sinon ils auraient tous accouru. Je vous l'ai dit : le coup a été très sourd, même pour nous qui étions devant la porte.

Je regardai Fabrice : la blessure était hideuse et le regard d'une effrayante fixité. Ce que disait mon ami était vrai : un regard de mort, c'est terrifiant. Je me sentais anéanti. Je ne savais quoi penser ni que faire. Sous l'effet du choc, j'étais incapable de pleurer. De même que la Hongroise, je ne pouvais pas m'arracher à la vision de l'homme sans vie. Le vrai chagrin viendrait plus tard.

Enfin le docteur Quentin arriva, accompagné par Ladislas. Il examina rapidement le corps, se redressa.

— Terminé... dit-il simplement.

Puis, se tournant vers moi :

207

— C'est à vous de lui fermer les yeux. N'étiez-vous pas de vieilles connaissances ?

J'eus un moment d'hésitation avant d'accomplir le geste dont Fabrice avait horreur mais finalement je m'y résolus : là où il était maintenant, pensai-je, il avait peut-être déjà retrouvé Gersande et, la regardant amoureusement, il lui confiait : « Je t'avais bien dit que c'était un ami... »

— Maintenant sortons tous de cette chambre, dit Quentin, et fermons la porte jusqu'à l'arrivée des gendarmes. Je les ai avertis dès que j'ai reçu votre appel téléphonique, Vania. Un suicide n'est pas une mort ordinaire. Ladislas, continuez à monter la garde ici : personne ne doit entrer !... Vous, ajouta-t-il à mon adresse, venez avec moi dans la bibliothèque. Vania va avoir la gentillesse de nous faire chauffer du café.

Pendant que nous descendions, il continua :

— J'ai téléphoné aussi au curé. Il m'a dit qu'il viendrait immédiatement après sa messe, qu'il célébrera pour le repos de l'âme de notre ami. Il doit avoir beaucoup de peine, l'abbé Kermeur : malgré sa folie, que nous déplorions tous, il a toujours considéré Fabrice Dernot comme un personnage d'élite.

— Et vous, docteur ?

— Moi ? Ce qui vient d'arriver ne me surprend pas tellement. Comme je le craignais, il n'a pas pu supporter le choc de la disparition de son épouse. La manœuvre conçue par l'affreuse bande de l'*Abbaye* a finalement réussi. Ce sont des as ! Réfléchissez : grâce à ce biais, le seul responsable de sa mort, c'est lui Fabrice ! Pas mal combiné, hein ?

Quand nous parvînmes au bas de l'escalier, les gendarmes entraient dans le vestibule. Ils étaient deux : le brigadier Pernin et l'un de ses subordonnés. Les présentations faites, nous remontâmes l'escalier en leur compagnie. Tandis qu'ils pénétraient avec le médecin dans la chambre de Fabrice, je restai dehors avec le Hongrois. Vania, elle, était à l'office. A cet instant, les portes de trois chambres s'ouvrirent simultanément, livrant passage à leurs occupants. Ils eurent tous les trois à peu près les mêmes mots à la bouche :

— Que se passe-t-il ? J'ai entendu tout un remue-ménage dans le couloir.

Ils jouaient tellement bien les étonnés que ma réponse fut prompte :

— Vous ne vous en doutez pas ? Pourtant... Eh bien, apprenez que M. Dernot vient de se suicider.

En même temps, je les observai attentivement. Athénaïs fut la seule à rester impassible, les mains et les lèvres du baron tremblèrent, la voyante enfin ferma les yeux comme si elle se recueillait. Puis elle dit sur un ton d'oracle :

— J'avais bien vu, quand je lui ai fait les lignes de la main après le décès de sa femme, que cela devait arriver assez vite...

— Parce que vous reconnaissez maintenant, Sarah, que Gersande est bien morte le jour où le docteur Quentin a délivré le certificat de décès ?

— Je... je n'admets rien ! balbutia-t-elle. Normalement elle aurait dû continuer à vivre.

— Normalement ? Ah ! je vous jure que vous faites une sacrée équipe tous les trois ! Mais nous verrons ça plus tard... Alors, chère mademoiselle Athénaïs, c'est tout l'effet que vous fait cette nouvelle ?

Les yeux gris de la vieille fille me fixèrent avec mépris, puis elle répondit de sa voix grave :

— Je n'ai aucun compte à vous rendre. Mes sentiments ne regardent que moi.

Le subalterne du brigadier venait de sortir de la chambre.

— Où est le téléphone ? demanda-t-il.

— Ladislas, accompagnez-le dans le vestibule.

Et, comme Athénaïs voulait profiter du départ du Hongrois pour pénétrer dans la pièce, je me plaçai résolument devant la porte.

— Non ! C'est défendu pour tout le monde, y compris pour moi.

— Et vous êtes chargé de faire la police ?

— Rassurez-vous, la vraie police est déjà là. Vous venez de voir passer l'un de ses représentants. Moi, je ne suis qu'un auxiliaire venu en renfort hier matin à la demande expresse du disparu !

Le gendarme revint et rentra dans la chambre sans prononcer un mot. Ladislas n'était pas avec lui. Il avait sans doute rejoint sa sœur à l'office : dans les moments graves, le Hongrois devait supporter encore plus mal l'absence de sa jumelle sans laquelle il se sentait perdu.

Et je restai seul, adossé à la porte interdite, face au trio qui me regardait avec haine... Ah ! s'ils avaient pu, à cette seconde, avoir ma peau comme ils avaient eu celle de mon ami ! Mais moi, je n'étais pas Fabrice et je n'avais pas un grand amour pour me garantir une vie éternelle. Aussi demeurais-je sur mes gardes. Les autres le comprirent.

Au bout d'une dizaine de minutes, la porte se rouvrit. Le brigadier, le médecin et le gendarme sortirent. Ce dernier se mit à ma place en faction tandis que le brigadier, à la vue de nouveaux visages, demandait :

— Vous constituez sans doute le personnel de la maison ?

— Le mot « personnel » ne convient peut-être pas très bien, brigadier, précisai-je. Disons « les collaborateurs » de M. Dernot... Il faut d'ailleurs y ajouter les deux jeunes Hongrois qui se trouvent en ce moment à l'office.

— Cela fait donc cinq personnes en tout ?

— Exactement.

— Bon. Alors, mesdames et messieurs, veuillez avoir maintenant l'obligeance de me suivre au rez-de-chaussée où je vais procéder à un premier interrogatoire.

Et, s'adressant à moi :

— A votre avis, quelle pièce conviendrait le mieux pour cette formalité indispensable ?

— Je crois que le boudoir serait l'endroit le plus approprié... N'est-ce pas aussi votre opinion, docteur ?

— Va pour le boudoir ! dit le brigadier. Bien entendu, je vous saurai gré de patienter dans le vestibule car je vous interrogerai un par un.

Parvenus sur le seuil du boudoir, le représentant de la loi sortit un carnet de l'une des poches de sa vareuse.

— Voyons, par qui commençons-nous ? dit-il. Vous, docteur, je n'ai plus besoin de vous entendre puisque vous m'avez déjà remis là-haut votre constat médical.

— J'attendrai donc dans la bibliothèque l'arrivée du médecin légiste et des ambulanciers qui vont venir de Laon à la suite du coup de fil de votre adjoint.

— Pourquoi Laon ? demandai-je.

— C'est le chef-lieu du département dont nous dépendons, me répondit le brigadier.

Puis, tourné vers moi, il ajouta :

— Nous pourrions peut-être commencer par vous, monsieur, puisque je sais par le docteur Quentin que vous étiez un très vieil ami de M. Dernot ?

— Je vous suis, brigadier.

Nous nous retrouvâmes tous deux, portes fermées,

dans le boudoir où flottait toujours le parfum de Gersande.

A la précision des questions, je me rendis compte aussitôt que, comme me l'avait laissé entendre le médecin, le brigadier Pernin était loin d'être un débutant. Je me montrai donc prudent dans mes réponses et me limitai à lui raconter strictement ce qui s'était passé depuis que Fabrice et moi étions arrivés vingt-quatre heures plus tôt. Mais le brigadier voulait davantage.

— Je sais très bien qui vous êtes, dit-il, dès que j'eus terminé. A défaut de moi qui n'en ai pas le temps, ma femme vous lit depuis des années... C'est par conséquent au romancier qui explore les recoins de l'âme humaine que je m'adresse : en toute sincérité, que pensez-vous de l'aréopage qui entourait votre ami ?

— Je suis convaincu, brigadier, que vous avez posé la même question au docteur Quentin ?

— C'est vrai.

— Et il vous a répondu ?

— Confidentiellement, oui...

— Je sais ce que pense le docteur. Considérez alors que mon opinion est toute proche de la sienne.

— J'ai compris. Une précision pourtant : selon vous, pour quelle raison votre ami de jeunesse a-t-il décidé de mettre fin à ses jours ?

— Je vois deux raisons possibles. Emporté comme il l'était par la folie amoureuse et ayant réalisé qu'il ne reverrait plus jamais sa compagne idéalisée telle qu'il l'aimait, peut-être a-t-il jugé que l'existence ici-bas ne méritait plus d'être vécue et qu'il valait mieux tenter de rejoindre Gersande dans un monde meilleur... C'est la première hypothèse. La seconde pourrait être que, brutalement ramené à la réalité par le choc de la liquéfaction de son épouse, cela succédant à ce que je lui avais dit la semaine dernière, il soit enfin revenu à

212

la raison ! Réalisant alors l'énormité de son aberration et se sentant ridicule aux yeux de son entourage, il a préféré se supprimer... Mais cela m'étonnerait qu'une pareille guérison de toute dernière heure se soit produite ! Pour moi, comme sans doute pour le docteur, sa démence était parvenue à un tel degré qu'elle était inguérissable ! C'est donc la première raison qui a motivé son geste. Et cela ne vaut-il pas mieux ? N'est-il pas parti avec la certitude d'aller retrouver son amour ?

— Qui, selon vous, a tout machiné pour l'amener à cette extrémité ?

— Je suis comme vous, brigadier, j'aimerais le savoir.

— Je vous remercie.

C'est Athénaïs qui me succéda dans le boudoir transformé en un étrange confessionnal. Pendant qu'elle était interrogée, j'allai rejoindre le docteur dans la bibliothèque où je le découvris en conversation avec le curé libéré de sa messe. Le brave abbé Kermeur se lamentait :

— Le pandore qui monte la garde là-haut ne m'a même pas laissé entrer dans la chambre pour que je puisse bénir le corps !

— Les ordres sont les ordres, monsieur le curé ! dit simplement le médecin.

Au moment où le défilé des témoins se terminait par la déposition de Ladislas — qui ne devait pas avoir grand-chose à dire après le passage de sa sœur —, deux voitures s'arrêtèrent devant le perron. De la première descendirent un juge d'instruction, le médecin légiste, un greffier et un photographe de l'identité judiciaire. La seconde était une ambulance : deux hommes en sortirent un brancard destiné à transporter mon ami à l'institut médico-légal de Laon. Je ne pus m'empêcher de penser à l'étrangeté du destin qui envoyait son corps dans une quelconque cave de conservation, à vingt-cinq kilomètres de cette *Abbaye* où il avait fait installer à grands frais la plus fantastique des chambres froides ! Et ce destin voulait en plus que, contrairement à son vœu le plus cher, mon vieil ami ne pût pas reposer à la place qu'il avait prévue à la gauche de sa Gersande.

Pendant que les « officiels » arrivés du chef-lieu du département étaient en train de remplir leur office au premier étage, j'en profitai pour téléphoner au notaire chez qui était déposé le testament. L'ayant informé du décès brutal de Fabrice, je lui confirmai oralement, en attendant de contresigner la lettre qu'il m'avait adressée, mon acceptation pour être l'exécuteur testamentaire du défunt. Il ne pouvait être question de me dérober maintenant : pour moi cela devenait le dernier devoir d'amitié.

Une nouvelle fois, tandis que les ambulanciers descendaient le corps dans l'escalier, je fis instinctivement le rapprochement avec la dépouille de Gersande lors de son transport jusqu'au sous-sol. Mais, cette fois, la descente était moins longue. Elle se terminait au niveau du vestibule où nous étions tous alignés, tels, à l'église ou au cimetière, « ces messieurs-dames de la famille » devant lesquels passent des amis ou des inconnus qui bredouillent des mots de condoléances que l'on ne comprend jamais. La grande différence est qu'ici personne ne disait mot, à part l'abbé Kermeur qui suivait le corps en récitant des prières, et que les amis étaient rares. Personne, en tout cas, exception faite du docteur, du curé et de moi, n'avait l'air particulièrement chagriné. Athénaïs surtout me frappait par le masque d'impassibilité qui, depuis hier, figeait les traits de son visage. Etait-elle à ce point indifférente ou voulait-elle dissimuler sa peine ?... Après que le brancard eut été hissé dans l'ambulance, je ne pus m'empêcher d'aller vers elle.

— Vous souhaitez peut-être accompagner Fabrice jusqu'à Laon ? Vous avez un siège à côté du brancard : celui qui est généralement réservé à une infirmière.

Elle eut une sorte de haut-le-corps.

— Je ne suis pas infirmière, répondit-elle sèchement, et, même si je l'étais, à quoi pourrais-je bien servir maintenant ?

— Mais enfin, Athénaïs, vous avez été pendant plus de quarante ans aux côtés de M. Dernot ! Vous ne croyez pas que, où qu'il soit maintenant, ça ne lui déplairait pas de constater que sa plus fidèle collaboratrice l'a accompagné jusqu'au bout de son parcours terrestre ?

— J'ai plutôt la conviction que ça l'indiffère complètement ! Ce n'est pas dans l'autre monde qu'il va commencer à penser à moi, alors que, de son vivant, il n'a jamais attaché une grande importance à ma présence !

— Ne dites pas cela. Je m'estime bien placé pour vous certifier que, chaque fois qu'il m'a parlé de vous, il l'a fait dans les termes les plus élogieux.

— Ce n'est pas d'éloges que j'avais besoin, monsieur ! Et, contrairement à ce que vous venez de dire, nous n'en sommes pas encore à ce que vous appelez « le bout de son parcours ». Il ne sera pas inhumé à Laon. Alors ?

— Alors vous avez raison : il va falloir prendre rapidement une décision à ce sujet. Nous en reparlerons.

— C'est pourquoi — et pour quelques autres raisons que je vous expliquerai puisque vous êtes l'exécuteur testamentaire — j'ai la conviction que ma place

215

est plus utile ici que dans cette ambulance qui va rouler vers le néant.

L'ambulance partit, suivie par la voiture de police. Et le brigadier Pernin, à son tour, prit congé.

— Maintenant, dit-il, vous pouvez faire tout remettre en état là-haut dans la chambre. La principale pièce à conviction, le revolver, a été emportée par le juge d'instruction. Le reste n'offre aucun intérêt... Si vous aviez néanmoins besoin de mes services, je reste à votre disposition : vous n'aurez qu'à me téléphoner.

Il me serra la main, adressa un signe amical au docteur et au curé, puis se figea au garde-à-vous pour saluer les autres, en accompagnant son geste d'un « Mesdames, messieurs... » Tandis que s'éloignait la voiture de la gendarmerie, je me disais : « La première phase de la cérémonie vient de prendre fin, la seconde va commencer ! Mais, pour celle-là, c'est moi qui devrai prendre la direction des opérations. Si j'esquivais cette responsabilité, cela prouverait que je ne suis pas l'ami sûr en qui Fabrice avait placé sa confiance : l'ami qui, lui, saura l'accompagner jusqu'au bout de son parcours...

Athénaïs et toute l'équipe avaient quitté le vestibule. Nous restions tous les trois : le docteur, l'abbé, et moi.

— Nous n'avons plus rien à faire ici, dit le médecin. Je vous emmène, curé ?

— Inutile, toubib. Moi aussi, j'ai ma 2 CV.

Puis le prêtre me demanda :

— Et vous, cher monsieur, qu'allez-vous faire maintenant ? Rentrer à Paris ou attendre ici ?

— Je ne regagnerai la capitale qu'après avoir eu un entretien avec Athénaïs. Il y a encore pas mal de

216

points à éclaircir. Le suicide de mon ami ne me satisfait pas du tout !

— Nous non plus, croyez-le ! déclara le médecin. Malheureusement, nous avons, le curé et moi, nos clientèles respectives qui nous attendent. Pourtant sachez que, si vous avez besoin de notre aide, vous n'avez qu'à me téléphoner : je ne bougerai pas de mon cabinet de consultation cet après-midi et, comme le presbytère n'est qu'à deux cents mètres de chez moi, je peux très vite prévenir le curé.

— Je sais que je peux compter sur l'amitié que vous aviez tous les deux pour Fabrice. Je ne manquerai pas d'avoir recours à vous si la nécessité s'en fait sentir. De toute façon, je ne repartirai pas d'ici sans vous avoir salués l'un et l'autre.

Je me retrouvai seul dans le vestibule qui me parut encore plus vaste et plus lugubre que le premier jour où j'y avais pénétré. Je frissonnai même. N'ayant aucune envie de monter au premier pour revoir la chambre où Fabrice avait mis fin à ses jours et encore moins le désir de descendre au sous-sol pour me retrouver dans l' « appartement » délaissé par Gersande, n'ayant aucune attirance non plus pour parcourir les allées du parc glacé et découvrir le charme du lac dont Fabrice m'avait vanté le romantisme, il ne me restait qu'une solution : me réfugier dans le boudoir ou dans la bibliothèque. Depuis que le brigadier de gendarmerie avait fait son P.C. du premier, je craignais que l'intimité parfumée du lieu n'eût complètement disparu : l'ambiance chère à Gersande devait se rapprocher à présent de celle du parloir de la prison lyonnaise ! Il ne me restait donc que la bibliothèque, malgré le portrait de celle qui, à mon gré, maintenant me souriait trop.

Dès que j'y fus, je m'enfonçai dans le fauteuil qui, désormais, serait toujours pour moi « le fauteuil de

Fabrice ». Et, phénomène étrange — était-ce parce que je venais de m'installer à sa place favorite ? —, je commençai à me demander comment aurait agi mon ami s'il s'était trouvé dans ma situation. Je sais que c'était là un raisonnement purement gratuit car, n'ayant jamais été amoureux d'une Gersande, je pouvais difficilement me mettre dans la peau du personnage ! Pourtant, sa première réaction, me semblait-il, eût été de consulter Athénaïs et ensuite la voyante Sarah, encore que pour celle-ci ce ne fût pas certain... Mais Athénaïs, la confidente des bons et des mauvais jours, oui, sûrement.

Comme si le fait d'avoir évoqué pareille rencontre venait d'influer sur le destin, on frappa à la porte donnant sur le vestibule. Machinalement je répondis : « Entrez ! » La porte s'ouvrit doucement... et Athénaïs parut. J'eus du mal à cacher ma surprise en la voyant. Depuis quarante années elle n'avait jamais dû frapper à la porte avant de pénétrer dans une pièce où se trouvait Fabrice ou qui que ce fût. Et puis, surtout, elle avait l'air gêné. Oui, elle, Athénaïs ! Et sa voix avait perdu sa gravité pour se faire presque humble.

— Je ne vous dérange pas ? demanda-t-elle.

— Au contraire ! Venez vous asseoir, ma chère Athénaïs. N'avons-nous pas, comme vous l'avez dit tout à l'heure, quelques problèmes importants à régler ensemble ?

— Il y en a même un d'urgent : celui des collaborateurs qui travaillaient ici et dont l'utilité pourrait maintenant sembler contestable puisque ni Mme Gersande ni M. Fabrice ne sont plus là...

— Mme Gersande... M. Fabrice... Vous ne trouvez pas que cela fait un peu « maison close » que de les appeler ainsi ? Ce qu'était d'ailleurs l'*Abbaye* avant que mon ami n'en fasse l'acquisition et qu'un grand amour ne vienne tout purifier ! Mais revenons aux collaborateurs : il est évident que certains d'entre eux ne serviront plus à rien ! Commençons par le baron : Gersande n'étant plus là, les machines n'ont pas besoin de fonctionner ni les projecteurs, qui ont d'ailleurs disparu ! Donc les talents d'inventeur mécanicien du baron n'ont plus leur raison d'être ici et je suis persuadé qu'un homme aussi habile pourra aisément se recycler ailleurs ! Venons-en à Sarah : ses dons de voyance se sont peut-être révélés exceptionnels à l'époque de la mort de Gersande, puisque vous avez conseillé vous-même à Fabrice d'en tenir compte à ce moment-là, mais qui pourrait s'intéresser à l'avenir d'une *Abbaye* sans maîtres ? Ajoutons qu'il n'y a plus le moindre entretien à assurer dans la résidence secondaire du sous-sol maintenant inhabitée ! Je doute qu'il prenne, un jour, l'envie à quelqu'un de s'y installer. Conclusion : plus de nécessité d'avoir Sarah... Et, puisque nous en sommes au sous-sol, il faudra se débarrasser rapidement de toutes ces installations coûteuses, machines réfrigératrices et torches à gaz, qui n'ont plus aucune destination précise. Soit on trouvera des acquéreurs, ce qui est loin d'être prouvé, soit on les démolira et on les vendra à la ferraille. Est-ce bien votre avis ?

— Oui. D'autant plus que jamais M. Dernot n'aurait toléré que ces appareils, dus à son génie inventif, soient utilisés à d'autres fins que celle de la prolongation de la vie telle qu'il la concevait !

— Parlons enfin des jumeaux, Vania et Ladislas. Ce sont les seuls que l'on pourrait peut-être garder pour qu'ils continuent à entretenir les lieux dans un état de propreté souhaitable, au moins pendant un certain temps.

— Ils ne resteront pas ! Ils viennent de me l'annoncer. Comme Sarah et comme le baron, ils sont en train de faire leurs bagages et tous les quatre seront définitivement partis d'ici à une heure.

— Définitivement ? Croyez-vous ? Comme je suis bien placé pour savoir que Fabrice ne les a pas oubliés sur son testament, je suis persuadé que le notaire ou moi-même les verrons réapparaître un jour ou l'autre... Et comment partent-ils tous ?

— Dans la voiture du baron.

— Parce qu'il avait conservé une voiture ?

— Il en a même acheté une neuve.

— Voyez-vous ça ! Il est vrai qu'il occupait une bonne place où il avait peu d'occasions de faire des dépenses et toutes les possibilités de réaliser des économies... Alors, tout ce beau monde s'apprête à décamper ? Notez que c'était prévisible : quand le navire va couler, les rats sont les premiers à le quitter... Mais question pratique : qui va payer leurs gages ?

— Cela a été fait la semaine dernière par M. Dernot. Il a toujours eu pour principe de régler ses collaborateurs trois mois à l'avance.

— Mauvaise méthode si l'on veut les conserver !

— Ils sont pourtant restés là tant que Monsieur a été vivant.

— C'est exact. Ils n'ont donc rien à réclamer. Pas même des certificats pour bons et loyaux offices. Vous remarquerez que je n'ai pas dit « services » : cela ne conviendrait pas à d'aussi brillants « collaborateurs » qui ne se prenaient sûrement pas pour des domestiques ! Et vous, Athénaïs ? Maintenant que nous nous sommes occupés des autres, si nous pensions un peu à vous ? Qu'allez-vous devenir et qu'avez-vous l'intention de faire ?

— Tout dépendra de la teneur du testament à mon égard.

— Vous la connaissez fort bien par les confidences

de Fabrice, je vous l'ai déjà dit! C'est pourquoi je n'ai pas à vous cacher que vous héritez pratiquement de ce qui est solide et durable. Les autres ne percevront que des rentes, d'ailleurs à certaines conditions méticuleusement prévues. Le notaire, auquel j'ai téléphoné ce matin, me les a remises en mémoire. Ce cher Fabrice, tellement rêveur dans le domaine de l'esprit, se montrait extrêmement précis dans celui des affaires.

— Je sais.

— Donc vous héritez en principe de tout, en particulier de l'usine des produits *Klytot* qui est un fort beau morceau, à l'exception cependant de l'*Abbaye*. Votre patron m'avait précisé ses intentions et le notaire me les a rappelées. Selon le testament, cette *Abbaye* devrait rester une sorte de Fondation consacrée à l'*Amour éternel* et où continuerait à dormir côte à côte, au sous-sol, le couple miraculeux de Gersande et de Fabrice! Bien entendu, l'entretien de l'*Abbaye* et du personnel nécessaire à son étrange fonctionnement serait financé par un quart des bénéfices *Klytot*. Les trois autres vous reviendraient personnellement. C'est vous, avec ma collaboration entièrement désintéressée, je m'empresse de vous le dire, qui assureriez la répartition. Et vous auriez la mission de désigner la personne vous paraissant la plus apte à vous succéder comme administrateur de la Fondation pour le jour où il vous arriverait de disparaître à votre tour. Et ainsi de suite... Quant au personnel, vous auriez également toute liberté pour le choisir, au cas où l'un des quatre bénéficiaires de rentes désignés — c'est-à-dire le baron, Sarah, Vania et Ladislas — viendrait à mourir ou même à s'en aller de son plein gré. Ce qui me semble être en train de se passer puisqu'ils vont s'enfuir dans la voiture du baron! Or il est expressément formulé dans le testament qu'ils ne bénéficieront de leur rente individuelle, payable tous les trois mois — décidément un chiffre qui plaisait à Fabrice ! — que s'ils restent à l'*Abbaye* pour y exercer les fonctions qui leur ont été attribuées par leur patron... Voilà, Athénaïs ! Je viens de parler au conditionnel car, malheureusement, les choses ne se présentent plus du tout comme les avait prévues le cher Fabrice ! En effet, Gersande n'ayant aucune chance de réapparaître au sous-sol puisqu'elle s'est liquéfiée, serait-il très indiqué que nous y fassions quand même transférer le corps de son époux après avoir remis en marche le mécanisme destiné à le conserver indéfiniment ? Il aurait fallu également prendre des photographies holographiques de lui au moment où il rendait le dernier soupir, comme cela s'est produit, n'est-ce pas, pour son épouse, pour qu'ensuite les visiteurs admis à venir le contempler — peut-être moyennant finances, ce qui aurait diminué quelque peu les frais — puissent le découvrir tel qu'il était... Malheureusement, vu les tristes circonstances dans lesquelles il s'est donné la mort, cette vision en triple dimension ne pourrait être que tragique. N'est-ce pas votre opinion ?

— Ce serait horrible !

— Et puis, franchement, ne croyez-vous pas que ce pauvre Fabrice, solitaire sous son enveloppe de gélatine, s'ennuierait à mourir alors qu'il n'a toujours pensé qu'à survivre à la gauche de Gersande ? Ce ne serait pas du tout conforme à son souhait lorsqu'il a transformé l'*Abbaye* en sanctuaire de l'amour conjugal ! Nous irions diamétralement à l'encontre de sa volonté et, en tant qu'exécuteur testamentaire désigné par lui, je m'y refuse ! Aussi la seule conclusion à tirer de ces réflexions est que, comme le personnel qui y était attaché, l'*Abbaye* n'a plus sa raison d'être. Il faut donc s'en débarrasser et consacrer à une œuvre la somme provenant de sa vente. Cette œuvre, nous la

222

choisirons dans la mesure où, selon nous, elle aurait pu intéresser la générosité de Fabrice s'il l'avait connue de son vivant et si, surtout, il n'avait pas rencontré Gersande !

— Mais où le ferez-vous inhumer puisqu'il n'avait prévu que de venir ici ?

— C'est une question que j'étudierai dès demain avec le notaire. Avez-vous connu son père et sa mère dont il m'a parlé une fois ?

— Non.

— Ils doivent bien être enterrés quelque part ! Pourquoi ne pas le placer auprès d'eux puisqu'il était fils unique ?

— Et Gersande ?

— Mais puisqu'il n'y a plus de Gersande ! Il faudra quand même que je trouve une solution qui satisfasse aussi bien la folie amoureuse de Fabrice que le respect que nous devons tous à une disparue.

A ce moment, la porte donnant sur le vestibule s'ouvrit. Apparut le visage de Vania sur lequel la tristesse avait remplacé le sourire.

— Pardonnez-nous, à mon frère et à moi, de vous déranger, murmura-t-elle, mais nous voulions vous dire au revoir avant de partir.

— Entrez, Vania... Vous aussi, Ladislas... Merci de votre gentille attention. Sachez que, Mlle Athénaïs et moi, nous vous regretterons autant que l'aurait fait mon ami Fabrice.

— Oh ! Si M. Dernot était encore là, nous ne serions jamais partis... Mais maintenant...

— Qu'allez-vous faire ?

— Nous aimerions beaucoup reprendre notre numéro.

— Et vous aurez raison ! Il ne nous reste qu'à vous souhaiter beaucoup de succès. N'est-ce pas, Athénaïs ?

Celle-ci resta muette, mais dans son regard je

décelai une lueur de mépris pour ce frère et cette sœur qui s'aimaient trop.

— Où sont donc les deux autres, Vania ?

— Le baron et Sarah ? Ils sont déjà installés dans la voiture et nous attendent devant le perron.

A cet instant, retentit un appel de klaxon.

— Vous voyez, poursuivit la Hongroise, ils s'impatientent !

— Ils partent ainsi sans prendre la peine de nous dire adieu ?

— Ils ne vous aiment pas, ni l'un ni l'autre...

— Et vous, Vania, vous ne nous détestez pas ?

— Ladislas et moi conserverons toujours de l'affection pour ceux qui, comme vous deux, ont aimé M. Dernot. Il s'est montré tellement compréhensif pour nous.

— Tenez, Vania, prenez cette carte de visite : vous y trouverez mes nom, adresse et numéro de téléphone. Cela pourra peut-être vous servir. Et, s'il vous arrivait de passer dans un spectacle parisien, ne manquez pas de m'en informer pour que j'aille vous applaudir. Au revoir, Vania, au revoir, Ladislas, et à bientôt peut-être ?...

La porte du vestibule se referma.

Entendant démarrer la voiture, je m'approchai de la fenêtre. Tandis que l'auto contournait la pelouse, je vis très nettement ses quatre occupants. Le baron conduisait, avec à sa droite Sarah... Quel couple ahurissant ! Et, cependant, je les imaginais très bien associés l'un à l'autre, si ce n'était déjà fait. *Le Baron et la Voyante :* un bon titre de roman-feuilleton pour magazine à gros tirage... Sur la banquette arrière se trouvaient Vania et Ladislas. *Les Jumeaux inséparables :* un autre titre pour une histoire d'un tout autre genre.

Athénaïs avait, comme moi, regardé partir la voi-

224

ture. Lorsque celle-ci eut disparu, elle me dit d'une voix redevenue grave :

— Peut-être serait-il judicieux, maintenant qu'ils se sont tous envolés, de faire une inspection complète de l'*Abbaye* pour voir s'ils n'ont pas laissé des fenêtres grandes ouvertes, des robinets qui coulent ou des lampes allumées ? Vous venez avec moi ? Chaque fois qu'il était ici, votre ami Fabrice faisait en ma compagnie et avant de rentrer à Levallois le tour du propriétaire pour vérifier si tout était en ordre.

— Il n'avait pas à se tracasser outre mesure puisqu'il laissait pas mal de monde à domicile ! Aujourd'hui je reconnais que c'est différent.

— C'est pourquoi je vais profiter de cette tournée pour tout fermer. Ensuite, je ferai comme vous : je rentrerai à Paris avec la voiture de M. Dernot, ou plutôt à Levallois. Ce n'est pas parce que le patron n'est plus là que l'usine doit cesser de tourner.

— Je suis sûr, Athénaïs, que Fabrice aimerait vous entendre parler ainsi ! Allez faire votre tournée de contrôle et, dès qu'elle sera terminée, venez me rejoindre ici. J'aurai encore deux ou trois choses à vous dire avant que nous nous séparions.

Elle resta absente pendant une bonne demi-heure : la demeure était vaste. Je profitai de ce nouveau moment de solitude pour aller rapidement téléphoner dans le vestibule. Je m'appliquai à parler le moins fort possible.

« — Allô ! Le docteur Quentin ? Écoutez-moi bien... J'aimerais que vous reveniez avec l'abbé Kermeur dans une heure environ... C'est indispensable ! J'aurai sans doute besoin de votre présence à tous les deux car je suis fermement décidé à faire parler Athénaïs sur la façon exacte dont les choses se sont déroulées la nuit dernière... Je suis convaincu que c'est elle qui a tout manigancé, les autres n'ont joué que des rôles de comparses. D'ailleurs ils ont tous déguerpi! Ils ont peur... Athénaïs est restée parce qu'elle se croit tellement forte qu'il ne pourra rien lui arriver! C'est là où elle commet une lourde erreur : son orgueil de femme qui a toujours commandé tout le monde la perdra... Je sais qu'elle est coriace et que ça ne sera pas facile! Mon amitié pour Fabrice va me servir de stimulant mais je me sentirai quand même plus fort si vous êtes à mes côtés au moment où il s'agira de lui faire cracher les derniers aveux! Je compte donc sur vous... Quand vous viendrez, utilisez une seule voiture : inutile de trop attirer son attention. Et dissimulez-la dans l'allée de peupliers qui conduit à la grille. Ensuite venez à pied jusqu'à l'*Abbaye* : la porte du perron ne sera pas fermée à clef. Une fois dans le vestibule, dirigez-vous directement vers la bibliothèque. C'est là que nous nous trouverons. Et entrez sans frapper... Vous m'avez bien compris? Qu'est-ce que vous demandez? S'il faut prévenir le brigadier Pernin? Dites-lui qu'il reste simplement en état d'alerte avec ses hommes. Quand vous serez là, nous déciderons d'un commun accord si nous devons faire appel à leurs services, ce qui n'est pas certain... A tout à l'heure. »

J'entendais maintenant les volets des chambres du premier étage se fermer les uns après les autres dans un claquement sec. Après quelques minutes de silence, les claquements reprirent, beaucoup plus précis, au rez-de-chaussée. Athénaïs n'était maintenant plus très loin de la bibliothèque. C'était assez angoissant de penser que chaque pièce de l'*Abbaye* retombait dans l'obscurité dès qu'elle y était passée! Comme si une mauvaise fée enfermait peu à peu la demeure dans un réseau de maléfices qui la rendraient à jamais inhabitable... Les volets de la « salle de conférences » claquèrent, puis ceux de la salle à manger, suivis par ceux du boudoir : la virago était là, derrière la porte séparant le boudoir de la bibliothèque que je m'attendais à voir s'ouvrir brutalement... Mais il n'en fut rien : une nouvelle fois, Athénaïs frappa avec une grande discrétion avant d'entrer. Puis, comme quelqu'un qui vient de faire du bon travail, elle déclara :

— C'est terminé. Tout est fermé. Il ne reste plus que les volets des deux fenêtres de cette bibliothèque et la porte d'entrée qui n'est pas fermée à clef au cas où vous attendriez encore une visite.

— Qu'est-ce qui vous fait dire ça ? Je n'attends plus personne.

— Je vous ai apporté ces quatre clefs. Normalement c'est à vous que je dois les remettre puisque vous êtes l'exécuteur testamentaire. En réalité, ce sont deux clefs et leurs doubles : celles qui fermaient les grilles du nouvel appartement de Madame et du laboratoire au sous-sol... Ces deux-là se trouvaient dans l'une des poches du veston que M. Dernot portait hier soir et que j'ai retrouvé pendu dans l'armoire de sa chambre. Vania l'y a rangé quand elle a tout remis en ordre après l'incident.

— Vous appelez cela un incident ?

Elle ne répondit pas.

— Et les doubles ?

— Sarah et le baron, qui en étaient les détenteurs, les avaient laissés sur la table de chacune de leurs chambres.

— C'est heureux qu'ils ne les aient pas gardés !

— Qu'en auraient-ils fait, grands dieux ?

— Votre ronde vous a conduite également au sous-sol ?

— Oui. Tout y est calme. J'ai même éteint les lampes de secours.

— Quel effet ça vous a produit d'y retourner?

— Aucun. Ce sous-sol m'a toujours laissée indifférente. Même quand Madame y était, je ne m'y rendais jamais.

— Je vous comprends... Maintenant asseyez-vous, Athénaïs. Comme je vous l'ai laissé entendre avant que vous fassiez votre ronde, j'ai encore quelques questions à vous poser... et celle-ci en tout premier : qui, selon vous, a saboté les machines du laboratoire pour que l'azote se liquéfie complètement, volé les quatre appareils holographiques dans la chambre de Gersande et coupé l'arrivée du gaz qui permettait aux torches de la galerie de brûler continuellement?

Il y eut un silence.

— Voyons, Athénaïs, vous ne voulez pas me répondre? J'en suis d'autant plus surpris que je sais que vous êtes une femme intelligente. Et je vous promets que vos réponses resteront strictement entre nous. Je ne suis pas un brigadier de gendarmerie et encore moins un juge d'instruction! A la suite du suicide de Fabrice, une enquête est obligatoirement ouverte mais cela ne signifie pas que quiconque puisse être accusé puisque l'unique coupable est, hélas, le disparu lui-même! Donc personne ne doit s'inquiéter de ce côté-là. En revanche, ce que je trouve étrange, c'est que Fabrice ait accompli ce geste fatal sans laisser la moindre explication! Il aurait quand même pu vous adresser, à vous qui avez été pour lui la compagne de travail la plus dévouée, quelques lignes motivant sa décision...

— Il ne l'a pas fait.

— A moi non plus, il n'a pas laissé le moindre mot, et je n'ai rien deviné de son funeste projet pendant notre parcours en voiture, hier matin. Pourtant, nous avons longuement parlé de Gersande et émis toutes les hypothèses concernant sa disparition. Pour lui, dans sa démence amoureuse, ce ne pouvait être que l'acte d'un rival follement épris de sa femme. Ce qui, nous le savons vous et moi, ne tient pas debout ! Dites-moi : quand il vous a interrogée, le brigadier Pernin ne vous a pas demandé si vous aviez une quelconque idée sur la véritable cause de ce crime ? Parce qu'il faut bien le dire, et vous serez d'accord avec moi : c'est une forme de crime indirect...

— Je ne vois pas...

— Mais si, Athénaïs ! Quelqu'un pouvait en vouloir à Fabrice, pour une raison ou pour une autre. Il savait que celui-ci deviendrait complètement fou si on l'arrachait à son illusion, et il n'a pas hésité à agir... Cette personne a-t-elle même mesuré toutes les conséquences de son acte ? Peut-être s'est-elle dit que, Fabrice devenant fou à lier sous l'effet du choc cérébral, il n'y aurait plus qu'à l'enfermer ! Mais quel intérêt aurait trouvé cette personne à une telle solution ? Moral ? C'est douteux. Financier ? Encore plus invraisemblable puisque les biens d'un aliéné sont obligatoirement sous séquestre ! A moins — mais alors ce serait monstrueux et véritablement criminel — que l'organisateur du processus n'ait prévu que Fabrice, incapable de supporter sa solitude, ne tarderait pas à se suicider ? Peut-être même a-t-on mis à portée de sa main l'arme dont il s'est servi ? Vous saviez qu'il avait un revolver ?

— Non.

— Si cette deuxième hypothèse est la bonne, nous nous trouvons devant une forme assez rare de suicide inspiré ou dirigé à distance.

— Je crains que vous, son meilleur ami, ne soyez très coupable dans cette affaire !

— Moi, Athénaïs ? Vous n'allez tout de même pas

229

dire que j'ai détruit le matériel du sous-sol ? D'abord j'étais à Paris.

— Ce que vous avez réussi à détruire, c'est la croyance absolue qu'avait votre ami dans la survie de sa femme ! Quand il est revenu à Levallois après son déjeuner avec vous, il n'était plus le même. La preuve, c'est qu'il m'a confié le lendemain : « Si Gersande venait à disparaître de ma vie, je me tuerais immédiatement ! » Eh bien, sachez qu'il ne m'avait encore jamais parlé ainsi... Je crois qu'en cherchant à lui faire du bien vous lui avez fait beaucoup de mal ! C'est peut-être là que se trouve la vraie raison de son suicide.

— J'avoue être allé un peu loin dans les remontrances que j'ai essayé de lui faire, et je l'ai regretté. Mais, quand même, le point de départ de tout, ç'a été la liquéfaction savamment préparée de Gersande, et ça, ça n'a pas été mon travail ! C'est pourquoi, Athénaïs, je reviens à mes trois questions : qui a saboté les machines, qui a volé les projecteurs, qui a coupé l'arrivée du gaz ?

Nouveau silence.

— Eh bien, figurez-vous que moi, je sais maintenant qui a organisé ces destructions. C'est vous ! Vous seule ! Restez assise : vous m'écouterez jusqu'au bout parce que je pense pouvoir vous expliquer pourquoi et comment les choses se sont passées...

... Pour cela, Athénaïs, il est indispensable que nous suivions un certain ordre chronologique... Depuis que vous l'avez rencontré à l'École de chimie, où il a su se montrer gentil avec vous au contraire de vos autres camarades, vous avez commencé à aimer Fabrice. Puis cet amour s'est vite transformé en adoration et il n'a jamais faibli à travers les années. Malheureusement, et vous serez, j'en suis sûr, la première à le reconnaître, vous n'avez jamais été ce que l'on appelle

230

une beauté ! Voilà quel a été votre drame secret. Vous rendant compte que vous ne pouviez être désirée physiquement, vous vous êtes renfermée sur vous-même dans une solitude méprisante envers tous les gens de votre entourage à l'exception cependant de Fabrice qui était tout pour vous ! Dans vos rêves de jeune et ensuite de vieille fille, il a été successivement votre Prince Charmant, votre paladin, votre confident, votre amant, votre époux, votre patron et même — puisque vous n'avez jamais connu la moindre famille — à la fois votre frère et votre père !

... Cela a duré pendant des années ! De son côté, Fabrice ne vous a toujours considérée que comme la plus précieuse des collaboratrices et n'a jamais envisagé de faire sa vie avec vous, chose que vous ne pouviez admettre. Mais, étant continuellement à ses côtés et sachant qu'il n'y avait pas de femme dans son existence, vous avez fini par vous faire une raison : Mlle Athénaïs n'avait-elle pas la meilleure part ? Et voici que, brutalement, cette harmonie factice, fondée sur une estime réciproque, s'est effondrée pour laisser place en vous à un sentiment terrible qui peut devenir meurtrier : la jalousie... Soudain une jeune beauté avait réussi à s'implanter entre l'homme de vos rêves inassouvis et votre solitude de femme. Et cette péronnelle, au passé pour le moins inquiétant, n'avait même pas cherché à vous voler Fabrice ; elle ignorait jusqu'à votre existence avant de l'épouser dans des conditions assez surprenantes, alors qu'elle sortait de prison. Car, quoi qu'en ait pensé mon ami, je suis sûr que vous avez fini par apprendre, sans doute par Sarah, la lamentable histoire de Gersande. Et cela n'a fait qu'augmenter votre ressentiment... Bref, ce mariage, que vous ne prévoyiez même plus en vous disant que Fabrice resterait toujours vieux garçon — ce qui vous apportait une sorte de consolation —, a été le coup d'assommoir. Il a complètement modifié le comportement de semi-résignation où vous vous complaisiez jusque-là. Vous avez bientôt pris en haine l'intruse tout en mûrissant la résolution de la faire disparaître le plus tôt possible.

... Mais, comme vous êtes loin d'être sotte — ne vous l'ai-je pas déjà répété? —, vous avez compris qu'il fallait d'abord ruser pour ne pas heurter de front l'homme devenu éperdument amoureux! La seule façon de le garder d'une certaine manière auprès de vous était de faire semblant d'abonder dans ses vues et de dire oui à tout ce qu'il inventerait pour accroître le bonheur de celle dont il ne pouvait plus se passer. Vous avez dit oui à son projet d'acheter l'*Abbaye*, oui au choix insensé des soi-disant « collaborateurs » dont vous avez tout de suite su juger la valeur réelle, oui à l'installation de l'épouse en pleine forêt, ce qui vous permettait d'avoir Fabrice pour vous toute seule, à Levallois, au moins quatre jours par semaine. Autrement dit, vous avez « composé » et attendu pendant presque deux ans. Puis le miracle s'est produit : l'épouse était atteinte d'un mal dont elle ne pourrait jamais se relever! Vous n'auriez donc plus besoin de la supprimer : la maladie s'en chargerait! C'était l'idéal, n'est-ce pas, pour récupérer enfin ce Fabrice que vous n'admettiez pas de prêter à une autre puisque, depuis quarante années, il vous appartenait sans s'en être rendu compte lui-même?

... Là aussi, il fallait continuer à tricher en faisant semblant de vous intéresser de plus en plus à la malheureuse et en expliquant à l'époux affolé que la meilleure façon de la guérir serait d'avoir recours non pas aux médecins mais aux oracles d'une pseudo-voyante! Cette méthode diabolique a d'autant mieux réussi qu'elle s'adaptait parfaitement à la folie grandissante de celui qui vous dédaignait : folie que vous avez favorisée au maximum avec l'aide de Sarah et du baron dont vous aviez fait vos complices en leur promettant sans doute de substantielles récompenses pour le jour où votre rivale ne serait plus de ce monde. C'est grâce à la complicité de ces deux misérables que vous avez pu faire éclater, la nuit dernière, le bouquet du monstrueux feu d'artifice qui flambait depuis une année dans le sous-sol de cette demeure. Ainsi a été anéantie définitivement Gersande.

... Si vous avez agi ainsi, c'est que vous ne pouviez plus supporter la présence de cette femme, même immobile et congelée ou factice grâce à des projections ultra-perfectionnées. Car, tout en étant morte, elle allait pendant des années — parce que Fabrice la croirait toujours vivante ! — vous empêcher de reprendre la place privilégiée à laquelle vous estimiez avoir droit après tant d'abnégation et de patience silencieuse ! Il fallait, une fois pour toutes, rayer cette image en trois dimensions du monde des vivants ! C'est à ce prix que Fabrice — qui, dans votre esprit, ne pouvait être que *votre* homme à vous ! — reprendrait pied sur terre et vous reviendrait... Suis-je dans l'erreur, Athénaïs ?

Elle demeura silencieuse et, pour la première fois depuis que je la connaissais, son regard resta baissé vers le sol... A la réflexion, aujourd'hui, je devrais m'en vouloir de m'être montré ce jour-là implacable mais je le reconnais : j'ai voulu aller jusqu'au bout pour faire crever l'abcès. Et j'ajoutai :

— L'arme de mort, ce revolver à silencieux dont s'est servi Fabrice, c'est vous, Athénaïs, sa conseillère dévouée, qui le lui avez mis dans la main, hier matin, quand Sarah a téléphoné pour annoncer la nouvelle. Voilà longtemps que vous l'aviez acheté — et soigneusement caché — pour vous en servir contre vous-même le jour où vous ne pourriez plus supporter votre

servitude de femme réduite à jouer les confidentes...
Reconnaissez qu'en remettant votre arme à Fabrice
vous lui avez dit :

« — Prenez-la. Elle vous permettra, j'espère, et si
vous le retrouvez, d'abattre le rival qui vous a volé
votre femme ! »

... Il a saisi l'arme avec un sentiment d'immense
reconnaissance pour la merveilleuse Athénaïs qui
poussait le dévouement jusqu'à lui apporter le moyen
de venger son amour bafoué ! Seulement, ce dont il ne
pouvait se douter, c'est que votre pensée était diamétralement opposée à votre geste. Elle disait, cette
pensée : « Quand il verra là-bas qu'il n'y a plus de
Gersande, il se servira de l'arme et il se tuera ! » Car,
tout à coup, face à cet homme hébété de douleur, déjà
presque plus vivant, vous avez réalisé que sa folie ne
prendrait jamais fin parce qu'il avait trop aimé cette
femme. Et vous vous êtes dit qu'au fond c'était justice
qu'il meure : dans son inconscience, il vous avait fait
tellement souffrir ! Certes, vous resteriez seule pour
toujours... mais, au moins, vous n'auriez plus de
rivale ! Voilà quel a été votre raisonnement, Athénaïs... Je me trompe ?

La voix grave laissa tomber alors ces mots :

— Je l'ai aimé comme personne au monde n'a
jamais su le faire. Plus, en tout cas, que cette petite
aventurière !

— Je le sais.

Les yeux durs me regardaient : ils étaient embués
de larmes. C'était peut-être la première fois de sa vie
qu'Athénaïs pleurait.

Plus doucement je lui dis :

— Il ne fallait pas être sorcier — et je suis
convaincu que le brigadier Pernin a eu la même
réaction que moi — pour déduire que seuls ceux qui
possédaient les clefs de la chambre du sous-sol et du

laboratoire pouvaient avoir fait le coup. Mais ils n'ont agi, Athénaïs, que sur votre ordre adressé de Levallois par téléphone et parce qu'ils vous étaient entièrement acquis par attrait du gain que vous leur aviez fait miroiter ! Fabrice ? Ils ne l'ont jamais considéré que comme un fou. Gersande emmitouflée dans sa gélatine ? Ils s'en fichaient. La seule chose qui comptait pour eux, c'étaient vos promesses. Et une femme telle que vous savait, elle, ce qu'elle disait... Pourquoi avez-vous pris la décision de les faire agir hier soir ? Parce que vous avez été prise de panique à l'idée que je commençais à me mêler de cette curieuse affaire. Vous vous êtes dit : « Ce romancier est un curieux, un fouineur dont le métier est d'aller jusqu'à la fin d'une aventure... Pour peu qu'il réussisse à ramener son ami à une certaine compréhension des choses, que va-t-il m'arriver ? » Tout à l'heure vous avez essayé de me faire endosser la responsabilité du geste désespéré de Fabrice, mais ça n'a pas pris ! L'unique instigatrice, c'est vous, et les coupables sont cette voyante et ce baron qui ont pris la fuite parce qu'ils ont compris que ça sentait mauvais pour eux ! La police les retrouvera quand même et les fera parler... Savez-vous ce qu'ils diront ? Ils vous accuseront !

— Tout m'indiffère maintenant.

— Ne parlez pas ainsi ! Si Fabrice était encore là, il vous dirait que vous êtes la seule personne capable de diriger l'usine qu'il a créée et, il me l'a confié, il ne voulait pas que des centaines d'employés ou d'ouvrières soient mis au chômage : donc vous êtes nécessaire à Levallois ! Les produits *Klytot* continueront. C'est l'*Abbaye* qui disparaîtra : je m'en charge. Nous sommes d'accord, mademoiselle l'héritière privilégiée ?

— Il le faut bien.

— Donc vous allez m'écouter encore quelques ins-

235

ıants... Evidemment, je me doute que, lorsque le brigadier Pernin vous a demandé votre opinion sur les raisons du suicide de Fabrice, vous ne lui avez rien dit ?

— Comment l'aurais-je pu ? Il n'aurait rien compris.

— Ne croyez pas ça ! C'est un homme intelligent. Seulement — et je vous approuve — vous n'avez pas tellement envie que tout le monde découvre vos sentiments intimes qui sont un mélange d'amour refoulé et de haine impitoyable... Ces sentiments, pourtant, peuvent s'expliquer jusqu'à un certain point, et personnellement je les comprends, même s'il m'est difficile de les admettre ! Voilà pourquoi je vous conseille vivement de demander à être entendue une seconde fois et sans tarder par le juge chargé de l'enquête. Vous lui raconterez comment les choses se sont passées cette fameuse nuit, en évitant cependant de lui expliquer que Sarah et le baron n'ont agi que sur vos ordres ! Vous n'aurez qu'à dire que, s'ils se sont conduits ainsi, c'est parce qu'ils n'en pouvaient plus — ni personne de l'entourage de Fabrice, y compris vous — de la présence de cette fausse morte dans l'*Abbaye*, que l'atmosphère y était devenue irrespirable ! N'importe quel enquêteur vous comprendra et approuvera même secrètement ce saccage qui a mis fin à une situation impossible. On ne pourra rien vous reprocher, ni à vous ni à vos sbires, pour la bonne raison qu'aucun de vous trois n'a assassiné personnellement Fabrice : il n'y a donc pas officiellement *crime* au sens où la loi l'entend. Ce n'est qu'un *suicide* dû au fait que le cerveau de la victime était complètement dérangé ! N'en a-t-il pas donné maintes preuves depuis l'instant où il a fait construire cette installation démentielle destinée à prolonger la vie d'une

236

femme bel et bien morte ? Il n'y aura donc aucune suite à l'affaire qui sera rapidement classée.

... Et vous, Athénaïs, vous continuerez à assurer la gloire internationale de produits de beauté ! Je sais bien qu'il y a ce revolver que vous avez, disons « confié » à Fabrice. Mais rien ne prouve que vous avez accompli ce petit geste dans l'espoir caché que notre ami utiliserait l'arme contre lui-même ! Pour tout le monde, cette façon d'imaginer les choses ne serait que du roman. Pour vous seule, Athénaïs, ce sera autre chose : une longue explication avec votre conscience qui, je le crains, ne connaîtra pas de fin et que vous emporterez dans la tombe. Personne — à l'exception de moi peut-être qui ai joué le rôle d'une sorte de témoin privilégié — ne pourra réaliser à quel point il faut aimer un homme pour préférer le savoir mort plutôt qu'indifférent... Je crois, ma chère Athénaïs, que vraiment maintenant nous n'avons plus rien à nous dire... D'ailleurs, voici la preuve que notre entretien est terminé.

La porte de la bibliothèque venait de s'ouvrir : le docteur et l'abbé entraient selon ce que nous étions convenus. Je ne leur laissai pas le temps de mesurer à quel point mon interlocutrice et moi étions sereins :

— Mes bons amis, j'ai la satisfaction de vous annoncer que nous venons de nous mettre d'accord, Mlle Athénaïs et moi, pour qu'elle fasse le plus tôt possible une nouvelle déposition plus détaillée devant le juge chargé de l'enquête sur le suicide de ce cher Fabrice.

— Eh bien, dit le docteur, voilà qui est d'autant plus parfait que le brigadier Pernin — auquel je me suis permis de demander de nous accompagner avec ses hommes — attend dans le vestibule. Et, circonstance miraculeuse, ils ne sont pas seuls : le juge d'instruction de Laon, médiocrement enthousiasmé par la qualité des témoignages recueillis par la gendarmerie, a pris la décision d'envoyer de toute urgence ici un officier de police pour complément d'enquête. Ce dernier attend, en compagnie de l'un de ses confrères, dans une voiture stationnée devant le perron. Mlle Athénaïs pourrait peut-être profiter de l'occasion pour se rendre à Laon ?

Sans la moindre hésitation et avec le plus grand calme, elle répondit :

— Je viens... Mais j'ai encore une toute dernière mission de surveillance à remplir avant de partir : rabattre les deux volets de cette bibliothèque et clore la serrure de la porte donnant sur le perron. Ainsi la maison sera complètement fermée. A qui devrai-je remettre cette dernière clef ? Sans doute à vous, monsieur l'exécuteur testamentaire ?

— Je la prendrai comme celles du sous-sol.

— Ah ! j'allais oublier ! s'exclama-t-elle au moment où nous allions quitter la bibliothèque.

Elle ouvrit un coffre en bois placé à proximité de la porte.

— Il y a là-dedans, expliqua-t-elle, une chaîne dotée d'un cadenas. C'est pour fermer la grille, afin que des maraudeurs ne pénètrent pas trop aisément dans le parc. On ne s'en est pratiquement pas servi pendant ces trois années puisqu'il y a toujours eu des habitants à l'*Abbaye*. Maintenant, il serait peut-être plus prudent de l'utiliser.

— Vous avez raison, dit le brigadier. Donnez-moi ça.

— C'est très joli, m'écriai-je, mais avant que cette grille soit condamnée il faut que j'aille récupérer ma voiture ! Elle est restée au garage ! Et, à propos, celle de Fabrice, qu'est-ce qu'on en fait ?

— Elle attendra ici, répondit avec le même calme Athénaïs. Ne fait-elle pas partie de la succession ?

Cinq minutes plus tard, la voiture de police emmenant la vieille demoiselle vers Laon franchissait la grille. Puis celle-ci fut refermée par les gendarmes et entourée de la chaîne cadenassée.

Quelques mois passèrent... Pas tellement ! Et les choses, comme cela arrive toujours, reprirent leurs cours normal. Entre-temps, l' « affaire Dernot » avait été classée. Le notaire avait reçu séparément les visites de Sarah et du baron alléchés par la rente prévue à leur intention sur le testament, mais à laquelle ils n'avaient plus droit après leur fuite. Ils n'obtinrent pas un centime. En revanche, Vania et Ladislas ne se présentèrent pas et ne donnèrent plus jamais signe de vie : sans doute ont-ils rejoint un cirque tournant autour du monde, où ils exhibent leurs talents d'acrobates ? Athénaïs continue à diriger *Klytot* dont les résultats financiers sont, paraît-il, de plus en plus éblouissants. L'*Abbaye* a été mise en vente mais n'a pas encore trouvé acquéreur : avec sa double réputation d'ancienne maison de rendez-vous et d'ancienne morgue, cela n'est pas surprenant. Et Fabrice, me direz-vous, qu'est-il devenu ? Où se trouve son corps ? Rassurez-vous : il n'est pas à l'*Abbaye !* Fabrice dort pour toujours auprès de son père et de sa mère, dans le caveau de famille, au cimetière Montparnasse. Le drame, évidemment, c'est qu'il n'a pas « sa » Gersande à côté de lui, une Gersande dont il n'est finalement rien resté, peut-être parce que son mari a voulu trop la prolonger. La grande loi de la vie et de la mort est si bien faite que personne ne peut l'enfreindre... Mais, comme j'étais l'ami de Fabrice, j'ai voulu que sur sa pierre tombale figure quand même le nom de son épouse. Aussi ai-je fait inscrire en lettres d'or, sous les prénom et nom de Fabrice, cette épitaphe : *En mémoire également de Gersande*, suivie de deux dates pour rappeler qu'elle avait disparu bien jeune ! Et, au-dessus de la porte donnant accès au caveau, j'ai fait graver dans la pierre les quatre mots qui, dans le sous-sol de l'*Abbaye*, marquaient l'entrée de l' « appartement » de Gersande : ICI RÉSIDE L'AMOUR ÉTERNEL. N'est-ce pas aussi juste pour Gersande et Fabrice que pour les parents de mon ami ? Ce dernier ne m'avait-il pas confié qu'avant eux son père et sa mère s'étaient adorés éternellement ?

TABLE DES MATIÈRES

Déjà parus
chez FLAMME

Guy des CARS
Le Crime de Mathilde
La Voleuse
Je t'aimerai éternellement

Rosemary ROGERS
Au vent des passions

Joy FIELDING
La Femme piégée

Kathleen E. WOODIWISS
Une rose en hiver

Thomas HOOVER
Le Moghol

Rosalind LAKER
Le Sentier d'émeraudes

Kate COSCARELLI
Destins de femmes

Steven SPIELBERG
Gremlins

Catherine NICOLSON
Tous les désirs d'une femme

Francesca STANFILL
Une passion fatale

Heinz G. KONSALIK
Quadrille

Stephen R. DONALDSON
Les Chroniques de
Thomas l'Incrédule

Gay COURTER
Le Fleuve de tous les rêves

Johanna LINDSEY
Un si cher ennemi

Margaret P. KIRK
Cette frontière, mon amour...

Joseph CSIDA
New York Village

Cet ouvrage a été composé par Bussière
et imprimé par la S.E.P.C., à Saint-Amand
pour le compte de FLAMME
27, rue Cassette, 75006 Paris
diffusion France et étranger : Flammarion

Achevé d'imprimer le 7-5-1985

Dépôt légal : mai 1985
N° d'édition : 2117. N° d'impression : 840-551

Imprimé en France